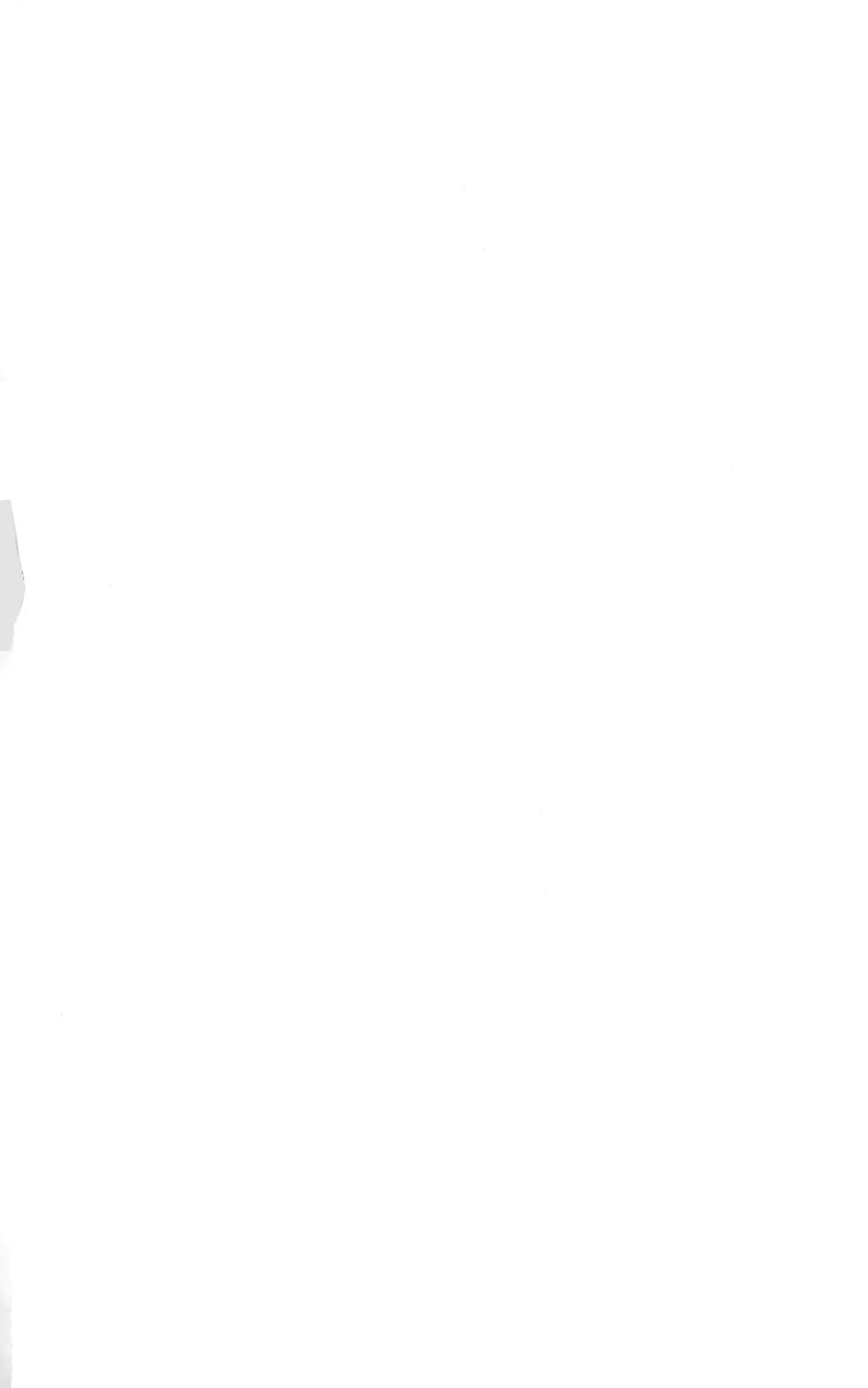

中國古典文學基本叢書

李夢陽集校箋

第二册

〔明〕李夢陽 撰
郝潤華 校箋

中華書局

李夢陽集校箋卷十五　五言古七擬杜體

大禮

祫祭頌述〔一〕

弘治十八年歲除日作，是時武宗初即位。

嗚呼大聖人，肇迹或漁樵。蒼龍戢其角，志固無丹霄。德祖始側微，濬葉開皇朝。禮蓋視后稷，面南統群昭。大哉九廟義，親盡敢不祧。再遷及皇熙，世室閟以寥。祫辰復來集，鳳皇鳴簫韶。惟皇率百辟，孔祀自今朝。白日照寶旂，御氣如絳綃。將將磬筦鳴，颯颯靈旗飄。恍惚帝醉飽，諸王亦飄颻。下有開國勛，偃蹇羅金貂。愚臣叨對越，精魄爲之摇。鼓鐘送群公，玉户風蕭蕭。唐侯昔踐位，十八號神堯。皇實秉敦默，龍性無逍遥。道合天人際，志與神明超。降祉倘冥漠，四海無征徭。

【箋】

〔一〕祫祭，古代天子、諸侯所舉行的集合遠近祖先神主于太祖廟的大合祭。穀梁傳文公二年：「祫祭者，毁廟之主陳于大祖；未毁廟之主，皆升，合祭于大祖。」范甯注：「祫祭者，皆合祭諸廟。已毁未毁者之主，於大祖廟中以昭穆爲次序。」以下均仿杜甫詩而作。據小序，此詩作於弘治十八年最後一日，時夢陽任户部員外郎，明武宗初即位。歲除，謂一年之最後一日。

【評】

皇明詩選卷二：陳卧子曰：雖近唐制，無忝大篇。李舒章曰：金枝翠旗，如見精爽。

吴日千先生評選空同詩卷二：此是唐人體。

清廟篇〔一〕

巖廊肅文欽，芳區恣幽騁。寬糾豈異性，拘曠本殊境。嶔岑路寢東，森疏嘉樹静。珍叢媚朱夏，秀幹揚修景。曳裾群彦集，拄笏萬慮屏。仰望南城苑，飛除帶崇嶺。崙峞白玉閣，要眇黄金井。季主飾觀眺，哲王擯遊幸。自非淵聖姿，誰保天步永？

【箋】

〔一〕詩周頌有清廟篇。詩序云：「清廟，祀文王也。」指古帝王祭祀祖先的樂章。禮記樂記：「清廟之瑟，朱弦而疏越，壹倡而三歎。」鄭玄注：「清廟，謂作樂歌清廟也。」尚書大傳卷二：「古者帝王升歌清廟之樂。」鄭玄注：「清廟，樂章名。」後漢書逸民傳法真：「臣願聖朝就加衮職，必能唱清廟之歌，致來儀之鳳矣。」明史武宗本紀：「正德元年春正月乙酉，享太廟。」詩當作於正德元年詩人在户部任職時。

丙寅元日朝退有作〔一〕

赫赫大明朝，皇皇啓八葉。諒闇在沖齡，憂勤纘洪業。真人改革殊，屢睹禎祥協。春王肇元載，萬國咸臣妾。端冕御兹辰，縹緲仙雲接。神飆翊紫蓋，翔龍舞浩劫。哲后畏天威，惕若春冰涉。古編昭日星，有蹈尚可躡。大哉五始義，允矣三陽浹。

【箋】

〔一〕丙寅元日，指正德元年（一五〇六）正月初一。時夢陽初升户部郎中之職。

邊塞

從軍〔一〕

漢虜互勝負，邊塞無休兵〔二〕。壯丁戰盡死，次選中男行。白日隱磧戍，胡沙慘不驚。交加白骨堆，年年青草生。開疆愁未已，召募何多名。蕭蕭千里煙，狼虎莽縱横。哀哉良家子，行者常吞聲。

其二

從軍日已遠，備兹途路艱。驅車太行道，北度雁門關。天寒雨雪凍，指墮曾冰間。登高望虜境，白沙浩漫漫。單于數百騎，飄颯獵西山。彀我烏玉弓，赫然熱肺肝。安得奮長劍，一繫名王還？

其三

别家亦云久，昨得家中書。書中何所云？父母與妻孥。昔來柳依依，素雪今載塗。豈不念還歸，天子西擊胡。登山眺故鄉，存没兩嗚呼。丈夫死國讎，安能戀里閭。生當取封侯，怨别秪區區。

其四

久處行伍間，漸知苦樂情。能蟠丈八鎗，徒御不我輕。府帖昨夜下，燒荒有我名〔三〕。秣馬待天曙，肅肅寒霜零。左鞬插雕羽，雄劍躍且鳴。日高渡黄河，東過受降城。所羨在滅胡，富貴何足榮！

【箋】

〔一〕據李空同先生年表：弘治十六年七月，夢陽奉命餉寧夏軍，便道歸家鄉慶陽（今甘肅慶城），汛掃先壠，焚黄。「西陲有警，督府以公雄才，咨以兵事。公素諳韜略，且以奉命出疆，值國家有急，遂指授戰陣，方略飛挽，芻糧立辦，運籌決勝，坐摧强虜，邊境以寧。督撫欲以功上聞，公曰：『吾奉使犒軍，他非所預也。』力辭，遂行。」該詩似當作於此時。

〔二〕「漢虜互勝負，邊塞無休兵」，杜甫遣興三首其一：「漢虜互勝負，封疆不常全。」

〔三〕「府帖昨夜下，燒荒有我名」，杜甫新安吏：「府帖昨夜下，次選中男行。」

屯田〔一〕

葉落歸故根，孤雲有時還。凶年閭里盡，誰門今幸全。全者自何歸，皮膚半不完。百租叢其身，欲訴誰見憐。吾家十八軍，獨我猶從戰。昨當戰交河〔二〕，左髀貫雙箭。本不識犁鋤，況復千畝租。三訴吏不語，鎖頸投囹圄。

其二

日落蒼天昏，奔馳吏下屯。揚言科打使，論丁不論門。老軍出聽卯，老婦吞聲言。邊城寡機杼，耕種育兒孫。誅求餘粒盡，竭力豢孤豚。昨當統管來，宰剥充盤飧。言既復長號，吏去收他村。

【箋】

〔一〕弘治十六年七月，夢陽奉命餉寧夏軍，便道歸家鄉慶陽（今甘肅慶城）掃墓。詩似當作於此時。

〔二〕交河，漢書卷九十六下西域傳：「車師前國，王治交河城。河水分流繞城下，故號交河。去長安八千一百五十里。」

塞上雜詩〔一〕

邊烽日夜至，飛符來會兵。羊牛入高砦，雞犬皆震驚。壯士按劍起，鞍馬若流星。鎗急萬人靡，笑上受降城〔二〕。生繫五單于，歸來獻天庭。

其二

胡兒追野馬，迸蹄若驚鴻。一馬帶雙箭，墮我邊壕中。敢望不敢近，躊躇①各按弓。抽身復北去，天寒沙磧風。

【校】

①躊躇，弘德集、崆峒集作「踟蹰」。

【箋】

〔一〕弘治十三年（一五〇三），夢陽奉命犒榆林軍，詩疑作於此時。

〔二〕受降城，明一統志卷二十一大同府：東受降城，在廢東勝州東北八里，本漢雲中郡地。中受降城，在府城西北五百里，本秦漢九原縣地，唐貞觀初立雲中都督府，後置横塞軍。西受降城，在古豐州西北八十里。三受降城皆唐朔方總管張仁愿所築，開元初西城爲河所圮，總管張説於城東別置新河。三受降城，均在今陝西榆林、内蒙托克托一帶。

游覽

功德寺〔一〕

宣宗昔行①幸〔二〕，遊戲玉泉傍。立宇表巀嵲，開池荷芰香。波樓遞蹙沓，風松奏笙簧。百靈具來朝，落日錦帆張。萬乘雷霆動，千巖滅流光。綺繡錯展轉，翠旗沓低昂。法眷撞鐘鼓，宮女拭御牀。笙鏞沸兩序，星斗宿巖廊。至尊奉太后，國事付三楊〔三〕。六軍各宴眠，百官守舊章。巡非瑶水遠，跡豈玉臺荒〔四〕。嗚呼百年來，回首一慨傷。鳳騰赤霄暮，龍歸竟茫茫。山風撼網户，紫殿生夜霜。退朝值沐休②，我行暫翱翔。娟娟登岸③林，慘慘度石梁。廢道哀湍寫，松柏間成行。啓鑰肅覽歷，過位增悲涼。積久灑掃缺，乳鴿鳴膳堂。舊時琉璃井，倒樹如人長。神已佐上帝，教猶④託空王。鈴磬颯嗚戛，晨昏禮相將。盤遊非聖理，操縱在先皇。至今朝廷上，不改舊紀綱。

【校】

①行，列朝作「游」。　②沐休，弘德集、崆峒集、列朝作「休沐」。　③岸，列朝作「崖」。　④猶，列朝作「豈」。

【箋】

〔一〕功德寺，明一統志卷一京師：「大功德寺，在府西三十里，舊名護聖寺，宣德間重建，改今名，車駕省斂，因駐蹕焉。」雍正畿輔通志卷五十一寺觀：「功德寺，在府西，即元護聖寺也，有古臺三，相傳元主遊樂更衣處。」陳田明詩紀事丁籤卷一引劉侗帝京景物略云：「玉泉山功德寺，李西涯記云：『寺故金護聖寺，寺七殿，殿九楹，楹以金地彩其上。宣德中板庵禪師重建也。師能役木球，大如斗，輪轉行馳，登下委折，如目脛具，逢人躍躍，如首稽叩。師曰入某侯門，則入募金若干。曰入某戚里，則入募金若干。宣宗召入，命爲『木球使者』，賜金錢，遂建巨刹曰功德寺，時臨幸焉。」據詩意，當作於弘治末年詩人任職户部時。

〔二〕宣宗，明代第五個皇帝朱瞻基廟號，在位十年，年號宣德。宣宗即位後，勵精圖治，與民休息，進用賢臣，朝政肅清，並親率兵馬征討叛軍和蒙古殘餘勢力，使明朝國運進一步興盛。明史贊曰：「即位以後，吏稱其職，政得其平，綱紀修明，倉庾充羨，閭閻樂業，歲不能災。蓋明興至是歷年六十，民氣漸舒，蒸然有治平之象矣。若乃强藩猝起，旋即削平，掃蕩邊塵，狡寇震懾，帝之英姿睿略，庶幾克繩祖武者歟。」

〔三〕三楊，宣宗年間三位内閣大學士楊士奇、楊溥和楊榮。楊士奇，名寓，號東里，以字行，泰和（今屬江西）人。建文初，以史才薦入翰林，充太祖實録編纂官。歷任禮部侍郎、華蓋殿大學士。宣宗、英宗時，與楊榮、楊溥同掌國政，並稱「三楊」。其詩文崇尚典雅平正，内容多歌功頌德、粉飾太平。著有東里文集等。楊溥，字弘濟，石首（今屬湖北）人。建文中進士。任編修。永樂時侍皇太子，官至洗馬。後因太子遣使迎帝太遲，下獄十年。仁宗即位後釋放，任翰林學士。宣宗即位召入内閣，官至禮部尚書。英宗初年，進武英殿大學士。楊榮，初名子榮，字勉仁。建安（今福建建甌）人。建文中進士。初任編修，永樂時入文淵閣，以多謀能斷，爲成祖所重，多次隨行北巡，升至文淵閣大學士。歷永樂、洪熙、宣德、正統四朝内閣，長期輔政。著有北征集、楊文敏集。三楊，明史卷一百四十八有傳。

〔四〕「巡非瑶水遠，跡豈玉臺荒」，杜甫九成宮：「巡非瑶水遠，跡是雕牆後。」

【評】

皇明詩選卷二：李舒章曰：追述往事，有魚藻之義。

錢謙益列朝詩集丙集：「獻吉此詩，仿老杜玉華、九成、橋陵諸詩而作，僅竄竊其字句耳。篇章之頓挫，敘次之嚴密，點綴之工麗，則概乎未有聞也。試爲虚心抉摘，則文義之回背，篇法之錯亂，十字之内，兩行之間，瑕疵雜見，棼如亂絲。世人不察，以爲學杜之宗，豈不大誤？」

翠華巖〔一〕

洞劚耶律詞，其名翠華巖。俯視聳觀閣，仰面攢松杉。厥維何王代，鬼斧開嶄嵒。精氣久削薄，烟嵐鬱相攙。屢憩驗足薾，獨往悲情凡。入蘿畏石墜，轉嶠驚日銜。飄飄萬里風，吹我秋衣衫。放迹慕康樂，入道懷賀監。載思武陵避，愈悵桃花巖。去住①亦由人，極目江上帆。

【校】

①住，四庫本作「往」。

【箋】

〔一〕翠華巖，陸深儼山集卷六有登翠華巖上洞詩，曰：「窮高暢遠矚，躋勝酬良緣。京塵動千尺，往來成歲年。偶上翠華洞，閒尋舊鑱鐫。……」雍正畿輔通志卷五十一寺觀：「華嚴寺，在宛平縣裂帛泉南，左有洞曰翠華，中有石牀可憩息，明正統中建。」日下舊聞考卷八十五引戴司成集曰：「乃有玉泉在京城西三十里西山之麓，有石洞，泉自中而出，洞門刻『玉泉』二字。」又引懷麓堂集曰：「乃有玉泉出於山，噴薄轉激，散爲溪池，池上有亭，宣廟巡幸所駐蹕處也。又一里爲華嚴寺，有洞三。」引瀟碧堂集曰：「原華嚴寺左有洞曰翠華，中有石林，可憩息，題詠頗多。」長安客話引「洞中石壁鐫元耶律丞相一詞」，並注云：「原李夢陽翠華巖詩：『洞劖耶律詞，其名翠華巖。俯視聳觀閣，仰面攢松杉。厥維何王代，鬼斧開嶄嵒。……』」據詩意，當作於弘治末年詩人任職户部時。

望湖亭①〔一〕

來登望湖亭，始盡覽歷妙。布席倚巖嵌，波②望領佳要。山花落天鏡，鉤簾巨魚躍。岩潭遞隱見，圓浪浴奔峭。屼嵂百萬閣，日落展光耀。羈縛阻延放，臨淵羡孤釣。霜寒葭菼白，沙晚鴰鶬叫。吾非阮生倫，於此亦長嘯。

【校】

①題目，目録原作「望湖寺」，已據改。　②波，百家詩作「跛」。

【箋】

〔一〕望湖亭，雍正畿輔通志卷二十一山川：「裂帛湖，在宛平縣西玉泉山望湖亭之下，裂帛泉從石根溢爲湖，方廣數丈，泉涌湖底，狀如裂帛，其水澄鮮，漾沙金色。」又，清一統志卷六順天府：「望湖亭，畿輔通志：在宛平縣玉泉山裂帛湖上，睨瞰西湖，明如年月，明李夢陽、何景明皆有詩。」據詩意，當作於弘治末年詩人任職户部時。

吕公洞〔一〕

厓根豁一門，怪石相撑拄。谽谺自吞呷，白晝亦風雨。陰處汎清泉，積苔蔭鍾乳。往聞茅山勝，夙慕華陽主。路遐限孤往，倏歷十寒暑。經亘騁心目，小憩偕道侣。兹洞雖人境，固足託茅宇。惕然忽内咎，我何戀簪組。

【箋】

〔一〕吕公洞，雍正畿輔通志卷十七山川：「玉泉出於山，噴薄轉激，散爲溪池，池有亭，宣宗駐蹕處也。又一里爲華嚴寺，有洞三，其南爲吕公洞。」又載：「吕公洞，在宛平縣西玉泉山。」李東陽遊西山記：「又一里爲華嚴寺，有洞三，其南爲呂公洞，一竅深黑，投之石，有水聲，數步不可下，竟莫有窮之者。」據詩意，當作於弘治末年或正德初年詩人任職户部時。

香山寺〔一〕

萬山突而止，兩崖南北抱。鑿翠置殿榭，級石上穹昊。高卑各稱妙，曲盡結構巧。有泉如綫縷，盤轉出松杪。嗜奇忘登頓，緣危肆探討。險絶逼牛斗，蕭颯若風島。夜宿來青軒，天色碧可掃。湖沙静莽莽，海月白皓皓。想當邦邑初，此地只蒿草。綺麗佗誰鑿？岧嶤爛相褭。但看全盛時，民力爲兹槁。

【箋】

〔一〕香山寺，雍正畿輔通志卷十七山川：「宛平縣西北三十里有香山寺，聖祖御書『普照乾坤』四大字。香山寺即金章宗會景樓也，金明昌、承安、泰和間屢幸焉。大定中，詔經營香山行宫及佛舍，寺成，賜名大永安寺。元皇慶元年重修，後有藏經閣，鬱秀、清雅、望都三亭，又有葛稚川丹井、金章宗祭星臺、護駕峰、夢感泉、棋盤石、蟾蜍石。」據詩意，當作於弘治末年或正德初年詩人任職户部時。

平坡寺〔一〕

西山萬佛宇〔二〕，爛若舒錦繡。平坡憑風迴，突出衆山右。宫閣因岩坳，面勢巧相就。百里見琉璃，巖嵲戴雲構。朋遊探絶迹，杪秋歷群岫。得此目力展，恍疑出氛囿。仰看北斗逼，俯恐東海溜。雄壓香山麗，闊掩望湖秀。落木響岩牖，寒嵐染衣袖。延緬古今並，佇立悲慨湊。盛葉①慮反始，危基有傾仆。千載誰復臨，逆想蓬蒿茂。

【校】

①葉，崆峒集作「業」。

【箋】

〔一〕平坡寺，在京城香山附近。明一統志卷一京師：「大圓通寺，在平陂山上，舊名平坡寺，洪熙元年重建，改今名。……導焚香。」日下舊聞考卷一百零三郊坰引帝京景物略：「秘魔崖西行碎石中一里，自龍泉庵而上，平坡寺也。寺爲仁宗敕建，曰大圓通寺，規制宏麗，今圮壞。」據詩意，當作於弘治末年或正德初年作者任職户部時。

〔二〕西山，山名。在北京西郊。見離憤（卷九）箋。

天寧寺觀塔碑[一]

舊瞻天寧塔，今覽天寧寺。兹塔多鬼怪，光芒夜夜至。不知何時殿，結構今頽弃。剔蘚讀其碑，識是隋文季。蝌蚪半剥落，蛟龍猶贔屓。我來值時暮，攬逝發潛喟。修陸控趙代，長山衛燕冀。蒼然野眺合，一灑楊朱淚。

【箋】

〔一〕明一統志卷一京師：「天寧寺，在府西，舊名天王寺，正統七年重建。」又雍正畿輔通志卷五十一寺觀：「天寧寺，在廣寧門外，元魏孝文時建，名光林寺。隋仁壽間曰弘業寺，建塔藏舍利。唐開元中改曰天王寺，金大定中改大萬安寺，明宣德中改天寧寺，正統中改萬壽戒壇，今仍名天寧寺。内有塔，高十三尋，四周綴鐸以萬計，音無斷絶。」據詩意，當作於弘治末年或正德初年作者在户部任職時。

鏡光閣[一]

我生走紛境，性意苦不適。朅來鏡光遊，不覺祇樹夕。鳥藏丹閣暮，蕭槭柿葉赤。杳如造岩璺，閬其寡人迹。其王戴金冠，天子之所客。迓我薝蔔下，坐我紅罽席。落日入虛牖，窈窕雲光白。團團石蓮燈，照耀錦繡壁。忽聞鈴磬發，轉悵俗務迫。静躁本殊科，利義各有癖。伊余竟何爲，奔迸阻行役。乞君摩尼珠，一照幸不惜〔二〕。

【箋】

〔一〕鏡光閣，在京城海印寺内，雍正畿輔通志卷五十三古蹟：「鏡光閣，在宛平縣北，有海印寺，明宣德間改慈恩寺，寺有鏡光閣，今廢。」據詩意，當作於弘治末年或正德初年詩人任職户部時。

〔二〕「乞君摩尼珠，一照幸不惜」，杜甫贈蜀僧閭丘師兄：「惟有摩尼珠，可照濁水源。」

【評】

楊慎李空同詩選：「其王」四句，杜句法。

懷古

媧皇墓詩送喬太常①〔一〕

正德元年，上以即位遣官禮百神②。

伊聞女希氏，奮迹鴻荒日。神功羲農並，吹簧豁陰鬱。鰲極本寓言，蛇身竟恍惚。遺墓趙城側，古廟松杉密。霍嶺峙巑岏，汾川眇蕩潏。穆穆秉德臣，肅肅奉瞻謁。祈靈泝遐躅，明禋備精物。天雖積清氣，運久恐漏闕。徒煉五色石，寥廓詎能越？送子顧周道，俾我心於邑。

【校】

①詩題，崆峒集作「媧皇墓」。②「百神」下，四庫本有「太常喬公奉命祭告作此送之」一句。

【箋】

〔一〕喬太常，指喬宇，字希大，號白巖，樂平（今山西昔陽）人。成化二十年（一四八四）進士。曾官吏部文選司郎中，户部左、右侍郎，南京禮部尚書、吏部尚書。明史卷一百九十四有傳。著有喬白巖集。列朝詩集小傳丙集喬少保宇載：「受經李長沙（東陽）、楊石淙（一清）之門，與李獻吉、王伯安切摩爲古文。」按，弘治中，喬宇擢太常少卿，「武宗嗣位，遣祀中鎮、西海」（明史喬宇傳）。據小序，該詩作於正德元年（一五〇六）正月，時夢陽任户部主事，此爲喬宇送行之作。

三忠祠〔一〕

憶昔漢諸葛，龍起答三顧。志決竟星隕，嘔血爲軍務。鄂國與信國，屹屹兩玉柱。殺身不救國，冤憤水東注。往事勒鐘鼎，新廟傍官路。慘慘冠劍並，凛凛生魂聚。翠旗晚明滅，往往鬼神駐。懷歎各不申，翻然向煙霧。我征久奔迫，過此感傷屢。時來展肅謁，繫馬門前樹。香臺野蔹上，羅幔蟲蟻蛀。烈士爲吞聲，清風激頑懦。

【箋】

〔一〕雍正畿輔通志卷四十九祠祀：「三忠祠，在崇文門外，祀漢諸葛武侯亮、宋岳鄂王飛、文信國公天祥。」當作於弘治末年或正德初年詩人在户部任職時。

艮嶽十六韻〔一〕

城北三土丘，揭嶭對堤口。黄蘆莽瑟瑟，疾風鳴衰柳。云是宋家嶽，豪盛今頹朽。我聞帝王富，東京實罕有。鑿池通嵌竇，移山媚户牖〔二〕。岌嶪樓觀合，欻吸風雷走。岩陰翡翠吟，海窟蛟鼉吼。燕趙矜麗人，搜剔充妃后。君臣互沉湎，斯道詎能久？嗚呼花石費，銖錙盡官取。北風卷黄屋，此地竟誰守？迢迢五國城，二龍回其首。向使任忠良，邦國得滅否？余來值寒暮，悲歌坐林藪。狐狸竄古壘，破瓦没藜莠。孤城峙我前，蒼蒼日將酉。

【箋】

〔一〕艮嶽，山名。在今開封城内東北隅。宋徽宗政和七年（一一一七）於汴梁東北築，改名壽峰。詳見宋史地理志一及宋張淏艮嶽記。明一統志卷二十六河南布政司開封府：「壽山艮嶽，在府城東北隅，宋徽宗所築。初名鳳凰山，後改壽山艮嶽。其上有華陽宫，山周迴十餘里，峰巒嶂巘，洲渚池沼，怪石古木，珍禽奇獸，宫殿館閣，堂亭臺榭，各有名號，不可殫紀，悉爲金兵所毁，唯土山尚存。」據詩意，似作於正德三年（一五〇八）作者因劉瑾案放歸大梁後。

〔二〕「鑿池通嵌竇，移山媚户牖」，杜甫園人送瓜：「竹竿接嵌竇，引注來鳥道。」

感述

天馬〔一〕

天馬從西來，汗血何歷歷。天子顧之笑，置在黄金櫪。嗚呼神駿骨，草豆日蕭瑟。瘦骼突硉兀〔二〕，銜轡挂在壁。白日涕至地，青雲志抛擲。朝望碣石津，夕盼流沙磧。猶能肆横行，倘君賜鞭策。

【箋】

〔一〕史記大宛列傳：「初，天子發書易，云『神馬當從西北來』。得烏孫馬好，名曰『天馬』。及得大宛汗血馬，益壯，更名烏孫馬曰『西極』，名大宛馬曰『天馬』云。」

〔二〕「瘦骼突硉兀」，杜甫瘦馬行：「骨骼硉兀如堵牆。」

古意〔一〕

有鳥何方來，哀鳴向西北。我欲縛此鳥，天路險且棘。悠悠浮雲行，照我暮顔色。丈夫重幾微，男兒死邦國。長鯨一奔逃，萬網不可得。平生反掌志，對此空歎息。亭亭特生杜，道傍皖其實。孤桐雖良材，棄擲處遐域。而余竟焉往，嗚呼淚沾臆。

【箋】

〔一〕據詩意，似作於正德二年詩人遭劉瑾迫害而免官時。詳代劾宦官狀疏（卷四十）並箋。

遣興〔一〕

金陵固麗地，幽薊亦名城。皇天作南邦，北斗開瑶京。萬國梯航入，宫殿造泰清。大哉帝王居，海岳自環縈。禹功肇胼胝，湯也勤四征。煌煌肯構訓，聖人垂其情。

其二

四海爲我土，九夷盡來王。貢琛至北户，北至玄谷陽。我祖秉天鉞，血戰開其疆。當時受命佐，一一皆忠良。噴薄倚日月，萬古瞻騰翔。乘運雖有時，盛業當自强。

【箋】

〔一〕據詩意，似作於正德初年詩人任職户部時。

時序

歲暮〔一〕

軒坐意悄悄，感此歲年暮。一氣有肅殺，昊天縱霜露。衰容摇萬物，日月立復度。赤驥初長成，自謂中君御。揚鞭過都市，萬馬不敢步。天寒草蕭瑟，側塞在中路。良辰不再至，我髮忽已素。不見古賢達，盡被名所誤。沉吟惜蟋蟀，延佇羨鷗鷺。終然託遠適，餘者豈足顧。

【箋】

〔一〕據詩意，似作於弘治末或正德初夢陽任官户部時。

苦熱〔一〕

伏陰固當奮，亢陽乃逾緬。嘈嘈蟪蛄鳴，樹杪風不展。上天收雷雨，萬物沮沾洗。推案忽大叫〔二〕，蓐馭何時返？赤日厚地裂，揮汗無晨晚。古時有虞舜，彈琴理驕蹇。軒轅製六律，四序無乖舛。何當挽二聖，吾欲遂仰偃。

【箋】

〔一〕據詩意，疑作於弘治時期詩人任户部主事時。下三首同。

〔二〕「推案忽大叫」，杜甫早秋苦熱堆案相仍：「束帶發狂欲大叫。」

十五夜

夜陳芳宴會，座有離群友。中秋而無月，何以慰尊酒？賓主慘不樂，周席盡回首。向黑明燈入，雲景爛虚牖。尚覬光破滿①，時問陰薄厚。吁哉至精物，汝亦蒙此垢。上天悲隔遠，人生怨分手。月既有開塞，吾寧息奔走？霜露棲蔓草，疾風下高柳。勸君聊盡觴，居諸亦何有？

【校】

①滿，四庫本作「漏」。

十六夜

四海蒸爲雲，三夜皆天風。他方縱有月，不照長安中。長安十二樓，户牖鑿瓏瓏。貴家金張徒，高宴開絣幪。華燭代明月，何必光遂通。夕露久已晞，歡娱良未終。迫①塞諒有殊，盛衰寧見同。悠揚雲中魄，既滿還自窮。鬼神惡盈逾，天道懷其公。

【校】

①迫，四庫本作「通」。

十七夜

幽意竟不愜，待月坐沙際。久陰固當豁，明月忽墮地。桂枝没半輪，蟾兔職業廢。嫦娥①飾粉妝②，愁絶雲樓閟。鸞憂不解舞，竟夕掩孤袂。崔嵬黄金闕，何由訴天帝。景破力不敵，光滿雲仍蔽。徬徨步林樾，爲爾一流涕。

【校】

①嫦娥，弘德集、曹本作「姮娥」。　②妝，原作「妝」，據詩意改。

小至〔一〕

日爲衆陽宗，來往成謝代。來之生萬物，往以告成歲。亭亭羲和駕，建此南飛旆。雙龍服偃蹇，流雲翼其外。和風卷凍霧，重陰颯無賴。樞知化工斡，冥與天意會。大君肅嘉禮，君子幸亨邁。誰能助新陽，爲我激靈籟？

【箋】

〔一〕小至，冬至前一日。據詩意，似作於弘治末或正德初夢陽任户部郎中時。

贈酬

贈徐子〔一〕

偃王世蕪没，石麟亦埋翳。徐子發東吴，英論有餘地。龍遊滄波阻，日出浮雲蔽。嗚呼獻玉士，竟灑荆山涕。光掩明珠棄，寵奪西施廢。古來共如此，不獨君遭際。余本澮蕩人，傾蓋託末契。酣歌繼旦暮，醉酒無陰霽。各爲征蓬散，吾豈匏瓜繫。舊時南陽宅，回首成迢遞。蹈海有夙期，與子自兹逝。

【箋】

〔一〕徐子，指徐禎卿，生平見贈徐禎卿（卷十一）箋。據明史徐禎卿傳，弘治十八年徐禎卿中進士，進而與夢陽相過從。夢陽與徐氏論文書（卷六十二）云：「聞足下來舉進士，愈益喜，計得一朝侍也。前過陸子淵，子淵出足下文示僕，讀未竟，撫卷歎曰，'……'」正德元年春，徐禎卿往湖湘，夢陽任户部郎中。該詩似寫於弘治十八年(一五〇五)至正德元年(一五〇六)末之間。

七夕遇秦子詠贈〔一〕

皎皎河漢月,照我西南樓。七夕遠賓集,置酒城東陬。展席對雙星,盈盈隔中流。豔豔靚妝女,欲濟無方舟。神爽即易合,茫昧竟難求。明明君子德,寡妁誰爲仇。豈無采唐約?失身良見尤。人生信齟齬,世事良悠悠。不見古時人,皓首猶公侯。葵藿不餓死,富貴安可謀〔二〕?願縶場下駒,盡我盤中羞。我今爲秦聲,子也當吴謳。酣歌達清曙,臨分贈吴鈎。

【箋】

〔一〕秦子,指秦金,字國聲,號鳳山,無錫(今屬江蘇)人。弘治六年(一四九三)進士。歷官河南按察司提學副使、河南左參政、分守大梁道,都察院右副都御史兼湖廣巡撫、南京户部尚書及工部尚書等。著有鳳山詩集,明史卷一百九十四有傳。國朝列卿紀卷三十四秦金行實:「戊辰,禮部以會試同考官請,金以族人多入試,辭不赴。是歲,升河南按察司副使,提督學校。……庚午(一五一〇),升左參政,分守大梁道。……是歲升山東右布政使。」又,明武宗實録卷三十五載:正德三年(一五〇八)二月,「壬午,升户部郎中秦金爲河南按察司副使提調學校」。又卷六十六:正德五年八月,「升河南按察司副使秦金爲河南布政司左參政」,該詩當作於秦任河南按察司提學副使至左參政時期，時間爲正德三年至五年間。時夢陽在開封賦閒。

〔三〕「葵藿不餓死，富貴安可謀」，杜甫奉贈韋左丞丈二十二韻：「紈袴不餓死，儒冠多誤身。」

贈王御史十四韻〔一〕

夕寒風自起，集雪耀中宇。朗月一何速，早已爛芳醑。邂逅我蘭友，設尊款清語。連翩忽竟夜，悲歎爲故侶。瑶華雖莫折，羽觴時復舉。念昔青年日，共矯凌風羽。啄食九天步，宿必華池渚〔二〕。中路更險艱，風波各失所。大明蕩妖氛，迴光蔭衰腐。諸賢既連茹，王子豈羈沮。餘生實自慶，追念良已苦。摵促廣陵散，愴惻山陽旅。事諧終合並，感往徒心楚。棄置且安寓，歡娱弄尊俎。

【箋】

〔一〕王御史，疑即王溱，字公濟，號玉溪子。開州（今河南濮陽）人。正德六年（一五一一）進士，曾官山西沁水知縣，正德十五年至嘉靖二年任監察御史，巡按河南、浙江等地，後遷江西南康知府。著有玉溪詩集。詩蓋作於正德末年，見寄贈玉溪子（卷十）箋。御史，此指監察御史，爲專職監察官。詳見熊御史卓墓感述（卷十二）箋。

〔二〕華池，神話傳説中的池名。在崑崙山上。漢王充論衡談天：「崑崙之高，玉泉、華池，世所共聞，張騫親行無其實。」孫綽游天台山賦：「挹以玄玉之膏，漱以華池之泉。」文選呂向注：「玄玉、華池，皆神仙之所食也。挹，酌；漱，飲也。」

酬伊陽殷明府追憶見寄十四韻〔一〕

弱齡負奇節，志欲淩海岳。白馬金陵來，遊戲宛與洛。出從七貴飲，醉調五侯謔。妍華不見售，讒巧恩愛奪。涼風卷團扇，世路隨飛藿。謫居宰山邑，頗喜占名郭。川嶺鬱森秀，烟雲日噴薄。況當素秋霽，清霜掃天末。龍門既竦峻，伊水復澄豁。啓牖眺飛泉，據案望岑崿。獨撫巖中琴，遥枉汴上作。懷賢諒在兹，感舊但如昨。徒然佇王鳧，未果偕緱鶴。終期謝紛坱，攜手向嵩嶽。

【箋】

〔一〕伊陽殷明府，即殷鏊，乾隆江南通志卷四十三人物志載：「殷鏊，字文濟，丹陽人，弘治丙辰進士。有詩名，與李夢陽相唱和。正德中，任僉事，疏請建儲，語侵逆瑾，論戍。」明府，漢代對郡守的尊稱，唐以後多用以尊稱縣令。詩似作於正德中後期，此時殷鏊任汝陽（即伊陽）縣令。

【評】

楊慎李空同詩選評曰：置之文選，亦不能辨。

與殷明府期嵩少諸山不果十四韻〔一〕

旅寓限崩迫，騷屑隘煩務。向來嵩少約，屈指謂旦暮。豈惟攀時彦，兼欲展秋步。僕夫戒衣糧，車馬亦充數。胡然泥行邁，遂此歎乖遻。峨峨雲中峰，阻爾獨何故？佇瞻風嶠突，側耳石泉注。夜來逍遥夢，忽落嵩山樹。纍垂松猿嗷，澹沱岩姿露。存己超彷彿，醒若涉顛遽。彼美眇何許，兹端愴難屢。采蕙忌及晚，我疾畏晨露。烟蘿四時佳，春服易爲具。河陽群葩發，振策冀有遇。

【箋】

〔一〕殷明府，即殷鏊，弘治九年（一四九六）進士，有詩名，與夢陽相唱和，生平見酬伊陽殷明府追憶見寄十四韻（卷十五）箋。詩似作於正德中後期，時夢陽在開封賦閒。

酬秦子以曩與杭子併舟别詩見示余覽詞悲離愴然嬰心匪惟人事乖迕信手二十二韻無論工拙並寄杭子①〔一〕

憶年二十餘，走馬向燕甸。縉紳不識憂，朝野會清宴。嗜酒見天真，憤事獨扼腕。出追杭秦徒，婉娩弄柔翰。探討常夜分，得意忘昏旦。雪雨亦扣門，僕馬頗咨惋。葳蕤香山閣，崷崒蓬萊殿。登頓窮目力，延攬侔壯觀。孔翠不易馴，人生本無絆。蕭蕭田中蓬，隨風各分散。杭生比適越，秦子遊瀍澗。南北兩文星，光芒亘霄漢。余衰更乖謬，挂一每漏萬。夙遭青門斥，差勝黄州竄。偃息於沙澤，遨遊傍河岸。秦也雖共區，累月不一見。秦實困勞冗，余亦怕梳盥。何況阻疆域，杭也江之畔。怦怦睽隔積，鬱鬱歲年换。無計脱煩促，轉坐迫滋蔓。再讀併舟篇，愈切山陽歎。誦言各欽德，悲離古所患。

【校】

①詩題下，弘德集有小注：「秦名金，字國聲；杭名淮，字東卿，俱常州人。」

【箋】

〔一〕秦子，指秦金，生平見七夕遇秦子詠贈（卷十五）箋。杭子，指杭淮，字東卿，别稱雙溪，宜興（今屬江蘇）人。弘治十二年（一四九九）進士，曾官刑部主事、湖廣按察使、河南左布政使、南京太僕寺卿，總督南京糧儲、右副都御史。著有雙溪集八卷。夢陽朝正倡和詩跋（卷五十九）叙及在户部時，曾同「宜興杭氏兄弟」唱和，四庫全書總目卷一百七十一云：「（淮）與兄濟並負詩名，與李夢陽、徐禎卿、王守仁、陸深諸人遞相唱和。其詩格清體健。在弘治、正德之際，不高談古調，亦不沿襲陳言，頗諧中道。」從詩中「余衰更乖謬，挂一每漏萬。夙遭青門斥，差勝黄州竄」來看，該詩當作於詩人出錦衣衛獄之後，時間約爲正德三年（一五〇八）秋或稍後。

暮春逢林子邂逅殊邦念舊寫懷輒盡本韻①〔一〕

赤驥奮途路，神龍厭池沼。不登泰山頂，豈見衆山小〔二〕。明公昔際遇，志與青雲杳。爛承夕扉詔，番苦司隸擾。君乎實憤切，軒然争臣表。朝野凜生氣，樹鮮安巢鳥。名孤衆毁集，竄薄憂心悄。一投海濱郡，遂守荒江眇。遼遼嶺南國，借爾揭文旐。中天行日月，戛戛孤鴳矯。君雖閩内産，迹自閩中肇。業從考亭入，統爲横渠紹。伊余放曠人，漁潛侶荷篠②。亡羊以多歧，望洋徒浩淼。睽離歷十暑，邂逅值春杪。日談恨易夕，夜坐忽及曉。苑花雖寂寂，風絮尚嫋嫋。回首通州别〔三〕，屈指日不少。今看兩白髮，誰忍置清醥。君行秉大軸，吾歌入幽渺。林岑有夙愉，烟蘿閴梟梟。誠無王良顧，空山没騕褭。

【校】

①詩題，弘德集作「暮春逢林子邂逅殊邦復有東西之感念舊寫懷輒盡本韻」。②篠，弘德集作「蓧」。

【箋】

〔一〕林子，指林俊，字待用，號見素，福建莆田人。成化十四年（一四七八）進士，曾官刑部員外郎。

弘治元年（一四八八）任雲南按察司副使。五年，改湖廣按察司副使。九年，稱疾歸里。十三年，起任南京右僉都御史，次年改任江西巡撫。正德四年（一五〇九），任湖廣、四川巡撫。正德六年致仕。嘉靖元年（一五二二）復官，任工部尚書，旋改刑部尚書。二年，辭官歸里。嘉靖六年，卒。明史卷一百九十四有傳。黄虞稷千頃堂書目卷二十著録林俊見素文集二十八卷，又續集十二卷，又詩集十四卷。林俊與夢陽有交遊。明史李夢陽傳云：「宸濠反誅，御史周宣劾夢陽黨逆，被逮。大學士楊廷和、（刑部）尚書林俊力救之，坐前作書院記（陽春書院記），削籍。」林俊見素集奏議卷七辯李夢陽獄疏可證。「邂逅殊邦」，當指江西。按，夢陽有寄贈林都御史二首（卷二十五），作於正德四年林俊初任四川巡撫時。夢陽於正德六年夏至九年初任江西提學副使，在江西與林俊相遇。詩中有「睽離歷十暑，邂逅值春杪」，又有「回首通州别，屈指日不少」句，按，夢陽於弘治十一年後奉命監收通州國儲（李空同先生年表誤爲弘治十二年）。十四年，監三關招商。此泛指在京任職之事。夢陽於弘治末年與林俊在京師分别，林俊於正德四年起任湖廣巡撫，夢陽於正德六年夏至九年在江西任提學副使，則似正德七年或八年春，二人在江西相遇。該詩似作於此時。

〔二〕「不登泰山頂，豈見衆山小」，杜甫望嶽：「會當凌絶頂，一覽衆山小。」

〔三〕通州，俗稱北通州，金天德三年（一一五一）置，屬大興府。治所在潞縣（今北京通州）。元史地理志：通州「取漕運通濟之義，有豐備、通濟、太倉以供京師」。轄境相當今北京通州、河北三河及大廠一帶。明洪武初省潞縣入州，屬順天府。爲明清漕糧倉儲轉運的京畿重鎮。

安南歌送許給事中天錫〔一〕

芳阡藉文轂，垂楊綰鳴珂。使君且勿發，聽我安南歌。安南古夷陬，嶺嶼蔚陂坨。炎原吼象兕，溟窟豗黿鼉。爰自秦漢降，憯怛尋干戈。天皇操化樞，環海無驚波。永執臣妾禮，稽首心靡他。珠犀走北陸，翡翠供虞羅。王臣乘四驪，駊騀金盤陀。朝濟白藤江，暮涉富良河。白日破蠻霧，銅柱孤嵯峨。雕題睹漢儀，巴舞①何傞傞。皇仁罄所宣，紆征采民哦。使君聆我詞，慷慨不顧家。僕夫仗明鉞，絳節拂林華。樓船下煙溆，鼓吹達海涯。

【校】

①巴舞，弘德集作「芭舞」。

【箋】

〔一〕許天錫字啓衷，閩縣（今福建福州）人。弘治六年（一四九三）進士，曾官工科都給事中。張萱西園聞見録卷九十四有傳。談遷國榷卷四十五載：弘治十八年十二月辛酉「編修沈燾、工科左給事中許天錫封黎暉子誼安南國王」。故詩似作於弘治十八年，時夢陽任户部郎中。給事中，設於秦，晉以後爲正官，明代禮、户、吏、兵、刑、工六部均設都給事中一人，正七品；左右給事中各一人，從七品。掌侍從、規諫、補闕、拾遺、稽察六部百司之事。

安南，今越南。明一統志卷九十安南載：「古南交之地，秦屬象郡，漢初爲南越所有，武帝平南越，置交趾、九真、日南三郡，兼置交趾刺史，治羸𨻻。東漢郡屬交州，……隋初郡廢，改都督府爲總管府，唐初仍曰交州，……本朝洪武初，陳日煃率先歸附，仍賜安南國王印。……至今朝貢不絶。」又載：「安南，東至海三百二十里，西至雲南、老撾宣慰司界五百六十里，南至占城國界一千九百里，北至廣西思明府憑祥縣界四百里。」

李夢陽集校箋卷十六　五言古八

效李白體

沐浴子〔一〕

玉盤兩鴛鴦，拍拍弄蘭湯。振衣馨香發，彈冠有輝光。豈念蓬首女，含情怨朝陽。

【箋】

〔一〕沐浴子，樂府名，梁、陳間曲。李白作有沐浴子詩：「沐芳莫彈冠，浴蘭莫振衣。處世忌太潔，志人貴藏暉。滄浪有釣叟，吾與爾同歸。」以下諸詩或詩題或内容均仿李白詩。弘德集卷二十收有此詩，作於嘉靖元年前。

怨歌行〔一〕

漢主十離宫，涼至花盡歇。面面窗玲瓏，煙紗印秋月。天公顧我笑，手弄雙玉玦。但笑不肯留，去若流雲没。憂來抱團扇，揚顰望丹闕。

【箋】

〔一〕李白有怨歌行詩（「十五入漢宫，花顔笑春紅」），表現宫女失寵。疑此詩作於正德年間詩人閒居開封時。

【評】

吴日千先生評選空同詩卷二：青蓮體。

少年行〔一〕

白馬白如雪，銀鞍耀明月。騎出青雲樓，揮鞭向金闕。自言事武皇，出身爲椒房。結交欒通侯，擅名鬬鷄場。尚主復賜第，軒蓋一何光。被酒過都市，殺人如剪蒿。左殪南山虎，右斬北溟鰲。昨朝兵符至，單于寇臨洮。奮身出玉門，殺馬釁寶刀。橫行萬餘里，叱咤威風起。奪馬貳師城，長揖見天子。調笑大將軍，醉駡柱下史。生憎漢相如，白首文園里。

【箋】

〔一〕李白有少年行詩（「擊筑飲美酒，劍歌易水湄」），歌詠少年俠客。此爲同題之作。

長干行〔一〕

皚如玉山雪，皎如瑤臺月。郎來騎白馬，調妾桃樹下。桃葉何柳柳，不謂君行久。倚門問來船，見郎寄書否？

【箋】

〔一〕李白有長干行詩（「妾發初復額，折花門前劇」），詠女子癡情。此爲同題之作。

宋中詩〔一〕

六鷁退而飛，乃向宋都過。四海一震蕩，青天白石墮。世人見此鳥，仰面忽大笑。誰知影不滅，千載落光耀。余方卧空山，聞此一長嘯。

【箋】

〔一〕宋，周代諸侯國。子姓。周武王滅商後封商王紂子武庚於商舊都（今河南商丘）。成王時，武庚叛亂，被殺，又以其地封與紂的庶兄微子啓，號宋公，爲宋國。公元前二八六年爲齊所滅。轄地在今河南東部及山東、江蘇、安徽間。此指商丘。唐高適作有宋中十首，皆五言古體。弘德集收有此詩，疑作於正德九年（一五一四）後嘉靖元年前詩人閒居開封時。

河上公〔一〕

昔有河上公，結廬蓬蒿下。萬乘時一顧，旌旗蔽原野。手揮玉如意，顔貌何瀟灑。曳裾授道經，談天妙無窮。清光耀白日，四海高其風。言既忽不見，竦身躡星虹。鳳凰棲梧桐，鶡雀巢寒蓬。饑鳶嚇腐鼠，笑殺高飛鴻。物固有如此，何必較愚蒙。

【箋】

〔一〕河上公，相傳爲西漢時道家人物。姓名不詳。所撰老子注，不見於漢書藝文志，或出於六朝人僞託。太平廣記卷十神仙河上公：「河上公者，莫知其姓字。漢文帝時結草爲庵於河之濱。帝讀老子經，頗好之。……（文帝）有所不解數事，時人莫能道之，聞時皆稱河上公解老子經義旨，乃使齎所不決之事以問。」李白有贈盧徵君昆弟：「明主訪賢逸，雲泉今已空。二盧竟不起，萬乘高其風。河上喜相得，壺中趣每同。滄洲即此地，觀化游無窮。木落海水清，鼇背睹方蓬。與君弄倒影，攜手凌星虹。」此詩蓋仿白詩而作。

邯鄲才人嫁爲厮養卒婦〔一〕

妾本寒家女，誤入叢臺宫。粉黛三千人，花顔笑春紅。君王重歌舞，幼小不曾通。一朝意相迕，棄擲如秋蓬。昔爲高唐雲，今爲馬牛風。夜夢邯鄲道，不識邯鄲中。金殿秋月滿，歌吹行煙空。白日耀千春，何時燭微躬？

【箋】

〔一〕邯鄲才人嫁爲厮養卒婦，據通志卷四十九樂略，屬古樂府之「佳麗四十七曲」，樂府詩集卷七十三入「雜曲歌辭」，似興起於南朝，謝朓即有同題之作，李白亦有仿作。李白邯鄲才人嫁爲厮養卒婦（「妾本叢臺女，揚蛾入丹闕」），詠宫女怨情。此爲同題之作。

送友人入關〔一〕

南山鬱幽幽，豐水白浩浩〔二〕。烏啼漢城樹，塵起咸陽道。驄馬東方來，長鳴翻玉蹄。春風吹緑草，明月滿關西〔三〕。

【箋】

〔一〕關，此指潼關。友人，疑爲何景明。按，正德十三年（一五一八），朝廷任吏部員外郎何景明爲陝西提學副使。景明赴任前曾至開封與夢陽會面。李白有送友人詩：「青山横北郭，白水繞東城。此地一爲别，孤蓬萬里征。浮雲遊子意，落日故人情。揮手自兹去，蕭蕭班馬鳴。」此詩蓋有所仿。

〔二〕豐水，即今陝西關中之澧河。詩大雅文王有聲：「豐水東注，維禹之績。」宋敏求長安志卷十二：「豐水出（長安）縣西南五十里終南山豐谷，其源闊一十五步，其下闊六十步，水深三尺，自鄠縣界來，經縣界，由馬坊村入咸陽合渭水。」周時，豐、鎬二邑以此水爲界。

〔三〕關西，漢、唐時泛指函谷關、潼關以西地區。漢書卷三十九蕭何傳：「關中摇足則關西非陛下有也。」晉書卷一百一十八載記第十八姚興下：「古人有言，關東出相，關西出將。」後以陝西關中及甘肅東部稱爲關西。

送李生京試①〔一〕

黄龍玉帝宅，紫極繞逶迤。爾行霜雪盡，恰值春風時。天起桃花浪，煙摇御柳絲。要知走馬地，非是冶遊兒。

【校】

①詩題，弘德集、曹本作「送李生京試歌」。

【箋】

〔一〕李生，或以爲乃李濂，其實非也。按，李濂於正德八年（一五一三）鄉試第一中舉，正德九年中進士，李濂赴京考試時夢陽正在江西。此李生當是李士允。士允，字子中，祥符（今屬河南開封）人，正德十二年舉進士，曾官蘇州府、浙江提刑按察司副使、山東提刑按察司副使、蘇松兵備、陝西參政兼苑馬寺卿，有少泉山藏集十卷。朱安淛與謝四溟論詩書曰：「李少泉先生者，空同李公之門人也。及其謝政，僕得從遊，授以詩法。」（載明文海卷一百六十一）李士允舉進士在正德十二年，該詩似作於此年春。時夢陽閒居開封。

送友人之京〔一〕

與君何處別，汴州金梁橋〔二〕。下有古時水，遥接廣陵潮。君搖錦帆去，萬里上雲霄。我掇金光草，方期白鶴招。

其二

鳳凰鳴珠樹，紫雁滄溟外。賈鄧登雲臺，寧説富春瀨。此情難具陳，臨河挽衣帶。積雪太行路，明滅客行邁。

其三

田方澮蕩人，侯嬴亦監門。老馬尚悲辛，肯負信陵言？寶劍贈烈士，明珠報王孫。縱令滄洲去，終戀紫宫恩。

【箋】

〔一〕友人，或即李士允，見送李生京試（卷十六）箋。按，李士允舉進士在正德十二年（一五一七），該詩若爲李士允送別之作，似作於此年春。

〔二〕金梁橋，雍正河南通志卷八關津橋梁附開封府：「金梁橋，在府城大梁門外。」

春日柬王相國〔一〕

白露隕瑶草，佳人秋思悲。葉落今幾時，忽復春風吹。縈芊習殘雪，故柯發新蕤。爲問酒狂客，金尊開對誰？

【箋】

〔一〕王相國，本集卷二十三有城南夏望和王相國，應爲同一人。相國，古代對丞相的尊稱。始於周，見史記趙世家。唐以後，相國多作爲實際宰輔的尊稱，明清時成爲對内閣大學士的尊稱。弘德集卷二十三録有夢陽王宅瓜豆迎秋罔實相國弗説詩以咎之余擬體比聲亦成四韻爲瓜豆解嘲詩，此中之「王宅」、「相國」或與此爲同一人。或爲王鏊，字濟之，吴縣（今江蘇蘇州）人。成化十一年進士，武宗正德初任户部尚書、武英殿大學士等。嘉靖三年卒，謚文恪。有震澤集三十六卷等。明史卷一百八十一有傳。該詩或作於正德二年（一五〇七）春，時作者仍在京師。

避暑〔一〕

避暑空林酌，行歌采緑薇。南來一行鷺，倒映金尊飛。淹留桂樹夕，瀟灑芰荷衣。明月宛相待，休賦醉言歸。

【箋】

〔一〕據詩意，疑作於正德九年至嘉靖元年間詩人閒居開封時。

佘園夏集贈鮑氏〔一〕

曉挈金玉友，出挹池風清。脱巾薜蘿下，悠然聽流鶯。白雲行杯中，紅蕖媚初英。得意時自笑，冥哉塵外情。

【箋】

〔一〕佘園，即佘育家莊園。佘育，字養浩，號鄰菊居士、潛虬山人，歙（今安徽歙縣）人。有潛虬山人集、美牆集。正德中期至嘉靖年間與夢陽多有交遊。夢陽作有春日佘莊感舊二首、佘園春日、佘氏園莊二首、庚午十月佘氏東莊等詩。父存修，著有缶音，夢陽爲作缶音序。鮑氏，指歙人鮑弼。夢陽有梅山先生墓志銘（卷四十五）曰：「嘉靖元年九月十五日，梅山先生卒於汴邸。李子聞之，繞楹彷徨行，曰：『前予造梅山，猶見之，謂病愈且起，今死邪！昨之暮，其族子演倉皇來，泣言買棺事。予猶疑之，乃今死邪！』於是趣駕往弔焉。……梅山姓鮑氏，名弼，字以忠，歙縣人也。」贈豫齋子序（卷五十六）之鮑輔，當爲其兄。該詩疑作於嘉靖元年（一五二二）之前詩人閒居大梁時。

贈鮑演〔一〕

我愛汝長子，遠志日超忽。浮雲似其心，秋水清到骨。縱酒見天真，探桂遲月窟。攜手眺大野，滄波杳出没。

其二

蒲亭杳何許，雲海日浩蕩。團團桂枝月，秋照沙溪上。幾負春草曲，空餘采菱唱。盈盈吴門水，何時理歸榜？

【箋】

〔一〕據前箋，該詩似作於正德九年後嘉靖元年前詩人閒居大梁時。鮑演，歙人鮑弼之族子，鮑潡之兄弟。見梅山先生墓志銘(卷四十五)。

把酒〔一〕

把酒望天地，邈然無可親。龍蛇洞庭浦，雪霰洛陽春。霧林坐鳴琴，煙徑無歸人。相思東山月，夜夜懸西秦。

【箋】

〔一〕據詩意，疑作於正德九年至嘉靖元年間詩人閒居開封時。末二句表現思鄉之情。李白有春日獨酌二首，其二有句曰：「横琴倚高松，把酒望遠山。長空去鳥没，落日孤雲還。但恐光景晚，宿昔成秋顔。」

贈張生〔一〕

怪爾辭江漢，長歌入宋梁。北風吹凍野，歲晏天雨霜。老馬棄不育，閼殺田子方。拍手笑侯嬴，捐世計不彰。顧瞻臺闕地，寒莽但蒼蒼。

其二

攬衣斷崖口，悲風振古臺。叫雁驚逆雲，萬里天爲開。雪榛覆寒莎，松殿扃餘苔。昔人邈安在，日落寒色來。棄置勿復道，且醻黄金杯。

【箋】

〔一〕張生，指張含，生平見贈張含二首（卷十二）箋。據贈張含二首，張於正德四年（一五〇九）八月離大梁歸雲南，「怪爾辭江漢，長歌入宋梁」，似指張含自雲南來，時間應爲次年冬。該詩約作於正德五年冬。

别田進士〔一〕

子望河上雲，我望城中月。不共眼前酒〔二〕，況乃天外别。白沙亂海曙，黄雲下燕雪。後期轉超忽，吾將泛溟渤。

【箋】

〔一〕田進士，即田汝耔，雍正河南通志卷六十五文苑載：「田汝耔字勤甫，祥符人。弘治乙丑進士，授刑科給事中，歷仕至湖廣副使。予告歸，力田養母，以經籍自娱，著周易纂義、律吕會通、采葑、歸田二集。弟汝耕，以鄉薦爲兵部司務，詩文藻麗，與兄並美焉。」據明文海卷四百四十八所收崔銑田汝耔志載：田汝耔（一四七八—一五三三），字勤父，汴之祥符人。弘治十八年（一五〇五）進士，以外艱歸服。正德三年（一五〇八）授行人，四年（一五〇九），選給事中，治刑科。八年（一五一三）十一月遷江西，十二年（一五一七）二月，調山西，十四年（一五一九），遷湖廣，閱四歲歸，閒居維十二年。嘉靖癸巳三月二日卒。詩題「田進士」，又「以外艱歸服」，可知其在弘治十八年至正德三年間在家守喪，並無官職，故稱其爲「進士」。詩當作於正德三年冬，時田氏已歸京，夢陽於此年八月出錦衣衛獄，十一月歸開封，此爲歸開封前之作。

〔二〕「不共眼前酒」，李白笑歌行：「君愛身後名，我愛眼前酒。飲酒眼前樂，虛名何處有？」

歲暮夜懷寄友〔一〕

梁客梁甫吟，北風號沙林。連山激湍波，海氣結愁陰。雖持一杯酒〔二〕，而有萬古心。越鳥不巢燕，代馬不戀越。天明太行雪，霜凍洛門月。颯颯湘流深，冥冥蒼梧隔。逝矣徒離憂，芳蘭爲誰結？

其二

歲窮長年悲，越吟遊子思。寒風起枯楊，夕坐知天霜。落星動海白，飛沙吹雲黃。蕭蕭孤蓬轉，萬里何超緬。沈吟卷道帙，惻愴淚如霰。入河討沈淪，蹈海事游衍。傳書寄麻姑，與爾期相見。

【箋】

〔一〕據詩意，友，疑即張含，按，張含於正德四年至開封，不幸染疾，居城西客館，後返雲南。參張含（卷二十六）箋。

〔二〕「雖持一杯酒」，李白送趙雲卿：「白玉一杯酒，緑楊三月時。」

冬日夷門旅懷〔一〕

十日五日霧，一冬半冬陰。行子念歸旋，朔風莽悲吟。蒼蒼孟諸原〔二〕，慘慘杍秋林。東望清淺流，頗劇溟海心。川陸曠超緬，浩然煙水深。百齡一何遒，萬化相推尋。徒傳羽化迹，不見鸞吹音。清霜颯滿鏡，紅顏倏頹侵。邈彼五湖子〔三〕，賢哉吾所欽！

【箋】

〔一〕夷門，大梁城東門，代指大梁，見贈張含二首（卷十二）箋。該詩疑作於正德九年（一五一四）至嘉靖元年間詩人閒居大梁時。李白有秋夕旅懷：「涼風度秋海，吹我鄉思飛。連山去無際，流水何時歸。目極浮雲色，心斷明月暉。芳草歇柔豔，白露催寒衣。夢長銀漢落，覺罷天星稀。含悲想舊國，泣下誰能揮？」此詩似爲仿作。

〔二〕孟諸，即孟諸澤。清一統志卷一百五十四歸德府：「孟諸澤，在商邱縣東北，接虞城縣界，亦名望諸。書禹貢：導菏澤、被孟豬。周禮職方氏：青州，其澤藪曰望諸。疏：望諸即孟諸也。爾雅十藪：宋有孟諸。郭璞注：今在梁國睢陽縣東北。」

〔三〕五湖子，不詳。明皇甫涍皇甫少玄集外集卷二有五湖子曉行，卷五有送五湖子讀書虎丘僧舍二詩。當爲同一人。

行歌古澤中〔一〕

古澤古雲遊，帶索被羊裘。川寒凍日白，海暝孤雲愁。鴟鴞叫禿木，鴻雁遵方洲。腸斷悲哉客，黄河不斷流。

其二

川原望不極，愁思滿歸襟。雲蔽長安目，水流湘浦心。頹陽滅遠樹，積雪明寒岑。醉起海月照，行歌入霧林〔二〕。

【箋】

〔一〕古澤，即孟諸澤，在今河南商丘東北廣大區域。見冬日夷門旅懷（卷十六）箋。該詩似作於正德九年（一五一四）秋詩人自江西罷官歸鄉之後野遊之時。

〔二〕「行歌入霧林」，李白春日遊羅敷潭：「行歌入谷口。」

結客行席上贈洪生〔一〕

翩翩紫騮馬，燦燦雲花袍。結客梁州市，傾心贈寶刀。意氣凌朱亥，英聲蓋伯高。見説煙塵起，橫行是爾曹。

【箋】

〔一〕嘉靖集收此詩，故當作於嘉靖元年（一五二二）至三年間。洪生，不詳，疑爲夢陽在大梁所收學生。結客少年場行爲舊題樂府，結客行或爲夢陽據其新擬製之題。李白有結客少年場行：「紫燕黄金瞳，啾啾摇緑鬉。平明相馳逐，結客洛門東。少年學劍術，凌轢白猿公。珠袍曳錦帶，匕首插吴鴻。由來萬夫勇，挾此生雄風。托交從劇孟，買醉入新豐。笑盡一杯酒，殺人都市中。羞道易水寒，從令日貫虹。燕丹事不立，虚没秦帝宫。武陽死灰人，安可與成功？」

故人殷進士特使自壽張來兼致懷作僕離群遠遁頗有遊陟之志酬美訂約遂有此寄①〔一〕

我生寡諧俗，志與山林期。謬擬渭川載，豈羡荊山悲。弱齡不解事，走馬長安郊。紫綬雖挂身，丹丘阻逍遥。心隨萬里雲，舒卷何蕭蕭。翩翩朱鳳凰，飛集梧桐樹。冠蓋交路衢，青雲有捷步。彈冠②無鈍硎，結交盡雄才。殷君起東魯，我使關西來。揖鞭塵埃中，朗如玉山開。時從二三友，覽古黄金臺〔二〕。四序更代易，人生豈常遇？相如歸蜀都，賈誼長沙去。去去遊梁園，耕釣孟諸藪〔三〕。日月東西没，黄河落天走。雲沙白皓皓，萬里見海口。雄劍挂土壁，褐衣被兩肘。朝從河上公，暮逐墟中叟。有時弄清漪，明月在我手。壽張三百里，北望一何邇。未移山陰棹，先枉石川鯉。剖鯉得素書，故人今何如？錦字偕華星，照耀蓬蒿廬。空谷激寒雷，冬庭轉蘭芳。曉起誦瑶音，夜夢君之旁。書中何所有，相期陟東嶽。巉巖丈人峰，彷彿几前落。倏如佩蒼龍，倒景騎玄鶴。願從東道主，握手翔寥廓。

【校】

①詩題，弘德集作「故人殷進士自壽張特使使來看兼致懷作僕離群遠遁頗有游陟之志東道之主非子而誰酬美訂約遂有此寄」。　②冠，百家詩作「鋏」。

【箋】

〔一〕殷進士，指殷雲霄，字近夫，壽張（今屬山東）人，弘治十八年（一五〇五）進士，正德中官南京工科給事中。正德十一年（一五一六）病卒，享年三十歲。嘗疏論武宗納有娠女子馬氏事，以峭直稱。著有石川集四卷，明史卷二百八十六有傳。按，夢陽刻誨愚録序曰：「在大梁，殷書來約太山之遊，予贈之五言長詩一章。」即指此詩。據鄧曉東考證，此詩作於正德二年冬閒居开封時。（鄧文載明人别集研究青年學者論壇論文集。）

〔二〕黄金臺，即燕臺，見梁園歌（卷十八）箋。

〔三〕孟諸藪，即孟諸澤，古澤藪名，在今河南商丘東北廣大區域。見冬日夷門旅懷（卷十六）箋。

紀夢〔一〕

夜夢走西陸，半天落金城。天門兩壁開，見之駭心情。大江横其西，落日懸金盆。日流江波涌，霞彩照乾坤。我問此何方，云是涌金門。揮手上雲樓，邂逅錢世恩〔二〕。把袂淩天梯，笑倒黄金樽。袖出石室訣，飲我金莖露。人區杳難託，東指蓬萊路。夢醒不見君，空江暝煙霧。

【箋】

〔一〕據詩意，疑作於正德九年（一五一四）至嘉靖元年間詩人閒居開封時。

〔二〕錢世恩，即錢榮，字世恩，號伯川，無錫（今屬江蘇）人。弘治六年（一四九三）進士。王鏊震澤集卷三十一、邵寶容春堂續集卷十八均有祭錢世恩文。據明俞汝楫禮部志稿卷四十三，錢榮曾在弘治十二年任禮部祠祭司員外郎。正德初爲户部郎中。劉瑾擅權，連上三疏，後辭官歸里。

大霧翟左二子來訪①〔一〕

蒸煙暝萬古，垂雲結樓臺。白日墮空冥，天地安在哉〔二〕？川嶽冰穹崇，寒林倏花開。對酒不能飲，擁褐心悲哀。翟生雀羅裔，左氏麟經才。攀嵇②涉古陂，訪戴臨河隈。兩騎踏蒼茫，宛如空中來。日夕嚴飆興，稍見歸鴉度。雖開燕臺雲，不辨焦橋路。呼兒斸凍蕨，燃蒿寫秋露。談玄析綿邈，覽古悲沿泝。停杯劃一笑，茫然獨四顧。

【校】

①「翟」上，弘德集有「不見天日」四字。②嵇，原作「稽」，據四庫本改。

【箋】

〔一〕翟，不詳。李濂壽劉母岳恭人七十序中有「翟生昌胤」，或即其人。左，指夢陽妻弟左國璣，生平見丙子生日答内弟璣（卷二十六）箋。據詩意，疑當作於正德年間閒居開封時。

〔二〕「白日墮空冥，天地安在哉」，李白古風其五十八：「神女去已久，襄王安在哉。」

翟生苦節尚志人也邇從余河之上余嘉敬焉作詩以贈〔一〕

原子懸鶉衣〔二〕，仲蔚蓬蒿丘〔三〕。蒼煙卧木石，浮雲傲王侯。常懷一飯恩，不顧千金酬。弦歌空桑裏〔四〕，登嘯大岡頭。眷念墟中約，慇懃河上遊。我亦釣鰲者，佳期杳滄洲。

【箋】

〔一〕翟生，不詳。據大霧翟左二子來訪箋，或爲翟昌胤。據詩意，疑作於正德年間閒居開封時。

〔二〕原子，即原亢，字籍，春秋時魯國人。孔子弟子。鶉衣，破爛衣服。鶉尾秃，故稱。語本荀子大略：「子夏貧，衣若縣鶉。」此原子，當爲子夏。

〔三〕仲蔚，即宋人陳仲蔚，瑞州高安人，字致廣，號遂初。理宗嘉熙二年（一二三八）進士。由莆田尉累遷江西提點刑獄，所至有惠績。以忤賈似道罷。益王即位海上，拜禮部尚書。崖山兵敗，走安南。生平通究六經，精研理致。有廣王衛王本末。

〔四〕空桑，傳説中山名，産琴瑟之材。周禮春官大司樂：「空桑之琴瑟，咸池之舞，夏日至，於澤中之方丘奏之。」漢書禮樂志二：「空桑琴瑟結信成，四興遞代八風生。」顔師古注：「空桑，地名也，出善木，可爲琴瑟也。」

晉州留別州守及東鹿令用李白崔秋浦韻①〔一〕

荒原送行客，白楊起西風。雙鳧下雲漢，五馬繫秋桐。連城滹水上〔二〕，馳譽燕代中。登高望雲海，離思浩無窮。

【校】

①詩題，弘德集作「晉州城西留別州守及東鹿令用李公崔秋浦韻」。

【箋】

〔一〕晉州，蒙古成吉思汗十年（一二一五）置，元屬真定路。明屬真定府。明一統志卷三真定府載：「晉州，在府城東九十里。本春秋鼓子國，漢置下曲陽縣，屬鉅鹿郡，……唐屬定州，後屬恒州，宋、金俱屬祁州，元置晉州，本朝因之。」東鹿，唐至德元年（七五六）改鹿城縣置，屬深州。

治所在今河北辛集東北舊城鎮。資治通鑑卷二百一十九至德元載（七五六）胡三省注：「明皇以安禄山反，改常山之鹿泉曰獲鹿，饒陽之鹿城曰東鹿，以厭之。」明一統志卷二保定府：「東鹿縣，在州城南一百二十里，……元省入深澤縣，尋復置，屬祁州，本朝因之。」李白崔秋浦，即李白贈崔秋浦三首。據詩意，或爲正德三年秋冬之際夢陽歸開封途中作。

〔三〕滹水，即滹沱河。在河北省西部。出山西繁峙東之泰戲山，穿割太行山，東流入河北平原，在獻縣和滏陽河匯合爲子牙河。至天津，會北運河入海。亦作「滹沲」，宋沈括夢溪筆談雜誌一：「凡大河、漳水、滹沲、……悉是濁流。」

客過屬縣雨過〔一〕

鳴雷不終夕，急雹偶來同。城波静綺席，苑樹生長風。雨殘白日外，虹垂青霧中。爲愛揚州客，留連尊酒空。

【箋】

〔一〕據詩意，疑作於正德五年前後詩人閒居開封時。

程生遊華山歸也誇我以絶觀動我以靈篇爰贈此章抒我夙愫〔一〕

君行值杪秋，飄飄登雲巔。笑弄石蓮花，俯漱玉女泉。秦時采松女，有無嬉紫烟。雙騎兩茅龍，曾逢呼子先。夜棲何峰室，遇師叩何詮。一虎嘯海月，萬壑驚風旋。颯然毛骨换，錯落神光圓。晨興扳長蘿，朗詠青霞篇。黄河衣帶去，蓬萊瞪目前。赤日跳扶桑，仙掌發紅鮮。伊予歎兹游，挂心三十年。夢想落雁頂，攜詩問青天。林麓限層雲，奮飛悵無緣。安能振衣去，共爾追群仙？

【箋】

〔一〕程生，指程誥。生平見孤鴣篇壽程生大母（卷七）箋。明侯一麐程山人傳：「山人程氏，歙人也，……久之，又起適汴，西抵秦晉，登太華賦詩，出大梁，持謁空同李先生，一見語合。先生曰：『子之詩異時，以散置名家不别矣。』自是海内士争序論山人詩，而山人亦益縱横作者之場矣。」（明文海卷四百零七高隱）據詩意，似作於嘉靖初年詩人閒居大梁時。

懷湘曲〔一〕

湘筠寒翠滿，白日起秋雲。美人杳何處？江氣長氤氳。手持紫玉管，遥望青霞君。藹藹波水暮，何由①致慇懃。

【校】

①由，原作「中」，據百家詩、四庫本改。

【箋】

〔一〕懷湘曲，夢陽自創詩題。據詩意，疑作於正德十年後詩人閒居開封時。

獵雪曲〔一〕

日光摇白雪，黄雲片片裂。狐裘誰家郎，駿馬如電掣。馳騁復徊徘，掉臂角弓開。一發中雙貍，笑上梁王臺〔二〕。

其二

荒荒凍日白，出門雪一尺。爰爰道左兔，意態一何適。我弦纔一鳴，不見彼行迹。寄言遊獵人，姑待春草碧。

【箋】

〔一〕獵雪曲，夢陽自創詩題。疑作於正德九年（一五一四）後詩人閒居開封時。

〔二〕梁王臺，即繁臺。舊五代史梁書太祖紀四：「甲午，以高明門外繁臺爲講武臺。是臺西漢梁孝王之時，嘗按歌閲樂於此，當時因名曰吹臺。其後有繁氏居於其側，里人乃以姓呼之，時代綿寢，雖官吏亦從俗焉。」明楊慎丹鉛總録瑣語：「吹臺即繁臺，本師曠吹臺，梁孝王增築，班史稱平臺，唐稱吹臺，又因謝惠連嘗爲雪賦，又名雪臺。」在今開封城東南。

【評】

皇明詩選卷二：宋轅文曰：太白、江寧五言如此，存之以備唐風。

泭溪吟〔一〕

濟川何必舟，編竹便可涉。秋風蘆白花，泂沿水一葉。淺之不用維，渡深豈須楫？黑潭有龍氣，雲起腥風接。

【箋】

〔一〕汭溪吟，夢陽自創詩題。明侯一麐程山人傳：「山人程氏，歙人也，世家臨河之上。名誥，字自邑。幼負奇氣，不肯爲諸生，……慨然曰：『……吾寧能萬斛之舟而浮於江湖乎？不能也。然則併木之汭，以游乎溪渚之間，真吾所宜。』於是人從而稱之汭溪汭溪云。……」（明文海卷四百零七高隱）夢陽與程誥相識在正德九年之後，故據詩意，似作於嘉靖年間詩人閒居大梁時。

送藩幕張君入朝①〔一〕

騮馬向風嘶，銀鞍翻玉蹄。結裝紫薇下，別我緑楊西。記室髮點漆，參軍髯過臍。馮唐莫恨老，神物不終泥。

【校】

①詩題，曹本作「送藩幕張小山入朝」。

【箋】

〔一〕張君，據曹本詩題，即張小山，其人不詳。據詩意，似作於正德九年後詩人閒居開封時。

贈程生之南海〔一〕

生爲海南客，幾度登羅浮〔二〕。天清衆島出，萬水朝宗流。乘桴聖者歎，望洋遊子愁。明珠與翡翠，歲歲到神州。

【箋】

〔一〕程生，指程誥。生平見孤鵠篇壽程生大母（卷七）箋。據詩意，似作於嘉靖年間詩人閒居大梁時。南海，隋開皇十年（五九〇）改番禺縣置，治所即今廣州市。明爲廣州府治。明一統志卷七十九廣東布政司：「南海縣，本秦南海郡番禺縣地，隋文帝分置南海縣爲番州治，唐爲廣州治，南漢分南海置咸寧、常康二縣，宋初併咸寧、常康俱入南海，元仍舊，本朝因之。」

〔二〕羅浮，即羅浮山，在今廣東博羅西北。見廣州歌送羅參議（卷十八）箋。

【評】

皇明詩選卷二：李舒章曰：簡雅。

近竹吟〔一〕

蕭蕭數竿竹，每與寒歲期。翠色酒中滿，清風琴上吹。疏值月來處，密當雲起時。萬動紛華裏，一杯聊自持。

【箋】

〔一〕近竹吟，夢陽自創詩題。據詩意，似作於正德九年後詩人閒居開封時。

水司陶君種桃柳成各有詩予和二首〔一〕

沿堤萬萬樹，一插即成林。五柳陶公意，甘棠邵伯心。許我聽鶯去，攜壺就緑陰。

其二

如何梁苑地〔二〕，忽見武陵津。汎汎青霞水，盈盈紅錦春。果熟貧民食，無兒許婦人。

【箋】

〔一〕陶君，指陶諧，字世和，號南川，會稽（今浙江紹興）人，弘治九年（一四九六）進士，改庶吉士，授工科給事中，官至兵部侍郎，總督兩廣軍務。卒，謚莊敏。著有南川稿十二卷、陶莊敏公集八卷等，明史卷二百零三有傳。正德初，陶諧因上疏被貶肅州（今甘肅酒泉）。劉瑾誅，詔還家。嘉靖元年（一五二二），起用爲江西按察司僉事。三年，轉河南按察司副使，管理河道（分司）。六年，升河南左布政使。該詩當作於嘉靖三年陶任河南按察司副使管理河道時。按，明世宗實録卷四十三：嘉靖三年九月，乙酉，「江西按察司僉事陶諧爲河南副使」。又卷七十七：嘉靖六年六月，「河南按察司副使陶諧爲本布政司右參政」。陶諧善詩，朱彝尊明詩綜卷二十七下評：「南川詩未知津數，與空同酬唱，吾服其膽。」

〔二〕梁苑，西漢梁孝王所建東苑，故址在今河南商丘睢陽。園林規模宏大，供遊賞馳獵，梁孝王在其中廣納賓客，亦稱兔園、梁園，事見史記梁孝王世家。此爲開封一帶之代稱。

贈謝子〔一〕

涼風吹海月，當酒墮我懷。愛此皎潔光，願與君子偕。攬之不入手，仰面看昭回。銀潢南北流，竟夕但徘徊。

其二

大河起長風，挂席破黄濤。問予今何之，嶺海聊遊遨。羅浮緑髮人〔二〕，思之我心忉。幸君叩丹訣，順風託鴻毛。

【箋】

〔一〕謝子，不詳。夢陽作有謝子饋笏答以駝布（卷三十五）。或即其人。據詩意，似作於嘉靖年間詩人閒居開封時。

〔二〕羅浮，即羅浮山，在今廣東博羅西北。見廣州歌送羅參議（卷十八）箋。

相逢行贈袁永之〔一〕

清晨客叩門，投我一書札。開緘錦雲爛，鏗然玉相戛。問客何方來，新下黄金臺〔二〕。揚鞭指河洛，迴旆陵高崖。選珍掇琪草，探美收璵瑰。路逢赤松子，並舉收氛埃。道同心乃冥，神投誼難乖。古人重良契，豈必聲影偕。行行報嘉績，貢此明堂材。

【箋】

〔一〕相逢行，樂府詩集卷三十四：「一曰相逢狹路間行，亦曰長安有狹斜行。樂府解題曰：古詞，文意與雞鳴曲同。晉陸機長安狹斜行云：『伊洛有岐路，岐路交朱輪。』則言世路險狹邪僻，正直之士無所措手足矣。」李白有二首相逢行，皆詠男女愛情。袁永之，即袁袠，字永之，別號胥臺山人，吳縣（今屬江蘇）人。嘉靖五年（一五二六）進士，選翰林院庶吉士，授刑部、兵部主事，因兵部火災，下詔獄，謫戍潮州，後官南京武選主事、職方員外郎，廣西提學僉事。著有胥臺先生集、皇明獻實、吴中先賢傳等。袁袠曾撰李空同先生傳，云：「余戊子歲使大梁，以書投先生，辱賦答相逢行，一見甚歡，談宴累日夜。是後，人從大梁來，先生必有書遺。辛卯，以所著集見託，屬纊之日，遺言『必袁生表吾墓』，而先生之子伯材，馳書京師曰：『亡父落落大節，世或未盡知，子必傳之！』」戊子，爲嘉靖七年（一五二八），該詩或作於此年，時夢陽閒居大梁，初識袁袠。

〔二〕黄金臺，即燕臺，見梁園歌（卷十八）箋。

李夢陽集校箋卷十七　五言古九 效雜體

效陶體

田居左生偕二李見過[一]

習宦非我長，官久計轉拙[二]。遭斥還田廬，獲與初念協。樹藝良有期，農事固堪悦。飄飄緑原風，皛皛明川月。披襟恣吾適，既夏不知熱。回思行役日，寒暑靡得輟。疏懶古雖鄙，任性亦可説。膏疇矧豐蔚，積潦復淒冽。白日皎在兹，停雲静如結。爲謝二三子，努力慰衰劣。

其二

去官今七暑，漸與農務親。隨宜諳土性，言話群野人。時或遡微風，行歌響空榛。先民邈何攀，慨焉傷我辰。慨傷遹誰知，所有二三賓。文論日往來，炯炯高義伸。炎雨回衆姿，涼飆起修畛。兀然林木下，日入忘歸輪。玄蟬夕益聒，去鳥一何頻。野行畏多露，無使侵衣巾。

【箋】

〔一〕左生，指夢陽妻弟左國璣，生平見丙子生日答内弟璣（卷二十六）箋。二李，即李濂與李士允。李濂字川父，號嵩渚山人。祥符（今河南開封）人。正德八年（一五一三）河南鄉試第一，次年舉進士。四庫全書總目卷一百七十六嵩渚集提要云：「濂少年嘗作理情賦，其友左國璣持以示李夢陽，夢陽大嗟賞，訪之吹臺，濂自此聲馳河洛間。既罷歸，益肆力於學，遂以古文名於時。」明史卷二百八十六、列朝詩集小傳丙集有傳。李士允，見送李生京試（卷十六）箋。該詩中有「去官今七暑，漸與農務親」句，夢陽於正德九年解職歸鄉，至正德十六年恰好七年，詩疑作於此時。何景明大復集卷八亦收有此二詩，題曰田園雜詩二首。根據詩題與詩意，此詩作者當是李夢陽。詩中「去官今七暑」句，與夢陽江西解職時間吻合，而與何景明事實不合，何景明並未有去官七年之經歷。

〔二〕「習宦非我長，官久計轉拙」，杜甫自京赴奉先縣詠懷五百字：「杜陵有布衣，老大意轉拙。」

城南别業夏集〔一〕

田居本①自娱，況兼林水情。聿兹暑衣晨，而與佳士併。挈榼遡芊緜，臨隥弄澄清②。娟娟浴沙鷺，交交鳴枝鶯。雖非巖潭區，閒曠足我營。菰蒲裊寒陰，隕果時自驚。有室矧伊邇，遐哉謝塵縈！

其二

荷鋤侈高詠，濯纓肆佳吟。疇知稼穡場，乃爾蒹葭侵。步風逾曾堤，徙筵趁重陰。於情既有託，矚寓良自深。逶迤波上雲，征征草間禽。隋臺信已古，巍城方肇今。驗物果足遣，杯乾聊復斟。

【校】

①本，原作「不」，據弘德集、黄本、曹本改。②澄清，弘德集、黄本、曹本作「深清」。

【箋】

〔一〕此二首乃仿陶淵明歸園田居五首而作。夢陽有城南新業期王子不至（卷三十一）詩，作於正德十五年（一五二〇），似該詩亦當作於正德後期。

效唐初體

慶都篇〔一〕

於昭開帝則，蕩蕩協欽文。高辛初纘服，大舜復升聞。瞻依太古日，悵望春空雲。緩策遵墟里，翺翔詠放勛。

【箋】

〔一〕慶都，傳説中人物。爲帝堯之母。古成陽（在今山東菏澤境内）堯陵南有慶都陵。見宋書符瑞志上、水經注瓠子河。據詩意，當作於正德元年武宗初即位時，時夢陽任户部員外郎。

帝乙

此以下三首皆爲武宗大婚而作①。

帝乙歸元歲，濕汭降高秋。白霧凌蒼璧，文烟結彩樓。楓陌三公引，雲衢六馬遊。行當瞻月馭，佇想詠河洲。

【校】

①小序「而作」下，四庫本有「時正德元年八月之吉」一句。

黄衢

黄衢會日月，紫氣懸陰陽。冉冉神龍下，英英朱鳳翔。蘭烟凝玉閣，桂月滿金堂。禮先歆九廟，德已合無疆。

桂宫①〔一〕

桂宫新降馭，蠶室爛生氛。曳紼成漢業，采葛相周文。會奉重輪日，先瞻五色雲。秋明天路夕，瑞雨碧氤氲。

【校】

①詩題，原作「其二」，據四庫本改。又，目録原脱詩題「桂宫」，已據補。

【箋】

〔一〕按，明史武宗本紀：正德元年秋八月「戊午，立皇后夏氏」。據小序，以上三首均作於正德元年八月武宗大婚時，時夢陽升任户部郎中。

十二月朔〔一〕

積陰凌紫極，玄霧暗三辰。黄龍游帝畤，萬乘若浮雲。六虬何蚴蟉，雜沓走天神。明王熙庶載，至敬達郊禋。玉輦親牛豕，重瞳注鹿群。精誠先百物，咸德屆犧人。揚鑾回御道，九宇冀陽春。

【箋】

〔一〕據詩意，當作於正德元年（一五〇六）十二月初一，時夢陽任户部郎中。

夏歌〔一〕

積潦溢廣澤，炎雲翳崇臺。玉階履綦絶，紫殿生莓苔。螢流疏竹静，風動綌幃開。佳期悵千里，竟夕以徘徊。

【箋】

〔一〕據詩意，似作於正德初年詩人任官户部時。

湘妃怨〔一〕

采蘭湘北沚，搴木澧南潯。淥水含瑶彩，微風托玉音。雲起蒼梧夕，日落洞庭陰。不知篁竹苦，惟見淚斑深。

【箋】

〔一〕據詩意，似作於正德二年劾劉瑾遭解官時。

【評】

皇明詩選卷二：宋轅文曰：深秀。

又引宗子相云：顔、謝逸響。

春曲

萋萋百尺臺，南臨大道開。月明珠箔捲，塵暗寶車來。豪雄五都俠，意氣萬人摧。帶醉穿林徑，垂鞭拂閣梅。

【評】皇明詩選卷二：宋轅文曰：意態流逸。

結客少年場行〔一〕

燈如列宿行，月似九秋霜。番番七貴兒，燦燦五侯郎。雜沓凌香陌，徘徊競夕光。各攜黄金劍，結客少年場。

【箋】

〔一〕李白有同題之作。以上二首，據詩意，似作於弘治末年至正德初年任職户部時。

俠客行〔一〕

幽并豪俠地，燕趙稱悲歌。千金市駿馬，萬里向交河。公卿贈寶劍，君王賜玉戈。捐軀赴國難〔二〕，常令海不波。

【箋】

〔一〕據詩意，此詩似作於弘治十三年（一五〇〇）夢陽奉命犒榆林軍時。

〔二〕「捐軀赴國難」，魏曹植白馬篇：「捐軀赴國難，視死忽如歸。」

從軍行〔一〕

棄家從上將，報主掃胡戎。弩滿常隨月，旗翻數起風。右指昆邪盡，左盼月支空。馳名紫塞外，開府玉關東。不逢百戰日，誰識萬夫雄。

【箋】

〔一〕據朱安泖李空同先生年表，此詩作於弘治十三年（一五〇〇）夢陽奉命犒榆林軍時。

出塞曲〔一〕

單于寇邊城，漢將列長營。旌旗蔽山谷，鉦鼓晝夜鳴。乘我浮雲騎，彀我明月弓。奇兵左右出，長驅向雲中〔二〕。彭彭陣結虎，颯颯劍浮虹。一戰皋蘭滅〔三〕，再戰沙漠空。歸來獻天子，長揖不言功。

【箋】

〔一〕據李空同先生年表，此詩作於弘治十三年（一五〇〇）夢陽奉命犒榆林軍時。按，夢陽有秋望（卷三十二）一詩，詩題，列朝詩集作「出使雲中作」。雲中，即古之雲中郡，約在今山西大同、内蒙托克托一帶，在黄河南岸。夢陽自京城出發，過宣府，經大同、内蒙托克托至榆林（今屬陝西）。詩亦當作於此時。

〔二〕雲中，古郡名。原爲戰國趙地，秦時置郡，治所在雲中（今山西大同、内蒙古托克托東北）。漢代轄境較小。有時泛指邊關。韓非子喻老：「故雖有代、雲中之樂，超然已無趙矣。」鮑照代陳思王白馬篇：「要途問邊急，雜虜入雲中。」

〔三〕皋蘭，在今甘肅張掖附近。漢書霍去病傳：「轉戰六日，過焉支山千有餘里，合短兵，鏖皋蘭下。」梁元帝鄭衆論：「况復風生稽落，日隱龍堆，翰海飛沙，皋蘭走雪。」唐沈佺期被試出塞詩：「辛苦皋蘭北，胡霜損漢兵。」亦稱合黎山，並非今蘭州之皋蘭山。

銅雀伎〔一〕

帷飄雀臺上〔二〕，弦奏舞衣前。群悲一以望，春草爲誰妍？芳歲銷蘭怨，流塵集錦筵。爲問西陵道，孰與漢家阡？

【箋】

〔一〕銅雀伎，樂府平調曲名。又名銅雀臺。樂府詩集相和歌辭六銅雀臺題解：「一曰銅雀妓。鄴都故事曰：『魏武帝遺命諸子曰：「吾死之後，葬於鄴之西崗上，與西門豹祠相近，無藏金玉珠寶。餘香可分諸夫人，不命祭吾。妾與伎人，皆著銅雀臺，臺上施六尺牀，下繐帳，朝晡上酒脯粻糒之屬。每月朝十五，輒向帳前作伎。汝等時登臺，望吾西陵墓田。」』……後人悲其意而爲之詠也。」

按，正德二年丁卯（一五〇七）正月，劉瑾知韓文之彈劾奏疏出自夢陽，遂矯詔奪官，降山西布政司經歷，二月，勒致仕。夢陽作發京師詩，小序曰：「正德二年春二月，與職方王子同放歸田里。」此詩疑作於歸開封途中。

〔二〕雀臺，即銅雀臺，亦作銅爵臺。漢末建安十五年（二一〇）冬曹操所建。周圍殿屋一百二十間，連接榱棟，侵徹雲漢。鑄大孔雀置於樓頂，舒翼奮尾，勢若飛動，故名銅雀臺。故址在今河北臨漳西南古鄴城西北隅，與金虎、冰井合稱三臺。三國志魏書武帝紀：「（建安十五年）冬，作銅雀臺。」

漳津夕眺〔一〕

揚舲亂北渚，靡蓋望西陵。帳殿牛羊下，歌臺麇①鹿升。日夕松柏路，蕭蕭響風樹。連沙改故浦，空山没蒼戍。徘徊望霸氣，鄴城在何處〔二〕？

【校】

①麇，原作「麋」，據四庫本改。

【箋】

〔一〕漳津，漳河渡口，在今河北臨漳。疑爲正德二年二月解職後自京返大梁途中作。

〔二〕鄴城，春秋齊桓公始築，戰國魏文侯建都於此。秦置縣。漢後爲魏郡治所。建安十八年（二一三），曹操爲魏王，定都於此。晉避司馬鄴（愍帝）諱，改名臨漳。

【評】

皇明詩選卷二：李舒章曰：筆有餘勁。

呂仙祠〔一〕

孤遊逢呂跡，永逝感盧生。眷彼炊粱術，契我遺世情。蒼山故國道，落日邯鄲城。陰陰祠宇夕，宛宛曲池清。不見金芝侶，誰聞朱鳳聲。田鼯穴桂壁，野葛蔓松楹。寧知往來者，不是寐中行。

【箋】

〔一〕明一統志卷四順德府：「呂仙祠，在邯鄲縣北二十里，唐開元中道士呂翁嘗息於此，遇少年盧生，自歎貧困。時主人方炊黄粱，翁以枕授生，曰：『枕吾枕，當令子榮適如意。』生枕之，夢自枕竅中入至其家，娶崔氏女甚麗。明年，舉進士，歷官至中書令，年八十卒。及寤，顧翁在傍，主人炊黄粱猶未熟，謝曰：『此先生所以窒吾欲也。』後人爲立呂仙祠。」據詩意，疑爲正德二年（一五〇七）二月夢陽自京返大梁途中作。

三日河上宴集〔一〕

觸霽邁芳坰，修祓臨長涓。雖非曲觴飲，聊異秉簡戲。波延拾翠舸，岸匝尋青騎。羽爵戀馳景，鸞簫劇春思。群謡狎梟雁，撫適歡同志。亦以擴凡超，流連豈吾事。

【箋】

〔一〕三日，指農曆三月三日上巳節。夢陽河上草堂記（卷四十九）曰：「正德二年閏月，予自京師返河上，築草堂而居。其地古大梁之墟，今曰康王城是也。瀕河，河故常來。今其地填淤高，河不來，人稍稍治墳墓、葺廬舍矣。……予兄故墾田數十百區，樹柳以千數，環堂皆柳也。登堂見大堤，及城中塔背，隱隱見河帆。堂下蒔榴、竹、菊、蔔萄、槿、椒、牡丹併諸雜草物。而予日彈琴詠歌其中，出則披蒼榛、登丘埸、坐斷岸而歌，有二三子從。」予兄，指夢陽親兄李孟和。據詩意，疑作於正德二年三月三日詩人閒居大梁時。

詠樂溪〔一〕

濯足荒溪口，延望大江潯。石樹環碧彩，泉潭生翠陰。經亘涉清漣，沿洄登素岑。日暮樵響絶，但聞山水音①。鴻雁遵渚飛，麇鹿聚空林。而子豈不樂，其如兼善心。

【校】

①「但聞山水音」下，四庫本有「琤琤響環珮，泠泠彈玉琴」一聯。

【箋】

〔一〕樂溪，不詳。雍正江西通志卷十六水利三贛州府：「樂溪陂，自落嶺發源，合古龍江水，灌田租三百石。」或即此。據詩意，疑作於正德七年前後詩人居官江西時期。

乙丑除夕追往寫憤五百字①〔一〕

效長慶體

憶昔蕤賓初，皇疾輟臨仗。維日白氣亘，黑風復排盪②。俄傳天柱折，忽若慈母喪。帝本堯舜姿，末履轉清伉。斂衽接耆碩，高出文景上。兩宮悦孝子，九廟歆流鬯。毅然整六師，霹靂無前向。犬羊遁朔漠，鯨鯢蟄溟漲。囦沖不凝壽，日表空殊相。蜿蜿湖中龍，一夕拔驚浪。回首哭蒼梧，魂斷湘南瘴。念昨下明綸，臣也誠無狀。誓死叫閶闔，伸頸甘碪盎。梁竇勢如灼，漢廷色惆悵。皇乃西園游，召彼侍供張③。從容杯酒間，似讓還非讓。未剖青鎖④封，已下金雞放。臣某詎足惜，統體關衰王。歷數古明辟，聖節疇能尚。逝欲碎臣骨，吁帝不得往。攀髯眇莫及，痛哭橋山葬。玉光動前星，朱符闡靈貺。主器難久虛，勉起答群望。金木欻爲祟，太白晝相抗。羯胡敢余侮，吾徒盡乘障。嗚呼榆臺役〔二〕，棄我六千壯。踉蹌戰士骨，躐跋將軍韔。二豎固輕率，腐屍亦云當。所恨國威辱，北鄙氣悽愴。鉦鼓疑皇情，何以慰宸況？悽悽建未月，臨門遣征將。紈袴作元戎，京軍本⑤浮宕。翻使沿邊卒，束手遭棰掠。揭巘雲中城〔三〕，誰復扼其吭？胡來風雨聲，胡去橫拍唱。千村與萬落，人烟莽蕩蕩⑥。嬰兒貫高槊，志婦經衣桁。狐狸叫破壘，落日悄漭沆⑦。此輩誠鼠竊，反覆亦難量。騏驥駕鹽車，虛名縛骯髒。世豈乏頗牧，賤或執鞭杖。瑣瑣登壇子，飽之則飛颺。吁此良太枉，國愾⑧何由暢？水旱而秋雷，陰陽迭驕亢。皇天雖至公，視之但坱坱。臣當歷服始，謬進大夫行。退朝實憤切，欲吐畏官謗。武王秉黃鉞，師事太公望。列聖構梁棟，駕馭亦英匠。先帝升遐日，臨榻召三相。

【校】

①寫，弘德集無。②惕，原作「踢」，據文意改。惕，通「蕩」，四庫本作「邁」。③張，列朝、四庫本作「帳」。④鎖，列朝、四庫本作「瑣」。⑤本，列朝作「欲」。⑥莽蕩蕩，列朝作「奔漂蕩」。⑦漭沆，弘德集、徐本、列朝作「蒼漭」。⑧愾，原作「慨」，據徐本、列朝改。

【箋】

〔一〕乙丑，即弘治十八年（一五〇五），此詩作於此年除夕。夢陽述憤（卷九）詩小序曰：「弘治乙丑年四月，坐劾壽寧侯，逮詔獄。」幸得明孝宗愛惜寬免。弘治十八年五月，明孝宗卒，夢陽作大行皇帝挽詩三首（卷二十三）等以悼。該詩正感憤而作，並憶史事。效長慶體之五古之作較少，不轉韻者更少，可見作者之詩才。

〔二〕榆臺，即虞臺嶺，也稱虞臺。見榆臺行（卷六）箋。

〔三〕雲中，見出塞曲（卷十七）箋。

【評】

楊慎李空同詩選：序事有扛鼎，筆力、句法雖與選殊，而與少陵上下矣，必傳之作也。

錢謙益列朝詩集丙集：此亦仿杜北征、奉先二詩而作也。請觀此詩「金木爲祟」以下，視北征「至尊尚蒙塵」以下，叙事之煩簡，立言之冗要，豈不較如黑白。詩止五十韻，而牽扯扭合，趁韻成篇者，什居其八。徒舉其粗豪率直，槎枒圭角，謂之學杜，舉世誦習而不敢以爲非，良可歎也。

雜體

贈劉主事麟①〔一〕

駕舟越洪川，飄風揚其波。白日不可駐，浮雲一何多！搴芳涉北沚，采蕰陟南阿。悵我平生友，傷此欲如何！

其二

濛濛孤舟夕，横笛坐烟浦。秋緑被汀沙，落雁不可數。烈調干行雲，激商復流羽。曲竟和者誰？佳人淚如雨。

【校】

①詩題，曹本作「贈劉主事元瑞二首」。

【箋】

〔一〕劉麟字元瑞，號南坦，本饒州安仁（今江西餘江）人，世爲南京廣洋衛副千户，因家焉。能文，與顧璘、徐禎卿稱「江東三才子」。弘治九年（一四九六）進士，曾官刑部主事，進員外郎。正德初，進郎中，出爲紹興府知府。正德九年（一五一四），升陝西左參政。十年，遷雲南按察使，後謝病歸。嘉靖初，召拜太僕卿，進右副都御史，巡撫保定，後拜工部尚書。年八十七卒，贈太子少保，謚清惠。明史卷一百九十四有傳。該詩作於弘治十年至十三年之間。題曰「劉主事」，當劉麟任職刑部主事一職時。弘治十年夏，夢陽守制結束，歸京。十一年拜户部主事，十三年奉命犒榆林軍。據明史考證及明史劉麟本傳：麟弘治九年進士及第後，拜官大理卿。後因言官龐泮事除刑部主事，進員外郎。其任刑部主事在弘治十年至十三年間。詩曰「駕舟越洪川」，疑作於弘治十三年，夢陽欲往榆林犒軍，劉麟爲其送行。

【評】

其二，皇明詩選卷二：宋轅文曰：此亦唐古詩之佳者。

湘江吟

對酒歌緑猗，歲宴懷佳人。山寒翠袖薄〔一〕，微霰沾衣巾。空持紫鸞簫，欲致愁無因。日暮湘江曲，浩蕩烟波春。

【箋】

〔一〕「山寒翠袖薄」，杜甫佳人：「天寒翠袖薄。」

春曲〔一〕

維南有曾城，下瞰梁王臺。雄構翳雲日，歌鐘暮徘徊。芳草遍舊畿，山川邈悠哉！

其二

春城花烟滿，杳靄生夕陰。白馬繫芳樹，繡袪彈鳴琴。樗蒲少年子，一擲千黄金。

其三

綺閣俯通闠，後有百尺樓。並坐紫羅茵，雙引青玉甌。楊花起薄暮，糁糁縈芳洲。

其四

菁菁艷陽月，鬱鬱美人思。游絲罥白日，炯若春風姿。零落垂手舞，空傳白紵詞。

其五

借問美人居，云住城東隅。背有桃李館，前臨車馬衢。十三妙歌舞，十五冠名姝。

【箋】

〔一〕據詩意，似作於正德四年前後閒居開封時。

朔日〔一〕

朔日悲風起，空除落葉平。猶聞砧杵急，已復剪刀鳴。一夜傳霜箭，黄雲滿塞城。

【箋】

〔一〕據詩意，疑該詩作於正德三年（一五〇八）秋。按，正德三年五月，夢陽被劉瑾矯旨逮至京城，下錦衣衛獄，因康海等人解救，八月放歸。此詩係夢陽歸家途中路經清風店（今河北懷來東）所作，見石將軍戰場歌（卷二十二）箋。「黄雲落日古骨白，砂礫慘澹愁行人」與本詩中「黄雲滿塞城」描寫景物同，或作於同時。

槿樹

槿樹依空砌，寒時尚着花。未能堪莫色，徒自絢朝霞。寄語閨中女，無多鏡裏華。

槿園

槿園秋氣夕，唧唧寒蛩聚。風回啼欲斷，月落歸何處？爰悲在堂吟，復詠山樞句〔一〕。感爾中夜興，微霜下庭樹。

【箋】

〔一〕此指詩山有樞。以上二首，弘德集有收録，作者以槿樹自況，以表其心志，疑作於遭劉瑾迫害歸開封閒居時。

春情〔一〕

俗縈一何緐，駕言春已分。緑郊鮮行輪，朱樹花將紛。鳴雁起前墟，浮陽藹東濆。徙倚孤臺側，佇迴送征雲。

【箋】

〔一〕據詩意，似作於正德四年前後閒居開封時。以下兩首作時同。

遊寺

徧心儔輩寡，幽境莓苔步。緜鬱倚磴歇，凴孤眺迴屢。洞塔陰古宇，芬蘿㬈澄樹。佇觀野禽哺，此外豈吾慮？

昇天行

市居苦煩溽，陸處①懷清波。緬思溪壑側[一]，丹崖卷曾阿。仙人桂樹下，窈窕攀青蘿。我獨塵歒内，營營欲如何？

【校】

①處，弘德集、黄本、曹本作「暑」。

【箋】

[一]「緬思溪壑側」，杜甫畫鶻行：「緬思雲沙際，自有烟霧質。」

春遊篇〔一〕

古臺悲帝子，歌吹餘春愁。草緑夷梁野〔二〕，雲浮河海流。擊壺詠四澤，鼓鐘眺三洲。扳條已無那，駕言誰倦游？

【箋】

〔一〕據詩意，似作於正德四年前後閒居開封時。弘德集卷十五有收録。

〔二〕夷梁，即夷門、大梁。夷門，開封城東門，亦開封别稱。因夷門爲戰國魏大梁城東門而得名。舊五代史卷一百四十六食貨志：「梁祖之開國也，屬黄巢大亂之後，以夷門一鎮，外嚴烽堠，内辟汙萊，厲以耕桑，薄以租賦，士雖苦戰，民則樂輸，二紀之間，俄成霸業。」

四清篇〔一〕

盤松屹當户，修筠静依檻。羈遠桐絲澀，蕭瑟鶴思減。歸傷園塢廢，坐令荒穢斬。彈曲憩疏蔭，皋唳清露湛。

【箋】

〔一〕四清，樂律名。指宫清、商清、角清、徵清四高聲。宋史樂志四：「漢津以四清爲至陽之氣，在二十八宿爲虚、昴、星、房，四者居四方之正位，以統十二律。」據詩意，似作於正德三年（一五〇八）秋詩人自錦衣衛獄放歸開封之後。

正德四年七夕上方寺作〔一〕

逸人厭囂俗，達士樂閒勝。乃兹城中林，而非車馬徑。積雨豁新霽，雲石掩秋映。微陽下孤塔，潦水夾明鏡。已疑塵寰隔，況睹蓮宇①淨。豈惟慕真覺，亦以叩詮證。玄蟬共西夕，浮雲本無定。

【校】

①蓮宇，弘德集、黄本、曹本作「蓮方」。

【箋】

〔一〕上方寺，在開封城東北。見初秋上方寺别程生（卷十）箋。正德三年五月，夢陽被劉瑾矯詔逮至京，入錦衣衛獄，因好友康海等解救，正德三年八月，被釋，冬歸大梁，次年七月，正閒居大梁家中。

戊寅早春上方寺〔一〕

逾年罔涉兹，過之門巷疑。匪畏霜露辰，肯與春事期。徑蘭芊故叢，苑松發新蕤。陟丘念廢居，升危眺回漪。抱以幽曠豁，情緣悽愴移。驚風遞虚塔，振振空廊悲。得遣復安較，勞生良爾嗤。

【箋】

〔一〕戊寅，指正德十三年（一五一八），時夢陽閒居開封。

辛巳春夕集上方寺①〔一〕

晨飆奮以厲，夕林回晏温。郊遊悵伊阻，駕言乃松門。春湖静瑶宇，塔蘿裊清樽。遥睇被原草，近搴臨水蓀。花雨時自落，法雲凝復奔。淹留遲寶月，破此人徑昏。

【校】

①詩題，弘德集、曹本作「夕集上方寺辛巳春」。

【箋】

〔一〕辛巳春，指正德十六年（一五二一）春，時夢陽閒居大梁。按，是年五月，御史周宣劾夢陽與宸濠有染，當治罪。明世宗實録卷二：正德十六年五月，「御史周宣言：『江西副使李夢陽，深情厚貌，陰比宸濠，……請並逮治，以懲不忠。……』上嘉其言，敕所司議行之」。又卷十七載：嘉靖元年八月，「先是，江西按察司提督學校副使李夢陽，有文名，罷歸八年，值宸濠陽春書院成，遣人乞詩，夢陽與之。濠敗，御史周宣劾夢陽交通叛逆。逮至京師，驗治無狀，刑部尚書林俊奏其枉，詔釋之」。嘉靖元年八月，夢陽似被逮入獄，不久因刑部尚書林俊力救而得釋。見林俊辯李夢陽獄疏（載見素集奏議卷七）。作此詩時似尚不知被劾事。

山中〔一〕

山中雨乍歇，一夜瑶草長。風吹翠巖竹，下應石瀨響。時來展書坐，悠悠絶塵想。

【箋】

〔一〕弘德集卷十五收録此詩，似作於正德六七年前後任官江西時。

置薪

讀書古木陰，置薪倚其根。露零石徑滑，雲起溪日昏。白虎啓巍觀，金馬開高門。君自薄簪紱，難稱國末恩。

【評】明詩歸卷三：鍾惺云：不曰「不遭際」，而曰「薄簪紱」，然今世薄簪紱者幾人？回護得妙，要知是延攬，不是輕薄。又云：臣子爲君回護，體應如是，與韓昌黎文「明天子在上，斯時可以起矣」同意。

九潭詩〔一〕

岧岧千仞嶺，下有百尺潭。夕風起微瀾，湫湫動晴嵐。俯之鑒我心，佇玩雲波涵。流蕤颺寒清，躍魚手可探。蹊暝樵響歇，猿鳥來相參。寄語泥中物，長蟠恐未堪。

【箋】

〔一〕九潭，清一統志卷二百四十五建昌府：「九龍潭水，在新城縣東南四十里，山高百丈，上有石磴，壁道險絶，下有九潭，相近又有鰌源潭，……」新城，明清屬建昌府。該詩似作於正德六年（一五一一）秋詩人任官江西視學建昌（今江西南城）時。

李夢陽集校箋卷十八　七言古一

效初唐體

漢京篇〔一〕

漢京臨帝極，複道眾星羅。煙花開甸服，錦繡列山河。山河自古稱佳麗，城中半是王侯第。峻閣重樓夾道懸，雲房霧殿森虧蔽。牧豚賣珠登要津，樊侯亦是鼓刀人。時來叱咤生風雨，奄見吹噓走鬼神。平津結兄蓋侯弟，杯酒相看何意氣。執鞭盡是虎賁郎，守門不說長安尉。長安烽火入邊城，挺劍辭君萬里行。去日千官遮馬餞，歸來天子降階迎。朱弓尚抱流沙月，寶鋏常飛翰海星。不分燕然先勒石，直教麟閣後標名。豈知盛滿多仇忌，可惜榮華如夢寐！地宅田園奪與人，丹書鐵券成何事？霍氏門墻狐夜號，魏其池館長蓬蒿〔二〕。三千劍客今誰在？十二珠樓空復高。後車不戒前車覆，又破黃金買金谷。洛陽亭榭與山齊，北邙車馬如雲逐。陰郭豪華真可憐，雲臺將相珥貂連。當時却怪桐江叟〔三〕，獨着羊裘伴帝眠。

【箋】

〔一〕漢京，指西漢都城長安。該年七月，夢陽奉命餉軍寧夏，便道歸慶陽（今甘肅慶城）掃墓。據詩意，本篇似作於弘治十六年（一五〇三）九月，夢陽途經長安時。

〔二〕「魏其池館長蓬蒿」，杜甫秋雨歎其三：「老夫不出長蓬蒿。」

〔三〕桐江，富春江上游。即錢塘江流經桐廬縣境内一段。唐陸龜蒙釣車詩：「洛客見詩如有問，輾烟沖雨過桐江。」桐江叟，指東漢隱士嚴光，與漢光武帝同遊學，後劉秀即帝位，嚴光隱居於桐江。事見後漢書逸民傳。

【評】

沈德潛明詩别裁集卷四：功高自滿，千古同病，漢博陸侯其炯戒也。末以不受爵禄者點破昏庸，與李頎「漢朝功臣楊德祖」篇歸到魯連蹈海同一作法。

吴騏吴日千先生評選空同詩卷三：氣力雄於四傑。

明星篇〔一〕

正德間，早起聞内教場砲喊之聲，作此篇也。

明星出地一丈高，天門沈沈魚鑰動。沙堤露下玉珂寒，直廬鷄唱金蓮重。千門萬户曉鐘發，明星漸高河漸没。燦爛疑侵翔鳳樓，依稀故抱飛龍闕。鳳樓龍闕帶曾城，翠輦朱衣夜夜行。黄昏競奏催花宴，天明猶聽打毬聲。蘭烟桂火煇如日，明星迢迢照不入。百子池頭青草生〔二〕，長信宫中紫苔集。草色苔香秋復春，此日乘槎若問津。明星曉落宵還見，白髮黄金愁殺人。

【箋】

〔一〕談遷國榷卷四十六載：武宗正德元年十月戊午，「太監劉瑾、馬永成、……日導上狎游，禁中習武，鼓噪不絶耳」。又，明武宗實録卷八十七：正德七年五月，「吏部尚書楊一清等，以修省，上言：『陛下每月視朝不過一二，非所以聞於外夷，訓於後世也。……常幸豹房，駐宿累日，後苑練訓，兵戎鼓炮之聲，震駭城市。以宗廟社稷之身，而不自慎惜。此群臣所以夙夜不能安也。……』」

〔二〕百子池，漢宫中池名。三輔黄圖池沼：「七月七日（高祖）臨百子池，作于闐樂。」宋吴幵優古堂詩話萬年枝：「晏元獻（晏殊）詩：『萬年枝上凝烟動，百子池邊瑞日長。』」

【評】

皇明詩選卷五：李舒章曰：起手奇突。宋轅文曰：以初唐體紀時事，而加之以雄健。具見作手。

朱琰明人詩鈔正集卷五：此用四子體，竹垞所謂游戲之作也。然音節鏗鏘，中時露雄健之氣，自是大家作手，不可不存。

楊花篇〔一〕

洛陽三月東風起，楊花飛入千門裏。只見朝縈上苑烟，那知夕逐東流水。苑煙流水無休歇，暖日輕盈度仙闕。趙女瑶臺貯彩霞，班娘①團扇啼明月。彩霞明月幾沈輝，陌上行人亂撲衣。征夫柳塞愁看雁，少婦深閨懶上機。柳塞香閨萬餘里，草色連天度隴水。玉門關外雪猶飛，章臺樹裏風先起。誰家浪子千金馬，平明挾彈章臺下。頭上羅巾玳瑁簪，腰間寶鋏珊瑚把。踏絮來尋賣酒家，持香坐調當壚者。當壚美女怨陽春，笑掇楊花襯繡裀。青樓薄暮難消遣，白雪漫天愁殺人。冥冥漠漠春無極，此時惟有楊花色。一朝風雨靡蕪爛，獨摻垂條三歎息②。

【校】

①班娘，百家詩、四庫本作「班姬」。②「息」下，弘德集有小注「聲調去」三字。

【箋】

〔一〕楊花篇，亦稱楊白花，樂府雜曲歌辭名。北魏名將楊大眼之子楊白花，容貌瑰偉，胡太后逼通之。會父大眼卒，白花懼及禍，改名華，擁部曲，降南朝梁。太后追思不已，爲作楊白花歌辭，使宫人晝夜連臂蹋足歌之，聲甚淒婉。見梁書楊華傳、南史王神念傳，歌辭載樂府詩集卷七十三，夢陽借古題抒己懷。據詩意，疑作於正德元年，時夢陽任户部郎中。

【評】

皇明詩選卷五：李舒章曰：風華狎競。

去婦詞〔一〕

正德元年，户部尚書韓文暨内閣師保等咸相繼去位〔二〕，李子作此詞也。

孔雀南飛雁北翔，含顰攬涕下君堂。繡幕空留並菡萏，羅袪尚帶雙鴛鴦。菡萏鴛鴦誰不羨，人生一别何由見。只解黄金頃刻成，那知碧海須臾變。賤妾甘爲覆地水，郎君忍作離弦箭。憶昔嫁來花滿天，賤妾郎君俱少年。瑶臺築就猶嫌惡，金屋妝成不論錢。重樓複道天中起，結綺臨春照春水。宛轉流蘇夜月前，萋迷寶瑟烟花裏。夜月烟花不相待，安得朱顔常不改！若使相逢無别離，肯放馳波到東海。薄命難教娣姒知，衰年恨少姑嫜在。長安大道接燕川，鄰里攜壺舊路邊。妾悲妾怨憑誰省，君舞君歌空自憐。郎君豈是會稽守，賤妾寧同會稽婦。郎乎幸愛千金軀，但願新人故不如。

【箋】

〔一〕明武宗實録卷二十一：正德二年正月，「降户部員外郎李夢陽爲山西布政司經歷司經歷，兵部主事王綸爲順德府推官，俱致仕。時太監李榮傳旨，謂夢陽阿附韓文、王岳，綸阿附劉大夏，故黜之。蓋瑾意也」。夢陽因協户部尚書韓文奏劾劉瑾等「八虎」，降山西布政司經歷，劉健、謝遷、韓文等四十八人亦被黜，並謗爲黨人。正德二年三月，又勒致仕。此詩當作於正德二年（一五〇七）三月，借詩以自喻，亦爲韓文等人婉惜。

〔二〕韓文，即武宗時户部尚書，因帶頭彈劾劉瑾而致仕。見送河東公賦（卷二）箋。

【評】

沈德潛明詩別裁集卷四評曰：深婉，可以怨矣。

蕩子從軍行〔一〕

蕩子從軍行者，本駱氏蕩子從軍賦也〔二〕，余病其聲調不類，於是改焉。

胡兵十萬起妖氛，漢騎三千掃陣雲。隱隱地中鳴戰鼓，迢迢天上出將軍。邊沙遠離風塵氣，塞草常萎霜露文。蕩子辛苦十年行，回首關山萬里情。才聞突陷賢王陣，又遣分圍右校營。紛紛鐵騎朝常警，寂寂銅焦夜不鳴。滄波積凍連蒲海〔三〕，雨雪凝寒遍柳城。地分玄徼指青波，關塞寒雲本自多。嚴風凜凜將軍樹，苦霧蒼蒼太史河。揚麾拔劍先挑戰，征旆凌沙犯霜霰。樓船一舉争沸騰，烽火四連相隱見。戈文耿耿懸落星，馬足駸駸擁飛電。終當取俊效先鳴，豈暇論功稱後殿。征夫行樂踐榆溪，倡婦銜怨坐空閨。蘼蕪舊曲終難贈，芍藥新詩豈易題。池前怯對鴛鴦伴，庭際羞看桃李蹊。蕩子别來年月久，賤妾深閨更難守。鳳凰樓上罷吹簫，鸚鵡杯中臨勸酒。同道書來一雁飛，此時緘怨下鳴機。已剪鴛禽帖夜被，更薰蘭麝染春衣。屏風宛轉蓮花帳，窗月玲瓏翡翠幃。個日新妝如復罷，秖應含笑待郎歸。

【箋】

〔一〕據詩意，似作於弘治十三年（一五〇〇）詩人奉命犒榆林軍時。

〔二〕駱氏，即唐詩人駱賓王，曾作蕩子從軍賦。

〔三〕蒲海，即蒲類海。駱賓王蕩子從軍賦：「滄波積凍連蒲海，白雪凝寒遍柳城。」即今新疆東部巴里坤湖。後漢書竇固傳：「（竇固）擊呼衍王，……追至蒲類海。」李賢注：「蒲類海今名婆悉海。」

【評】

清喬億劍谿説詩卷下：才人喜事，輒竄易往哲詩文。如歐陽率更之於曹孟德，短歌行删「慨當以慷」十二句，「越陌度阡」四句。坡公之於柳州，漁翁詩删末二句。嚴滄浪之於小謝，新亭渚送范雲詩删第四聯。李空同之於駱丞蕩子從軍賦改爲歌行，中多削去，兼潤色之。譚友夏之於潘黄門悼亡詩首篇删「如彼翰林鳥」四句。本朝王阮亭先生之於老杜醉時歌删「相如」二句，玉華宫删「美人」一聯及末二句。皆不爲無見。然細按之，似緊實促，無原本渾闊氣象。唯駱丞賦改爲詩，音調極協，而亦可不必然也。至若周少隱柳州别弟子宗一詩，落句「夢」字改「處」，「長在」改「望斷」，謝茂秦改小謝「澄江」句，則妄矣，又不足深辯。

效李白體

洛陽道[一]

桃花馬，金絡頭。白面郎，紫貂裘。三月洛陽道，垂柳蔭清溝。溝水東流不記春，花開花落幾迴新。東風日暮楊花起，愁殺高樓獨倚人。

【箋】

〔一〕李白有洛陽陌詩，云：「白玉誰家郎，回車渡天津。看花東陌上，驚動洛陽人。」弘德集卷二十收録此詩，據詩意，似作於弘治年間詩人餉軍寧夏途中。

野田黄雀行〔一〕

鶉奔奔，鵲僵僵。來逢野田雀，相逐過南疆。北地苦霜雪，南地多稻粱。人生美食被綺衣，不及鴻雁能高飛。鴻雁下天遭網羅，不食奈爾黄雀何。

【箋】

〔一〕樂府詩集卷三十九相和歌辭瑟調曲：「古今樂録曰：王僧虔技録有野田黄雀行，今不歌。樂府解題曰：晉樂奏東阿王『置酒高殿上』，始言豐膳樂飲，盛賓主之獻酬。中言歡極而悲，嗟盛時不再。終言歸於知命而無憂也。空侯引亦用此曲。按漢鼓吹鐃歌亦有黄雀行，不知與此同否？」李白有野田黄雀行：「遊莫逐炎洲翠，棲莫近吴宫燕。吴宫火起焚巢窠，炎洲逐翠遭網羅。蕭條兩翅蓬蒿下，縱有鷹鸇奈爾何！」

苦寒行〔一〕

太行之山何崔嵬，天寒谿谷禽獸饑。黄熊赤羆力相食，翠衿繡翼徒南飛。啄食飲泉百意足，野田稚子寒無衣。張羅挂畢伺鳥雀，口作雌雄鳴且悲。鶺鴒小鳥鼓翅落，鼎食之家意不樂，頓箸待爾登品錯。奏應鐘，開玄堂，氈幃錦幄冬夜長。微禽效體樽俎光，禿鶖駕鸛當簷翔。

【箋】

〔一〕苦寒行，古樂府歌辭名。江淹望荆山詩：「一聞苦寒奏，更使豔歌傷。」李善注：「沈約宋書曰：北上苦寒行，魏帝辭。」李白獻從叔當塗宰陽冰詩：「彈劍歌苦寒，嚴風起前楹。」清王琦注：「苦寒行，古清商曲也，因行役遇寒而作。」

結交行

昔時韓生有艷妻，其君使築青陵臺〔一〕，南山有鳥不肯來。烏鵲雖小禽，不受鸞鳳猜。以此築臺成，二人葬寒灰，舉國見之悲且哀。悲且哀，斷人腸。墳上連理樹，變爲兩鴛鴦。扼吭交頸綺翼張，春風蛺蝶花飄揚。君不見酈呂結交日，朝爲刎頸暮抛擲，如此結交復何益！

【箋】

〔一〕青陵臺，李亢獨異志卷中引晉干寶搜神記：「宋康王以韓朋妻美而奪之，使朋築青陵臺，然後殺之。其妻請臨喪，遂投身而死。王令分埋臺左右。」太平御覽卷一百七十八引郡國志：「鄆州須昌縣有犀丘城青陵臺，宋王令韓憑築者。」後因以青陵臺爲詠愛情堅貞之典故。李白有白頭吟詩，中有「古來得意不相負，只今惟有青陵臺」之句。

梁園歌〔一〕

朝發金臺門〔二〕，夕度博浪關〔三〕。黄河如絲天上來，千里不見淮南山。淮南桂樹弄婆娑，挂席欲進阻洪波，我今亦作梁園歌。梁園昔有信陵君，名與岱華争嵯峨。三千珠履不動色，屠門執轡來相過。功成不顯涕滂沱，青蠅白璧一何多。我爲梁園客，不登梁王臺〔四〕。錦帆揚州門，一去何時迴？荒烟白草古城没，登臺望之令心哀。令心哀，歌且謡。迷塗富貴苦不足，寧思白骨生蓬蒿。人生三十無少年，積金累玉空煎熬。獨立天地間，長嘯視今古。城隅落落一堆土，千年誰繼白與甫。攬涙浮雲灑煙莽。灑煙莽，風吹卷波濤。沈吟投箸不暇食，蹴天濁浪何滔滔。君不見昔人然諾一相許，黄金斗印如秋毫。

【箋】

〔一〕從「人生三十無少年，積金累玉空煎熬」一句，可知，寫此詩時夢陽已三十歲，當爲弘治十六年

（一五〇三）。該年七月，夢陽奉命餉寧夏軍，途經大梁。梁園，在今河南商丘睢陽區，漢梁孝王建，以爲遊觀之所。「挂席欲進阻洪波，我今亦作梁園歌」，此處以梁園代指開封。李白梁園吟：「我浮黄河去京闕，挂席欲進波連山。天長水闊厭遠涉，訪古始及平臺間。平臺爲客憂思多，對酒遂作梁園歌。」

〔二〕金臺，黄金臺的省稱，又稱燕臺，故址在今河北易縣東南。相傳戰國燕昭王築臺於此，置千金於臺，延請天下士，故名。水經注易水：「濡水……其一水東出注金臺陂，陂東西六七里，南北五里。側陂西北有釣臺高丈餘，方可四十步，陂北十餘步有金臺。」

〔三〕博浪關，即博浪沙。河南原陽東南有秦陽武故城，博浪沙在其南。漢張良使力士操鐵錐狙擊秦始皇於此。見史記秦始皇本紀。

〔四〕梁王臺，即梁臺，亦即繁臺、吹臺。在河南開封東南。

梁園雪歌〔一〕

昔對燕山雪〔二〕，岧嶢白玉京。曉曳王恭氅，飄飖入紫清。今爲梁園客，獨對梁園雪。黄雲索寞連滄海，九疑望盡飛鴻絶。

其二

飄風動三極，霏雪灑煙海。天地倏低昂，虛無變光彩。梁臺空嵲屼〔三〕，枚馬今安在〔四〕？飛光超忽若游龍，我欲從之問千載。

【箋】

〔一〕梁園，約在今河南商丘一帶，漢梁孝王建，以爲遊觀之所。此處皆代指開封。弘治十六年（一五〇三）七月，夢陽奉命餉寧夏軍，途經開封。詩似作於此年冬。李白梁園吟：「荒城虛照碧山月，古木盡入蒼梧雲。梁王宮闕今安在。枚馬先歸不相待。舞影歌聲散緑池，空餘汴水東流海。」此詩和其韻，取其意。

〔二〕燕山，指自薊縣東南綿延而東直至海濱的燕山山脈。樂府詩集橫吹曲辭五木蘭詩一：「旦辭黃河去，暮至黑山頭。不聞爺娘喚女聲，但聞燕山胡騎鳴啾啾。」南朝陳徐陵出自薊北門行：「薊北聊長望，黃昏心獨愁。燕山對古刹，代郡隱城樓。」

〔三〕梁臺，即梁王臺，在河南商丘睢陽區。見獵雪曲（卷十六）箋。

〔四〕枚馬，即枚乘、司馬相如，皆西漢著名辭賦家。枚乘字叔，淮陰人。曾從梁孝王遊，漢武帝即位，以安車蒲輪徵乘，卒於途。能文，漢書藝文志著録枚乘賦九篇，事見漢書卷五十一本傳。司馬相如字長卿，成都人。與齊人鄒陽、淮陰枚乘、吳嚴忌等從梁孝王遊，善爲辭賦。事見漢書卷五十七本傳。

世不講曹李詩尚矣内弟會余河上能章章道也驚有此贈〔一〕

曹植白馬篇，李白飛龍引。流光耀千古，不與日星隕。世人捧心戚，番爲西子哂。左生三十歲，雅志測沈冥。鯨飲傾百川〔二〕，自稱吾酒星〔三〕。今朝理酒船，來過子雲亭。高談叫太白，八斗揮雷霆。霜雪連山海氣惡，柳枝簌簌冰花落。此時萬里無人煙，誰信清吟動池閣。動池閣，生暮愁，雪澤古龍寒啾啾。他時爾獻三都賦，我釣長江萬里流。

【箋】

〔一〕内弟，指夢陽妻弟左國璣，生平見丙子生日答内弟璣（卷二十六）箋。據李空同先生年表：「正德二年（一五〇七），因涉劾劉瑾案，夢陽遭解職，「歸而潛跡大梁城北黄河之壖故康王城，依伯兄孟和，築河上草堂，起翛然臺於後圃，需于堂於草堂之南，閉門却掃，課子弟，聚生徒，怡然終日，不履城市。有河上秋興詩」。河上，即河上草堂。夢陽河上草堂記（卷四十九）曰：「正德二年閏月，予自京師返河上，築草堂而居。其地古大梁之墟，今曰康王城是也。瀕河，河故常來。今其地填淤高，河不來，人稍稍治墳墓、葺廬舍矣。……予兄故墾田數十百區，樹柳以千數，環堂皆柳也。……」又十四夜翛然臺（卷十八），小序曰：「正德初，李子潛河上，築翛然之臺。」據詩意，當作於正德四年詩人閒居大梁時。

〔二〕「鯨飲傾百川」，杜甫飲中八仙歌：「飲如長鯨吸百川。」

〔三〕「自稱吾酒星」，杜甫飲中八仙歌：「自稱臣是酒中仙。」

酬錢水部錫山之招①〔一〕

無錫錢少陽，招我棲錫山。江上千萬峰，臮臮凌江關。下有震澤湖，旁有太伯灣。昔時蘇公慕陽羨，陽山錫山對相見。我獨何爲阻兹游，西風吹心落吴甸。我問錢少陽，汝今在何所？振轡金馬門，看花曲江滸。徐庶竟辭劉，張翰憶吴州。鵝湖雲嶼間，鴻山林樹秋。我今放浪黄河隅，遥憶白粲心鬱紆。幾時彈劍賦歸來，與爾共醉芙蓉湖。

【校】

①題目下，弘德集有小注「錢，名榮，字世恩，無錫人」。

【箋】

〔一〕錢水部，指錢榮。生平見紀夢（卷十六）箋。水部，明清時期工部司官的一般稱呼。據謝肇淛北河紀卷五張水工部都水司郎中題名：「錢榮，浙江慈谿縣人，進士，正德元年任。田佑，字廷相，直隸贛榆縣人，己丑進士，正德三年任。」可知錢榮於正德元年至三年任水工部都水司郎中。是該詩約作於正德二年或稍後，時夢陽閒居開封。然北河紀記錢榮籍貫似有誤，錢榮爲無錫人，非慈谿人。

寄錢水部〔一〕

我今在何所？牧釣睢川陽。子今在何所？飛蓋臨東方。高山大澤不我限，胡爲日夜遥相望？鴻雁日南飛，不寄一封書。離别春草生，相思秋葉疏。朝看渤海雲，暮眺滄洲月。樹寒多天風，相思幾時歇。

【箋】

〔一〕錢水部，指錢榮。生平見紀夢（卷十六）箋。據謝肇淛北河紀卷五張水工部都水司郎中題名，錢榮於正德元年至三年任水工部都水司郎中。是該詩約作於正德二年（一五〇七）或稍後。

十四夜翛然臺〔一〕

正德初，李子潛河上，築翛然之臺。

中州可以望天地，黄河之水何恍惚。爲此築臺臨其涯，坐看月生復月没。今年中秋地無雲，緑烟溟濛海月發。金流水波貝宮涌，蛟龍出遊争海月。我欲乘槎捉蛟龍，浪高力微懼滅殁。嗚呼！滅殁不足惜，只恐竟無益。

其二

蓬池有嘯臺〔二〕，夷門有吹臺〔三〕。二臺突兀眼前一抔土，英雄落莫成今古。我今有臺不嘯復不歌，月高霜白如夜何。臨洪河，望四海。山川悲，月不改。昔日芒碭五色氣〔四〕，煙銷浪滅今安在？

【箋】

〔一〕正德二年，夢陽因與劾劉瑾案致仕，歸而潛跡大梁城北黄河之壖故康王城（在今河南尉氏縣城西北），依伯兄孟和築河上草堂，起翛然臺於後圃，需于堂於草堂之南，閉門却掃，課子弟，聚生徒，怡然終日，不履城市，暇日遊蘇門山，登嘯臺。夢陽河上草堂記（卷四十九）曰：「正德二年閏月，予自京師返河上，築草堂而居。其地古大梁之墟，今曰康王城是也。瀕河，河故常來。今其地填淤高，河不來，人稍稍治墳墓、葺廬舍矣。……予兄故墾田數十百區，樹柳以千數，環堂皆柳也。……」據詩意，當作於正德二年中秋前一日。

〔二〕蓬池，在河南開封附近今尉氏縣内。嘯臺，在河南尉氏縣城東北隅，建於唐以前，因阮籍在此長嘯而得名，又稱阮籍嘯臺。唐包融阮籍嘯臺詩：「荒臺森荆杞，蒙籠無上路。傳是古人跡，阮公長嘯處。」

〔三〕夷門，大梁城東門，指大梁，見贈張含二首（卷十二）箋。吹臺，即繁臺，也即梁孝王臺。在開封東南三里。雍正河南通志卷五十一古蹟上開封府載：「在府城東南三里許。按九域志，即繁臺也。本師曠吹臺，漢梁孝王增築之，又名平臺。上有三賢祠，祀李白、杜甫、高適。天寶中，三人聚於梁宋，共飲吹臺之上。後人慕其高風，因祀之，今又建禹王廟。」

〔四〕芒碭，見送蔡帥備真州（卷十一）箋。

十五夜〔一〕

去年燕山南〔二〕、易水北〔三〕，終宵待月不可得。霧雲崢嶸蔽瑶闕，頓箸停杯三太息。今年有月復有臺，海門煙滅没，四顧天地開，何爲不飲歌且哀〔四〕！君不見少年時，馳逐京洛陌。夜夜歡呼山月白，揮鞭不顧五陵客。月圓月缺天有之，人生豈復如舊時？不如采取靈兔藥，富貴浮雲豈足樂！

【箋】

〔一〕據前詩，當作於正德二年中秋，因參與彈劾劉瑾致仕，時詩人正閒居開封。

〔二〕燕山，指自薊縣東南綿延而東直至海濱的燕山山脈。見梁園雪歌（卷十八）箋。

〔三〕易水，有三：一曰中易水，二曰北易水，一曰南易水。此當指中易水。源出河北易縣西，東流至定興縣西南合拒馬河。周禮職方：并州，「其侵淶、易」。戰國策燕一：蘇秦北説燕文侯曰：「（燕）南有滹沱、易水。」即此。荊軻入秦行刺秦王，燕太子丹餞別於此。

〔四〕「何爲不飲歌且哀」，杜甫蘇端薛復筵簡薛華醉歌：「如何不飲令心哀。」

十六夜〔一〕

唧唧復唧唧，當户鳴促織。月中何所有？云是仙桂枝。此桂開花復結子，安得夜夜常不虧？君不見梁園酒，〔二〕一斗錢十千，昔時信陵有賓客，不飲豈足稱豪賢！直須酩酊卧草澤，明日射獵睢陽川〔三〕。

【箋】

〔一〕據前詩，當作於正德二年中秋節次日。

〔二〕梁園，東漢梁孝王修築，在今河南商丘睢陽區，此代指開封一帶。

〔三〕睢陽川，即睢陽渠，作者似爲押韻而稱「川」。東漢末曹操修建之人工運渠。在今河南商丘附近。三國志魏書武帝紀：東漢建安七年（二〇二），曹操「至浚儀，治睢陽渠」。當是浚儀（今河南開封）附近一段汴渠與睢水。

十七夜〔一〕

三日不見月，見之半輪没。清光猶能鑒毛髮，不愁倒卻婆娑樹，只恐損破清虚闕。清虚闕，在何許？白氣熒熒走金虎。雖有三萬六千户，手提玉斤不敢補。涼風飄飄自西來，吹我衣，心獨苦，長歌潛行攬洲莽。

【箋】

〔一〕據前詩，當作於正德二年中秋節第三日。

客有笑余霜髮者走筆戲之〔一〕

客且盡手中觴，不須笑我頭上霜。客盡觴且停之，聽我高歌霜髮詞。君不見天上烏，東跳西走不相待。又不見黄河水，萬古滔滔向東海。我身不是南山松，又不是山上峰。奈何與少年争春風，鬭鷄走狗傾春紅。君不見昔時孔仲尼，轍環顛悴無已時。盜跖殺人如亂麻，錦衣高壽顔回嗟。聽我霜髮歌，歌短情則多。軒車駟馬渾等閑，何似日銜金叵羅。金叵羅，青玉案。何以贈客錦繡段，頭白頭白何須歎！

【箋】

〔一〕據詩意,似作於正德四年前後詩人閒居開封時。

戲作放歌寄别吴子

吴名廷舉,字獻臣,蒼梧人。〔一〕

惟昔少年時,彈劍輕遠遊。出門覽四海,狂顧無九州。獻策天子賜顏色,錫宴出入黄金樓。揚鞭過市萬馬辟,半醉唾駡文成侯〔二〕。結交盡是扶風豪〔三〕,片言便脱千金裘。彎弓西射白龍堆〔四〕,歸來洗刀青海頭。崑崙河磧不入眼,拂袂乃作東南遊。江海洶涌浸日月,島嶼蹙沓混吴越。匡廬小瑣拳可碎,鄱陽觸怒踢欲裂。澤中龍怪能人言,噴濤吹浪昏漲天。大鵬舉翼四海窄,笑爾弋人何慕焉。東湖子〔五〕,君非澒汃闒穆取位之丈夫,余亦豈卑卑與世而浮沈?恂復共鬭非庸劣,廉藺終投萬古欽。攀鱗掃氛代不乏,我豈復戀頭上簪!鹿門黄犢穩足駕,商巖紫芝山固深,有飛倘附秋空音。

【箋】

〔一〕夢陽小注曰:「吴名廷舉,字獻臣,蒼梧人。」吴廷舉,廣西梧州人,字獻臣,號東湖。成化二十三年(一四八七)進士,授順德知縣,修學宫、書院。御史汪宗器以爲必有所中飽,欲借此倒之,執下獄，查核無所得。正德中，歷廣東副使，發中官潘忠罪，爲忠反訐下詔獄。劉瑾矯詔，枷，瀕死。戍雁門，旋赦免。楊一清薦之，擢江西右參政。從陳金、俞諫破姚源，擢右副都御史，上疏陳防範寧王朱宸濠逆謀。嘉靖初，以右都御史致仕。卒謚清惠。擅詩，有東湖吟稿行世。四庫全書總目卷一百七十五著録其西巡類稿八卷。明史卷二百零一、國朝獻徵録卷五十二、本朝分省人物考卷七十六有傳。夢陽在朝任職時，與吴廷舉相識。據詩意，似作於正德九年春夏之交，時夢陽尚在江西。詳細箋證參鄧曉東文（載明人别集研究青年學者論壇論文集）。

〔二〕文成侯，即明孝宗外戚張鶴齡，夢陽於弘治十八年曾以鞭擊之。明李開先李崆峒傳：「嘗聞之提牢刑曹郎閩人蔡克廉云：大張在獄中言，弘治末年大市街遇崆峒，駡其生事害人，以鐵鞭稍擊落二齒，將欲奏聞，以前奏未久，恐涉煩瀆，乃惶愧中止，詩有『半醉唾駡文成侯』，蓋指此事也。」陳田明詩紀事丁籤卷一引藝苑卮言：「李獻吉爲户部郎，以上書極論壽寧侯事下獄，賴上恩得免。一夕醉遇侯於大市街，駡其生事害人，以鞭稍擊墜其齒。侯恚極，欲陳其事，爲前疏未久，隱忍而止。獻吉詩云：『半醉唾駡文成侯。』蓋指此事也。」

〔三〕扶風豪，樂府有扶風豪士歌，李白即作有此題，詩中有「扶風豪士天下奇，意氣相傾山可移」之句。李太白集分類補注卷七注：「士贇曰：此太白避亂東土時，言道路艱阻，京國亂離，而東土之太平自若也。扶風，乃三輔郡，意豪士亦必同時避亂於東吴，而與太白銜杯酒接殷勤之歡者。」扶風，即扶風郡。見温太真墓（卷十二）箋。

〔四〕白龍堆，簡稱龍堆。即今庫姆塔格沙漠。在今新疆羅布泊以東至甘肅敦煌間。漢書西域傳：「樓蘭國最在東垂，近漢，當白龍堆，乏水草。」匈奴傳亦稱：「豈爲康居、烏孫能逾白龍堆而寇西邊哉？」孟康注曰：「龍堆形如土龍身，無頭有尾，高大者二三丈，埤者丈餘，皆東北向，相似也，在西域中。」此處喻邊疆。

〔五〕東湖子，即吴廷舉。

【評】

陳田輯撰明詩紀事丙籤卷九引國史唯疑曰：吴廷舉初請從李獻吉學詩，音響不諧，爲所哂，怒相排詆，免官去。後顧疏薦李。余誦李放歌云：「東湖子，君非澒泂闒穆取位之丈夫，余亦豈卑卑與世而浮沈。恂復共鬬非庸劣，廉藺終投萬古欽。」吴亦報之詩：「夫既覩顏面，豈不愜素心？如何異同論，三兩相參差。」蓋兩公皆偉人，負氣不下，微生睚眥，旋消釋久矣！

用張王體

冰車行〔一〕

黄門飛鞚西北趨〔二〕，白馬如龍血如珠。萬人齊呼冰窖開，大車小車如山來。但見風行九市陌，寧知玉積五侯宅。道傍喝士僵闌干，脣乾口燥真大難。侯門宴罷夜烏起，朱殘粉落明星裹。君不見積冰化作堂前水。

【箋】

〔一〕弘德集卷十九收録此詩，似作於弘治末至正德初任官户部時。

〔二〕「黄門飛鞚西北趨」，杜甫麗人行：「黄門飛鞚不動塵。」

鹽井行〔一〕

山頭井乾生棘蒿，山下井塌不可熬。官司白牌促上庾，富家典牛貧典女①。誰其使之華陽賈〔二〕，華陽賈子多少年？擁金調妓高樓邊。夜馳白馬迎場吏，曉貫青絲還酒錢。君不見場吏乘酣氣如虎，鹽丁一語遭棰楚。

【校】

①「官司」一聯，四庫本作「富家鬻田典耕牛，貧家無牛典兒女」。似有意改之。

【箋】

〔一〕鹽井行，作者自擬詩題。鹽井，即汲取含鹽質的地下水用以製鹽而挖的井。四川、雲南諸省甚多。漢書貨殖傳程鄭：「擅鹽井之利，期年所得自倍。」杜甫出郭詩：「遠烟鹽井上，斜景雪峰西。」宋高似孫緯略鹽田：「蜀都臨邛縣二井：一是火井，一是鹽井。」

〔二〕華陽，指華陽縣。唐乾元元年（七五八）改蜀縣置，與成都縣同爲成都府治。治所今四川成都舊城東。元和郡縣圖志卷三十一成都府華陽縣：「華陽本蜀國之號，因以爲名。」明一統志卷六十七成都府：「華陽縣，本秦成都縣地，唐貞觀中分置蜀縣與成都縣，分治郭下，乾元初改爲華陽縣，取華陽、黑水、惟梁州之義，宋元仍舊，本朝因之。」

用李賀體

清夜引〔一〕

桂魄團團霜兔泣，玉龍夜吟冰喉澀。仙人起踏白芙蕖，手撚一枝珊瑚株。伏猊香噴紅氍毹，蠟鳳啼春蝦捲鬚。九華丹焰奪行月，五虬轢雲聲軋軋。銀箏翠管聲咿啞，繁謳雜舞歡意匝。盤中紫棗大於瓜，誰其擘之蕚緑華。雙桂逶迤頭兩丫，密情芳緒芳且嘉。瓊城夜半重重閉，偷桃小兒安得至。

【箋】

〔一〕清夜引，疑係夢陽自擬詩題。據詩意，似作於弘治末年任職户部時。

長短句

沈大夫行〔一〕

沈大夫，遺我以凛冽玉壺之冰，報汝以離離朱瑟之繩。繩以發凌雲絶響之妙曲，冰以滌卓犖硊礧之清膺。此曲可以掘地懿、揚天經、宣融風、召遐齡。奏之敬姜室，允宜軻母①庭。沈大夫，奉詔且還家。松江鱸魚白躍②玉〔二〕，土居斫笋如斫麻。烹羊擊鼓會親戚，太守長吏争趣車。猗乎嘉哉！男兒生不顯親，譬如錦衣夜行，雖貴何足誇。

【校】

①軻母，四庫本作「孟母」。　②躍，百家詩作「似」。

【箋】

〔一〕沈大夫，從「沈大夫，奉詔且還家。松江鱸魚白躍玉」句推測，沈大夫或指沈恩，字仁甫，上海人，弘治九年（一四九六）進士。明武宗實録卷一百三十九載：正德十一年（一五一六）七月「丙申，升山西按察司副使陳奎爲河南按察使，陝西副使沈恩爲雲南按察使」。嘉靖二年（一五二三），因事解職，下獄。夢陽作有繁臺院閣餞沈子之雲南並懷劉子二首（卷二十六），即此人。詩似作於弘治末年任官户部時。

〔二〕松江，即松江府。元至元十五年（一二七八）改華亭府置，屬嘉興路。治所在華亭縣（今上海松江）。名勝志：松江府「取吴淞江而名」。轄境相當今上海吴淞江以南地區。明屬南京。沈爲上海人，故曰「松江鱸魚」。

雪山歌送萬子〔一〕

雪山高哉！嵬乎岌兮，吾不知幾千萬仞。但見雲峰之崔巍，巖冰陵競縞壑。熒石晶曜而崒嵂兮，懸猱不得度，飛鳥何由迴。大峰如老翁，冕珮凌紫埃；諸峰似兒孫，羅列芙蓉開。江日洶涌地軸動，孤光倒曳生奔雷。岌乎嵬哉！雪山之高不可以攀陟。斧斤不入，松柏如麻；霜幹翳蔽，雲根槎枒。滲膏結苓實，輪囷走龜蛇。君今策駟過其下，車徒滚滚如飛沙。何不斸取松下苓，獻之堂上翁。上以介壽考，下以召禎祥。噫吁戲！雪山之高吾不可得而名，惟有峨眉玉壘萬古遥相望〔二〕。

【箋】

〔一〕萬子，不詳。弘德集卷十九收録此詩，似作於弘治末年任官户部時。

〔二〕玉壘，指玉壘山。在四川理縣東南，今都江堰西北隅。多作成都的代稱。晉左思蜀都賦：「廓靈關以爲門，包玉壘而爲宇。」劉逵注：「玉壘，山名也，湔水出焉。在成都西北岷山界。」

廣州歌送羅參議〔一〕

麗哉遐乎廣之爲州兮，闢炎區奥雄跨乎南陲。天作五嶺奠玄武，排空下走何崔嵬！拓邦幾千祀，浩蕩人文開。秦還漢往不復識，但見古城蒼蒼生緑萊。上則盤岡曲丘龍蜿虎蹲，其下膏埸繡澮晻曖而渟洄。水銀丹砂布平地，珍錯奚翅犀與瑰。夷舲賈舶競追逐，白首浩淼誰曾回？土産之異尚如此，何況四民者，挺然參三才。君今綰牒向南去，清風吹袂心悠哉！峥嶸五羊城，側有千尺臺。曩昔聞君坐其上，醉睨滄溟如一杯。是時榕蹊雨初霽，茉莉霜成堆。君嘗夢遊而神適兮，豈知七載還復來。男兒成名貴及早，英雄多少埋塵埃。羡君青鬢結明主，出參方岳聲如雷。金章紫綬不可以倖致，如君者謂非瑰瑰之龍媒。羅浮三千六百丈〔二〕，屼①嵂倚窮隈。巨鰲戴之與波下上。三十五蓮峰照耀雲中輝，群仙跨飛龍，流影亂巖扉。我欲從之歎無術，送君翹首空徘徊。

【校】

①屼，弘德集作「矹」。

【箋】

〔一〕羅參議，或即羅鑒。雍正湖廣通志卷五十鄉賢志引楚紀曰：「羅鑒，茶陵人，成化戊戌進士，授南京刑科給事中，起復補户科。弘治初，疏上隆輔養、保初政、廣儲積三事，出爲廣東參議，歷四川布政使，均賦役，練戎政，撫孤獨，不爲赫赫名而人被實惠，擢副都御史，以忤劉瑾罷。瑾誅，起巡撫，以病致仕，年九十卒。」按，詩中有句曰：「君今綰牒向南去，清風吹袂心悠哉！」明孝宗實録卷四十四載：弘治六年四月，「升户科給事中羅鑒爲布政司左參議」，「鑒，廣東」。又卷一百二十二載：弘治十年二月，「廣東布政司左參議羅鑒丁憂服闋，復除河南布政司」。是該詩似作於弘治六年四月，時夢陽新舉進士，尚在京城。

〔二〕羅浮，即羅浮山。在今廣東博羅西北。明一統志卷七十九廣東布政司廣州府：「羅浮山，在增城、博羅二縣之境，本名蓬萊山，一峰在海中，與羅山合。其上有洞，通句曲。又有璇房瑶室七十二所。」爲嶺南之名山，粤中遊覽勝地。傳隋趙師雄在此夢遇梅花仙女，後多爲詠梅典實。南朝陳徐陵奉和山地：「羅浮無定所，鬱島屢遷移。」

李夢陽集校箋卷十九　七言古二

感述

桂巖行〔一〕

白龍不識漁溪惡，化爲魚服遭人縛。黄髮先生困泥阻，白馬小兒氣揮霍。道傍朽木藏蛟龍，霹靂猶聞夜火紅。寄謝少年諸數公，貧賤豈必皆愚蒙。桂巖紫芝春盡發，騎驢且覓商山翁〔二〕。

【箋】

〔一〕桂巖，地名，在今江西高安境内。該詩疑正德七年（一五一二）前後詩人在江西任提學副使時所作。

〔二〕商山翁，即商山四翁，亦稱商山四公。指秦末東園公、綺里季、夏黄公、甪里先生四人，避秦亂，隱商山，年皆八十有餘，鬚眉皓白，時稱商山四皓。高祖召，不應。後高祖欲廢太子，呂后用留侯計，迎四皓輔太子，遂使高祖輟廢太子之議。見史記留侯世家。漢書張良傳：「顧上有所不能致者四人。」唐顔師古注：「四人，謂園公、綺里季、夏黄公、角里先生，所謂商山四皓也。」商山，在今陝西商縣。亦名商嶺、商阪、地肺山、楚山。地形險阻，景色幽勝。因四皓曾在此隱居而有名。

崖松行

峭石嵸巃木相樛，孤松拄日崖光幽。朔風北來霜雪暗，山深草黄途路修。此時亭亭見松意，排空柯幹流雲氣〔一〕。大廈傾時梁棟急，君看此物終難棄。

【箋】

〔一〕「排空柯幹流雲氣」，杜甫枏樹爲風雨所拔歎：「江翻石走流雲氣。」

丹穴行悼丘隱君①〔一〕

丘名琥，號松山，夷門隱人也〔二〕。

北風颯颯吹丹穴，幽篁梧樹寒蕭屑，孤鳳威垂眼流血。蘭陽丘公昨謝世，使我杯乾已數月。出門騎馬向誰適？世事悠悠忍能説。薄俗蹌趨始爲敬，老夫平生性懶拙。後生譏訕轉多口，白壁青蠅從點缺。宋門汪隆頗好事，見我握手肝肺熱。近亦客死臨清州〔三〕，北望傷心路途絶。可憐親友日零散，老成耆舊灰燼滅。不争汝曹灰燼滅，又值天寒地欲裂。

【校】

①詩題，弘德集作「丹穴行」，曹本作「丹穴行悼丘翁」。

【箋】

〔一〕丘隱君，夢陽有二月望丘翁林亭（卷三十），即其人。據詩意，當作於正德三年（一五〇八）至五年詩人閒居開封時。

〔二〕夷門，大梁城東門，此指大梁。見贈張含二首（卷十二）箋。

〔三〕臨清州，明弘治二年（一四八九）升臨清縣爲州，屬東昌府。治所在今山東臨清。明一統志卷二十四東昌府：「臨清州，在府城西北一百二十里，本漢清淵縣地，屬魏郡，……本朝洪武二年，徙治縣北八里臨清閘，改今屬。景泰初，又於縣東北三里築城，徙治焉。弘治二年升爲州。」

苦寒行〔一〕

前日雪落傷麥根，北風刮地天色昏。沙飛石走拔大樹，雪積林坳出無路，城中死者不知數。我歸三年河不凍，今年冰堅車可渡。觸面憭慄厚地裂，四顧乾坤莽明滅。尺薪粒米貴如玉，君不見日晚空牆貧士哭〔二〕。

【箋】

〔一〕正德三年五月，劉瑾誣陷夢陽，矯旨使下錦衣衛獄，後因康海等解救，八月，遂放出，歸開封，此詩寫於三年之後，詩中故有「我歸三年河不凍，今年冰堅車可渡」句。又，明武宗實録卷七十：正德五年十二月，「河南開封府大風晝晦，自巳至申而止」。與詩中「沙飛石走拔大樹」情形吻合，該詩當作於正德五年冬。

〔二〕「君不見日晚空牆貧士哭」，杜甫投簡咸華兩縣諸子：「君不見空牆日色晚，此老無聲淚垂血。」

夜行歌

月輪未安光已皎，我行夜出夷梁道〔一〕。力疲足酸堤上坐，黄狐怒立啼向我〔二〕。宋家宫殿盡瓦礫，陂湖燒鹽焰婀娜。忽憶東京全盛時，月行對此誰能那？

【箋】

〔一〕夷梁道，即夷門、大梁的道路。夷門、大梁，均爲開封别稱。據詩意，似作於正德二年閒居開封時。

〔二〕「黄狐怒立啼向我」，杜甫憶昔行：「青兕黄熊啼向我。」

古白楊行〔一〕

百泉東岸三古楊〔二〕，下枝掃拂書院墻〔三〕，上枝瑟瑟①干穹蒼。空山野陰雷雨黑，柯幹冥冥動山壁。剪伐難爲棟梁用，盤踞番逃斧斤厄。但見白日悲風發，寧知六月撑霜雪。煙色慘愴精靈聚，孤根倔强源泉裂。憶昨訪古憩其下，居人不敢留車馬。落籜尚禁牛羊食，汚穢頗遭縣官打。丞相古柏霹靂碎，將軍大樹空蕭灑。岡頭石路莎草長，孫邵李許同一堂〔四〕。春風漂泊予到此，不見古人惟古楊。古楊蕭蕭暮流急，波翻浪倒蛟龍泣。衛女幽憂拾錦花，逋臣寂寞愁難立。君不見太行羊腸莫比數，上有毒蛇下猛虎〔五〕。樵斤獵火不虚日，桂柏椅桐氣悽苦。嗚呼！楊兮楊兮，爾何盤根據兹土？

【校】

①瑟瑟，弘德集作「瑟颯」。

【箋】

〔一〕夢陽遊輝縣雜記（卷四十八）：「予當正德戊辰，值春仲之交，而遊於輝縣。於是覽蘇門之山，降觀於衛源，乃登盤山，至侯趙之川，遂覽於三湖，返焉。」該詩疑作於正德三年春，時夢陽正因劾劉瑾案潛跡大梁。

〔二〕百泉，即百門泉，見覽遊百泉乃遂登麓眺望二首（卷十三）箋。

〔三〕「下枝掃拂書院墻」，指百泉書院，在河南輝縣西北七里蘇門山麓。明成化間建，中祀周敦頤、二程、張載、邵雍、朱熹等理學家。院外有古白楊樹多株。李濂遊百泉書院記曰：「而書院西牆下有古白楊樹十四株，高出書樓之上，大可蔽牛，蓋數百年物業。」（李濂嵩渚文集卷四十九）雍正河南通志卷四十三學校下衛輝府：「百泉書院，在輝縣蘇門山百泉東。明成化十七年，提學僉事吴伯通建，崇禎壬午科因會城被水，巡撫蘇京題改貢院於此。」

〔四〕孫邵李許，有學者注此詩以爲夢陽同行者。按，此注大謬。孫，即西晉時隱士孫登。邵，即宋代理學家邵雍。李，即宋代教育家李之才。許，即元代理學家許衡。四人均到過蘇門山。又，夢陽遊輝縣雜記（卷四十八）曰：「蘇門山，古士率棲焉，著者魏阮籍，晉孫登，宋李之才、邵雍，元許衡、姚樞耳。然諸皆有祠祠之，獨籍不祠也。」可證。

〔五〕「上有毒蛇下猛虎」，杜甫發閬中：「前有毒蛇後猛虎。」

【評】

皇明詩選卷五：李舒章曰：瞠目虬髯，意氣不群。陳卧子曰：低昂歷落，不減少陵。

泉上雜歌〔一〕

游子樂游復長歎，臨深坐歌白石爛。石泉漠漠常東流，我今胡爲坐泉頭。渚花冥冥野陰薄，谿日杲杲蒼雲愁〔二〕。君不見古來争戰地，山寒雪暮風颼颼。

其二

美人被服貂襜褕，春日遊行春水曲〔三〕。緑蘿無煙山雲暝，扣石長歌歎幽獨。撥刺紅鱗錦湍游，我欲釣之且復休。金盤玉箸在何許？爲爾臨淵淚如雨。

【箋】

〔一〕該詩作於正德三年（一五〇八）春，時夢陽正因劾劉瑾案潛跡大梁。

〔二〕此二句，杜甫醉歌行：「風吹客衣日杲杲，樹攪離思花冥冥。」

〔三〕「春日遊行春水曲」，杜甫哀江頭：「春日潛行曲江曲。」

自從行〔一〕

自從天傾西北頭，天下之水皆東流。若言世事無顛倒，竊鈎者誅竊國侯。君不見奸雄惡少椎肥牛〔二〕，董生著書番見收。鴻鵠不如黃雀啅，盜跖之徒笑孔丘。我今何言君且休！

【箋】

〔一〕據詩意，似作於正德三年春，時夢陽正因劾劉瑾案潛跡大梁。

〔二〕「君不見奸雄惡少椎肥牛」，杜甫錦樹行：「奸雄惡少皆封侯。」

大梁城西門行〔一〕

水門堤口雙柏樹，種之何年不記數。風餐雨蝕生氣微，枝葉半凋委官路。烏鴉螻蟻復啄食，我行見之淚如注。古來根本忌先撥，嗚呼奈此棟梁具。及今可爲當語誰，半夜呑聲向北去。

【箋】

〔一〕正德三年五月，「逆瑾蓄憾未已，必欲殺公以攄其憤，乃羅織他事，械繫北行」（李空同先生年表）。據詩意，當作於正德三年五月詩人離開封赴京之時。

【評】

吳日千先生評選空同詩卷二：意思深長。

羈旅翁行〔一〕

自焚闕里手植檜〔二〕，天下斯文忽墜地。錦衣使者日旁午，青衿胄子時流涕〔三〕。霾風翩翩起白旐，五月黃塵暗天際。君不見河上羈旅翁，時乖此老遭拘紲。

【箋】

〔一〕據詩意，當作於正德三年（一五〇八）五月北上時，參見李空同先生年表。

〔二〕闕里，孔子故里。在今山東曲阜城内闕里街。因有兩石闕，故名。孔子曾在此講學。後建有孔廟，幾占全城之半。孔子家語七十二弟子解：「顏由，顏回父，字季路，孔子始教學於闕里，而受學，少孔子六歲。」亦借指儒學。此指被逮前夢陽正於家中授徒講學。按，李空同先生年表載：正德二年二月，勒致仕，「歸而潛跡大梁城北黃河之壖故康王城，……閉門却掃，課子弟，聚生徒，怡然終日，不履城市」。

〔三〕「青衿胄子時流涕」，杜甫折檻行：「青衿胄子困泥途。」

寶刀篇〔一〕

我有吴王雙寶刀，龍鱗雪花爛照地。奉君清宴可君意，佩之十年不曾離。黄金鞶帶白玉鈎，出入魍魎魑魅愁。功高見疑反遭怒，此物拋擲今兩秋。丈夫生世轗軻亦如此，終日戚戚何爲爾？

【箋】

〔一〕據詩意，當作於正德三年（一五〇八）夏秋之際，時夢陽正因劾劉瑾案繫錦衣衛獄中。

秋夜歎〔一〕

君不見梁上蝠，飛走掠蠅虫，蠅蟲四散不受掠。而我胡在縲絏中？豈即運命委霜雪。要知腐草生華風，沉吟徹夜不能寐。此時天風雨將至，但聞虫聲啾啾復唧唧，鴻雁嗷嗷忘南北。

其二

臭蟲多足蚊有翅，當我眠時忽而至。憤悶披衣坐歎息，竟夜搔爬無氣力，寒霖蕭蕭響荆棘。君不見吹燈無煙四壁暗，野狐跳梁鬼啾唧〔二〕。

【箋】

〔一〕據詩意，當作於正德三年秋，時夢陽正繫獄中，參李空同先生年表。

〔二〕「野狐跳梁鬼啾唧」，杜甫同谷七歌其五：「白狐跳梁黄狐立。」

思歸引〔一〕

疾風吹寒破南極，凍雨瀸瀸山樹黑。天昏歲暮百憂併，中夜悲歌淚沾臆〔二〕。起視衆星白爛爛，我今胡爲在長安？思歸路阻多苦寒。嗷嗷何處失群雁，翅濕高飛嗟汝難〔三〕。

【箋】

〔一〕據詩意，當作於正德三年秋冬之際。夢陽於正德三年五月被逮之京城下獄，此年八月得釋，此時仍在京都。按，夢陽述征集後記（卷四十八）：「余以正德三年五月十七日縶而北行，至秋八月八日乃赦之出云。」

〔二〕「中夜悲歌淚沾臆」，杜甫虎牙行：「遠客中宵淚沾臆。」

〔三〕「翅濕高飛嗟汝難」，杜甫秋雨歎其三：「胡雁翅濕高飛難。」

歸來行〔一〕

天下儒冠豈盡誤〔二〕，迂謬棄捐仍道路。九月江山凍煙霧，百年裘馬銜霜露。窮達自知休怨天，歸來且種東陵田〔三〕。齒過四九已不小，釣魚獵兔亦得飽。

【箋】

〔一〕從「齒過四九已不小，釣魚獵兔亦得飽」一句，可知此時夢陽已三十六歲，該詩當作於正德三年九月。八月出獄，似九月歸大梁。參夢陽述征集後記（卷四十八）。

〔二〕「天下儒冠豈盡誤」，杜甫奉贈韋左丞丈二十二韻：「儒冠多誤身。」

〔三〕「窮達」二句，杜甫曲江三章章五句其三：「自斷此生休問天，杜曲幸有桑麻田。」

弘治甲子屆我初度追念往事死生骨肉愴然動懷擬杜七歌用抒憤抱云耳〔一〕

吁嗟我生三十三，我今十年父不見。濁涇日寒關塞黑，杳杳松楸隔秦甸。梁王賓客昔全盛，我父優游誰不羨。當時攜我登朱門，舞嫱歌媵争看面。二十年前一回首，往事凋零淚如霰。嗚呼一歌兮歌一發，北風爲我號冬月。

其二

母之生我日初赫，缺突無煙榻無席。是時家難金鐵鳴，倉皇抱予走且匿。艾當灼臍無處乞，鄰里相弔失顔色。男兒有親生不封，萬鍾於我乎何益！高天蒼蒼白日凍，今辰何辰夕何夕？嗚呼二歌兮歌思長，吾親儼在孤兒傍。

其三

有弟有弟青雲姿，以兄爲友兼爲師。十五遍探古人籍，十九不作今人詩。從兄翱翔潞河側〔二〕，寧料爲殤返鄉域。孤墳寂寞崔橋西，渺渺遊魂泣寒食。嗚呼三歌兮歌轉烈，汝雖抱女祀終絕。

其四

有姊有姊天一方，風篷搖轉思故鄉。歲收秫秉不盈百，男號女啼常在旁。黄鳥飛來啄屋角，碩鼠唧唧宵近牀。洪河鬭蛟波浪怒，我欲濟之難爲梁。嗚呼四歌兮歌四闋，我本與爾同肉血。

其五

古城十家九家空，有姊有姊城之中。峭①壑直下五千尺，雞鳴汲回山日紅。犁鋤縱健把豈得〔三〕，病姑垂白雙耳聾。小孤癡蠢大孤惰，霜閨夜夜悲迴風。嗚呼五歌兮歌五轉，寒崖吹律何時變。

其六

冰河蜿蜒雪爲岸，忽得鯉魚長尺半。剖之中有元方書，許我是月來相看。臘寒歲窮多烈風，日暮高樓眼空斷。梁都北來道如砥，熟馬輶輪爲誰絆？嗚呼六歌兮歌未極，原鴒爲我無顔色。

其七

丈夫生不得志居人下，低頭靦面何爲者？薄禄不救諸親饑，壯志羞稱萬間厦。東華軟塵十丈紅，入擁簿書出鞍馬。王門好竽不好瑟，何如歸樵孟諸野〔四〕。嗚呼七歌兮歌思停，極目南山空翠屏。

【校】

①峭，原作「哨」，據四庫本改。

【箋】

〔一〕李空同先生年表以爲此詩作於弘治十七年，是。按，夢陽生於憲宗成化八年十二月七日，即公元一四七三年初。該詩首句「吁嗟我生三十三」，當指該年夢陽三十三歲。甲子，即弘治十七年。弘治十六年，夢陽「奉命餉寧夏軍，便道歸慶陽，汛掃先壠，焚黄」，「指授戰陣，方略飛挽，芻糧立辦，運籌決勝，坐催强虜，邊境以寧。督撫欲以功上聞」，旋「力辭遂行」（李空同先生年表）。弘治十七年，同鄉張鳳翔（即張光世）病卒（見哀鳳操、張光世傳箋）。夢陽感懷賦此。初度，謂始生之年時。離騷：「皇覽揆余初度兮，肇錫余以嘉名。」後因稱生日爲「初度」。「擬杜七歌」，乃指詩人此作乃模擬杜甫乾元中寓居同谷縣作歌七首。

〔二〕潞河，又名白河。即今北京東南北運河。水經注沽河篇：「沽河從塞外來，南過漁陽狐奴縣北，西南與濕餘水合，爲潞河。」酈道元注：「（沽水）俗謂之西潞水也。……又南，左會鮑丘水，世所謂東潞也。沽水又南徑潞縣爲潞河。」光緒通州志卷一：「今通州白河自東北來，富河自西北來，至州城東北合流爲潞河。以水經注及今地勢考之，白河當爲古鮑丘水，富河疑當爲古沽水，『富』或『沽』之轉音。」今北運河俗稱潞河。據夢陽所作族譜大傳，其弟孟章，曾隨其兄夢陽入通州，則此潞河，即在通州無疑。

〔三〕「犂鋤縱健把豈得」，杜甫兵車行：「縱有健婦把鋤犂。」

〔四〕孟諸，古澤藪名，在今河南開封東北廣大區域。見冬日夷門旅懷（卷十六）箋。

解酋行〔一〕

都昌縣南乾沙上〔二〕，射雁者誰三五群。氈帽紅裘黃戰裙，云是解酋官達軍。沙下北風吹艦旗，邊軍歡喜家軍悲。朝廷日夜望俘至，雪凍酋船猶住兹。縣官逃走驛官啼，要錢勒酒仍要鷄。姚源遺孽尚反覆〔三〕，爾曹不得誇遼西〔四〕！

【箋】

〔一〕正德六年（一五一一），江西南昌一帶發生叛亂，總督陳金調集廣西土兵鎮壓，正德七年五月，叛亂基本平定，不久，姚源叛亂再度發生，南昌陷入混亂狀態，該詩正作於此時。

〔二〕都昌縣，唐武德五年（六二二）置，屬浩州。治所在今江西都昌東北七十五里北炎鄉洞門口。八年改屬江州。元和郡縣圖志卷二十八江州：都昌縣「以縣北有都村，配以『昌』字，取嘉名也」。明屬南康府。明一統志卷五十二南康府載：「在府東一百二十里，本漢彭澤縣地，屬豫章郡，晉屬潯陽郡。唐初置都昌縣，屬浩州，……宋改屬南康軍，元仍舊，本朝因之。」

〔三〕姚源，在江西南昌。見姚源歌（卷八）箋。

〔四〕「爾曹不得誇遼西」，杜甫洗兵馬：「汝等豈知蒙帝力，時來不得誇身强。」

飛蟻歎〔一〕

李子官江西時，睹事感心，作飛蟻歎暨西來行也。

今朝天光鳥鳴喚，草萋柳長江涣涣。怪爾飛蟻何爛熳，填門撲窗坐我案。夜來不虞風驟至，屋瓦吹飛船打岸。孤城晦冥霏霏雨，前叫鴟鴞後鵝鸛〔二〕。共言此祟飛蟻爲，我欲擊之還復歎。明明上天非無宰，蟻也瑣細何須算。災祥感召固其理，先時苟備終無患。君不聞漢家滿堂客，不貴徙薪貴焦爛。

【箋】

〔一〕據小序及詩意，似作於正德八年冬詩人任江西提學副使受人誣陷遭遇朝廷查辦時。

〔二〕「孤城晦冥霏霏雨，前叫鴟鴞後鵝鸛」，杜甫天邊行：「洪濤滔天風拔木，前飛秃鶖後鴻鵠。」

西來行〔一〕

冬廿六日十二月，西來泛湖雨明滅。雨寒著樹盡成雪，天波霾霪路幽絶。鴟鶬禿鶖立如人，銜魚避船偷眼嗔。天開①獵夫會尋汝，乘時早可收其身。

【校】

①天開，詩綜作「雪晴」。

【箋】

〔一〕據前詩小序，約作於正德八年（一五一三）冬，時夢陽在江西已爲官司所困。

土兵行〔一〕

豫章城樓飢啄烏，黄狐跳踉追赤狐。北風北來江怒涌，土兵攫人人叫呼。城外之民徙城內，塵埃不見章江途〔二〕。花裙蠻奴逐婦女，白奪釵鐶换酒沽。父老向前語蠻奴：「慎勿横行王法誅。華林姚源諸賊徒〔三〕，金帛子女山不如。汝能破之惟汝欲，犒賞有酒牛羊猪，大者升官佩綬趨。」蠻奴怒言：「萬里入爾都，爾生我生屠我屠！」勁弓毒矢莫敢何，意氣似欲無彭湖。彭湖翩翩飄白旗，輕舸蔽水陸走車。黄雲捲①地春草死，烈火誰分瓦與珠。寒崖日月豈盡照，大邦鬼魅難久居。天下有道四夷守，此輩可使亦可虞。何況土官妻妾俱，美酒大肉吹笙竽。

【校】

①捲，列朝作「掩」。

【箋】

〔一〕土兵，明代在邊郡地方招募的軍隊。明史卷九十一兵志三載：「衛所之外，郡縣有民壯，邊郡有土兵。」又載：「成化二年，以邊警，復二關民兵。敕御史往延安、慶陽選精壯編伍，得五千餘人，號曰土兵。」土兵用以保衛邊防或鎮壓各地叛亂。明史卷一百八十七陳金傳載：「三年十月遷南京户部尚書。……六年二月，江西盜起。詔起金故官，總制軍務。……當是時，撫州則東鄉賊王鈺五、徐仰三、傅傑一、揭端三等，南昌則姚源賊汪澄二、王浩八、殷勇十、洪瑞七等，瑞州則華林賊羅光權、陳福一等，而贛州大帽山賊何積欽等又起，官軍累年不能克。金以屬郡兵不足用，奏調廣西狼土兵。……（正德七年）七月乘勝斬光權。華林賊盡平。……金累破劇賊，然所用目兵貪殘嗜殺，剽掠甚於賊，有巨族數百口闔門罹害者。所獲婦女率指爲賊屬，載數千艘去。民間謠曰：『土賊猶可，土兵殺我。』金亦知民患之，方倚其力，不爲禁。」夢陽任江西提學副使，親歷其事，該詩正爲此而作。

〔二〕章江，即章水。又名古豫章水、南江。在今江西西南部。即今江西贛江西源。源出贛、粵邊境崇義縣之聶都山，有南、北二源。太平寰宇記卷一百零八虔州贛縣：章水「源出大庾縣界聶都山，從南康縣東北流，合西扶、良熱等水，流三十里入縣郭，與貢水合焉」。

〔三〕華林，山名。在江西奉新縣。雍正江西通志卷七山川一南昌府：「華林山，在奉新縣西南四十里半，屬高安，其山三峰秀拔，土人常伺雲氣舒卷以驗晴雨，南有浮雲宫及仙姑壇。」姚源，在江西南昌。見姚源歌（卷八）箋。

【評】

楊慎李空同詩選曰：以謠諺近語入詩史，而高古不可及。

明詩綜卷二十九引孫豹人云：贛州賊作亂，都御史陳金奏調廣西狼兵征之，土兵行所由作也。

此詩當與杜陵北征詩並傳。

沈德潛明詩别裁集卷四：歸結正論，少陵亦云「此輩少爲貴」也。

陳田輯撰明詩紀事丁籤卷一引國史唯疑：江西苦調到狼兵，掠賣子女，其總兵張勇以童男女各二人送費文憲家，費發憤疏聞，請嚴禁。誦李夢陽土兵行諸篇，情狀具見。

癸酉生日〔一〕

廬山臘日地凍裂，白猿鹿麑啼深雪。卧病松林北岸湖，黄蒿古阪行人絶。已今行年四十二，我辰安在百憂結。小孫呼爺戲牀側，縱惱忍能即嗔説。

【箋】

〔一〕癸酉生日，爲正德八年臘月（即公元一五一四年初）。此年秋，夢陽因受江西達官排擠而上疏劾巡按御史江萬實罪，江亦奏，武宗命大理寺卿燕忠往勘，由是上下承辰濠風旨，恐不測。冬至，夢陽往南康府（今江西星子）卧病待罪。井銘（卷六十）曰：「正德八年冬至，予至南康府。」夢陽生於成化八年臘月（即公元一四七三年一月），時年四十二歲。該詩作於正德八年臘月。

豆莝行〔一〕

昨當大風吹雪過，湖船無數冰打破。冰驤崙峗山嶽立，行人駭觀淚交墮。景泰年間一丈雪，父老見之無①此禍。鄱陽十日路斷截，廬山百姓啼寒餓。旌竿凍折鼙鼓啞，浙軍楚軍袖手坐。將軍部兵蔽江下，飛報沿江催豆莝。邑官號呼手足皴，馬騾雞犬遺眠卧。前時邊達三千軍，五個病熱死兩個。彎弓值凍不敢發，昔何猛毅今何懦〔二〕。李郭鄴城圍不下，裴度淮西手可唾。從來强弱不限域，任人豈論小與大。當衢寡婦攜兒哭，秋禾枯槁春難播。縱健徵科何自出，大兒牽纏陸挽馱。

【校】

①無，列朝作「我」，似誤。

【箋】

〔一〕豆莝，指豆和草，亦指糧草。宋蘇轍飲酒過量肺疾復作：「達人遺形骸，駑馬懷豆莝。」正德八年前後，江西多地發生農民暴動，戰争頻仍，民不聊生。詩疑當作於此時。

〔二〕「昔何猛毅今何懦」，杜甫哀王孫：「昔何勇鋭今何愚。」

【評】

楊慎李空同詩選曰：以險韻括俚語，與士兵行同。

沈德潛明詩别裁集卷四：似古謡諺，俚質生硬處正不易到。

餘干行〔一〕

荒濱鶻立夕啼鶹，春行緣岸竹木枯。黄蒿破屋走白狐，東至信州西鄱湖〔二〕。男兒輸粟婦刈芻，問誰爲此軍前須。去年冰雪十丈餘，凋瘁至今猶未蘇。姚源帶甲已數萬〔三〕，巖淤莫展金僕姑。近聞殺官兵復北，道路諠傳真有無。安能飛刀取賊顱，貂裘白馬還京都。

【箋】

〔一〕餘干，今江西餘干縣。明一統志卷五十饒州府載：「在府城南一百二十里，本越之西境，爲越餘地，漢置餘汗縣，屬豫章郡，吴屬鄱陽郡，隋改曰餘干縣，屬饒州，唐宋因之，元升爲餘干州，本朝改爲縣。」正德六年（一五一一），江西撫州、南昌、贛州等地相繼發生叛亂，總督陳金調集廣西土兵鎮壓。正德七年五月，叛亂基本平定，不久，姚源叛亂再度發生，南昌、饒州等地陷入混亂狀態。該詩正作於此時。

〔二〕信州，即今江西上饒。唐乾元元年（七五八）分衢、饒、建、撫等州地置。治所在上饒。轄境相當今江西貴溪以東，懷玉山以南地區。元至元十四年（一二七七）升信州爲路。至正二十年（一三六〇），朱元璋改爲廣信府。

〔三〕姚源，在江西南昌。

叉魚行〔一〕

漢江七月黄水漲，男婦叉魚立江上。岸斜波緊㶸泡轉，千人目側精相向。巧者十叉五叉中，血飛銀尺翻金浪。鯿魚中叉獨更穩，頓之泥沙半倔强。我舟其時行遘此，仰視皇天色惆悵。深山藥苗孰流汝，一毒江河萬形喪。鰷魦糜爛不直錢，小瑣暴棄同蚼蟓。走鯇吞泓若山滚，蹴踏猶能開浩蕩。渡子徒誇好身手，如飛快槳誰曾傍。夜風大聲吼盤渦，地拆頹洞蹙黿鼉。如甕之蛟手可得，蛇龍豈復安巢窩，消息定理魚奈何！

【箋】

〔一〕夢陽宣歸賦（卷一）序曰：「正德九年，是歲甲戌，厥月辛未，臣以居官無狀，得蒙寬譴，罷歸，乃作宣歸之賦。」正德九年六月下旬，夢陽罷江西提學副使之職，攜妻子自潯陽（今江西九江）出發，乘船泝長江而上，至武昌，七月，乘船沿漢水至襄陽，愛峴山、習池之勝，欲作鹿門之隱，會江水泛漲，九月中旬乃歸大梁。此似在漢水船上之作。

襄陽歌〔一〕

烈風夜行峴山道〔二〕，天陰城空鬼嗚嘯。蒹葭委折波濤白，通濟橋頭老鶴叫〔三〕。人言黄昏虎搏牛，牛虎兩傷歸各憂。萬事豈爾能前謀，不如置之寬且休。君不見百足之蟲光如虹，雷火燒死枯樹中。

其二

峴石巉嵾孤根深，下盤厚土雲氣陰。中有千萬竅突如，風來遇之如笙琴。昨當醉狂推撼此，天地忽然爲之動，山鳴鬼哭百獸吟。我時便欲驅使六丁移之去，家遥屋卑無頓處。於乎一石且無頓處，徘徊歸來日沉樹。

其三

襄陽山勢何所似，東如翥鳳西虎蹲。墓堆纍纍不空地，於中豈少英雄魂。大堤先前花艷時，朱樓細柳黄金羈。但看舊園歌舞處，掘發金釵知是誰？君今有酒①不飲，恨不駟馬軒車馳。縱及金張許史將焉爲〔四〕，身後埋没蒿草疇見知。

其四

昨來三日雨不住，逢人面色如地皮。老龍之堤豈易打，襄陽難是養魚池。南倒江勢雖洶涌，我堤如山撼不動。但慮禍患起細微，丁寧疆吏防螻孔。我聞斯地連年乖雨暘，二麥乾死秋禾傷。衆心訩訩久未定，小兒何得跳商羊，天公好生民壽康。

【校】

①「酒」下，百家詩有「胡」字。

【箋】

〔一〕夢陽於正德九年（一五一四）自江西歸大梁途中逗留襄陽。按，封宜人亡妻左氏墓志銘（卷四十五）云：「甲戌，李子以與江御史構，從理官於上饒，而徙左氏星子。會訛言賊過星子，於是左氏自徙於潯陽。是年，李子官復罷，道潯陽就左氏。泝江入漢，至於襄陽，將居焉。會秋積雨，大水，堤幾潰。」是該詩當作於正德九年秋八月詩人暫居襄陽時。

〔二〕峴山，在今湖北襄陽南。見襄陽篇奉寄同知李公（卷十二）箋。

〔三〕通濟橋，雍正湖廣通志卷十三關隘誌津梁附襄陽府襄陽縣：「通濟橋，在縣南三里。」

〔四〕金張許史，見漢書卷七十七。金，金日磾。張，張安世。許，許皇后之父許廣漢。史，指史良娣之兄史恭及其子史高。四人皆豪族貴胄。

苦雨篇〔一〕

波濤日陷蛙鳴起，梁園一夜滿城水。屋廬半塌塌人死，可憐哭聲水聲裏。憶昨出飲黄昏歸，零濛已灑力尚微。豈知中宵鬼神怒，雷翻電滚雨如注。我時怵惕不得眠，窗燈撲殺無計燃。洶涌一任霹靂走，恍惚若有蛟龍纏。地軸震仄久益急，披衣起坐坐復立。雞鳴氣勢幸稍緩，積漸天明日光入。琴沾書濕開我堂，二儀高下雲低昂〔二〕。黄鸝曬翅燕語梁，前何恐懼今何康。萬事夷險誰豫量，及時弗樂頭顱蒼。

【箋】

〔一〕李空同先生年表云正德四年己巳，夢陽作苦雨前後篇、久雨柬黄子詩，似誤。數作似作於正德後期，考詳下。

〔二〕「二儀高下雲低昂」，杜甫又作此奉衛王：「二儀清濁還高下。」

苦雨後篇〔一〕

小兒喑啞始學語，育之後屋逢今雨。包裹移置夜我旁，兒驚屢叫安之乳。霆雷虢虢屋瓦震，疾電繞床亂走鼠。大兒明農隔城住，即有緩急誰視汝？旦日報至心則降，雨未傷人傷稷黍。前時三月點雨無，大兒憂色禾半枯。日日望雨雨反荼，蕩然畎畝爲江湖。天晴微風波水動，溝渠四注長河涌。明晦反覆何代無，囑兒更備宜秋種。

【箋】

〔一〕李空同先生年表云：正德四年己巳（一五〇九），夢陽「以舊業讓兄，借居土市街。室廬湫隘。是歲秋霖彌月，公作苦雨前後篇、久雨柬黄子詩」。似誤。按，詩中有「小兒喑啞始學語，育之後屋逢今雨」之句，夢陽人兒李枝生於弘治四年，其封宜人亡妻左氏墓志銘云：「明年爲弘治辛亥，左氏生子枝云。」可證此「小兒」顯然非指李枝。正德十一年，妻左氏卒，夢陽作封宜人亡妻左氏墓志銘並結腸操。次年娶繼室宋氏，正德十三年次子楚生，正德十五年三子梁、四子柱雙生，嘉靖元年長女生，嘉靖三年第二女生。此詩似作於正德後期。

久雨柬黄子〔一〕

微晴見月月仰瓦，城中水淹雨猶下。郊園浹旬不一出，不畏衝泥畏没馬〔二〕。苔蘚自上匡氏壁，蓬蒿日深仲蔚舍。人言甲子船入市，幸君豫問能舟者。初雨夏甲子也。

【箋】

〔一〕該篇似作於正德後期，見前詩箋。黄子，據夢陽尚書黄公傳（卷五十八），此黄公爲黄紱之子黄彬。詳見蒸熱三子過我東莊（卷十）箋。黄彬於正德中至嘉靖八年間與夢陽交遊甚多。

〔二〕「不畏銜泥畏没馬」，杜甫崔評事弟許相迎不到應慮老夫見泥雨怯出必愆佳期走筆戲簡：「虚疑皓首衝泥怯。」

種竹

自從有竹水爛死，使我竟日顔不歡。頃來移置復傍此，遽覺六月回秋寒。龍姿鳳苞生不易，可憐蕪没今人棄。窈窕郊園草樹中，何人道有凌雲器！

放蛇引

花蛇錯落五色備，毁垣掘出蛇驚悸。昂頭宛頸若有訴，盤旋瞥捩如奔避〔一〕。深山大澤豈無窟，荒郊短草真何意。豺虎公然白晝行，花蛇何得更縱横！秖知毒口能戕物，未解皇天實好生。洪流自古容微細，吾叱園丁縱蛇逝。風驅雷霆急雨過，彩虹倒挂青天霽。

【箋】

〔一〕「盤旋督捩如奔避」，杜甫杜鵑行：「搶佯瞥捩雌隨雄。」以上二首均作於正德後期詩人閒居開封時。按，弘德集卷十六有收録。

歲暮四篇〔一〕

天霜草枯風波濤，愚心恐懼賢心勞。群聚飢獸野鳴號，高飛路逆鴻嗷嗷。有狐河梁閒且得，冰行綏綏奈爾曹。

其二

百騎横矛血提刀，我軍菜色馬蝟毛。誰謂河廣不容舠，北旗獵獵風黄蒿。可憐十羊抗一虎，塵沙暗河暮淮浦。

其三

長風烈烈吹山寒，有松瑟瑟山之端。鋪蕤布蔭芘小草，霜勢雪力莫可干。皋蘭畹蕙日摧隕，美而不遇良可歎。

其四

枯蓬飛沙原野昏，律窮物慘生意存。向夕氣嚴扃我門，霜白月凍啼夜鵾。圍爐煨芋啖濁酒，有話細與妻兒論。

【箋】

〔一〕嘉靖集收録此詩，故該詩當作於嘉靖元年（一五二二）至三年間詩人閒居開封時。

徒涉歎〔一〕

兩山欲交水斷破，洪川無梁日漸墮。徒涉紛紛江復深，鼉喧龍鬭真愁心。無言既濟平安子，得路回看轉不禁。君不見岸風翻翻卷瓠葉，皇天倘賜築巖楫。

【箋】

〔一〕嘉靖集收録此詩，故該詩當作於嘉靖元年至三年間詩人閒居開封時。

松泉子歌〔一〕

顛崖嶔岭撑一松，鐵幹屈曲如老龍。精靈歲久發光彩，寒蕤古翠芙蓉峰。石泉清冷日漱洗，汩滵瑟颯松風裏。山人何年住其側，手斸伏苓煮泉水。近來蕭灑落風塵，賣藥救世能通神。我勸山人且勿歸，金鎞玉匕行陽春。

【箋】

〔一〕松泉子，不詳。嘉靖集收録此詩，故詩當作於嘉靖元年（一五二二）至三年間詩人閒居開封時。

飛星篇

十月廿七昏尚坐，一星出垣如斗大。碎光萬點長燭天，軒牖盡明向西墮。俗子蒙頭不讀書，魯人鐘鼓拜爰居。天道悠悠誰復知，世間魚目爲明珠。

吟思翁①

吟思翁，翁我思。蒼松碧梧世希有，海月紅雲如見之。孤鶴引唳，志在萬里。吞舟之魚，豈游涔水。嗟嗟噫嘻！我思者翁，翁思者何？停雲日暮滄溟波。

【校】

①詩題，四庫本作「吟思篇」。

鈐山堂歌〔一〕

先生昔隨玄豹住，丹壑冥濛日烟霧。先生今與赤龍飛，南望碧山空翠微。茅堂蒼蒼雲氣入，囊琴鎖户陰陰濕。沚蘭沙温春鳥暮，庭松月清夜鶴立。君不見山下石，危嵓千尺磯，經年不釣苔成衣。玉璜羊裘各有分，可問王孫歸不歸。

【箋】

〔一〕鈐山堂歌乃夢陽爲嚴嵩作。嚴嵩爲分宜（今屬江西）人。正德三年（一五〇八），因疾告歸，在分宜鈐山讀書數年，後起復，成明代著名奸相。見題嚴編修東堂新成（卷三十）箋。朱國禎湧幢小品卷二天人云：「李獻吉督學江西，試士袁州（今江西宜春）畢，嚴介溪來見，時嚴方讀書鈐山堂，有盛名，獻吉亦雅重之。」明詩綜卷二十八詩話亦云：「分宜通籍，即見知於獻吉、仲默，旋請假還里，讀書鈐山者七年。獻吉遠訪之山中，作鈐山堂歌以贈。」可知該詩似寫於正德七年夢陽視學袁州時。嚴嵩有奉酬空同先生垂訪見詒詩，曰：「病來渾與故人疏，珍重能勞長者車。地僻柴門堪繫馬，家貧蕉葉可供書。鶯花對酒三春暮，風雅聞音百代餘。長願飲河心自足，却慚和郢曲難如。」（鈐山堂集卷三）

李夢陽集校箋卷二十　七言古三

贈酬一

送何舍人齎詔南紀諸鎮〔一〕

先皇乘龍去不返，悲風慘淡吹宸極。四海哭若喪慈母，百官狂走天爲黑。憶昨臨危坐御床，手挈神器歸今皇。密語丁寧肺腑裂，三老親聞眼流血。金縢立剖石室秘，此事難從外人説。我君謙讓不可得，割哀踐阼弘祖烈。日月重懸萬國朝，雷雨赦過群方悦。越南海北霹靂動，蠻夷盡奉王正月。此時九道使臣出，舍人亦輟螭頭筆。白馬朝騰薊北雲，錦帆暮閃江沱日〔二〕。江沱秋交多烈風，洞庭雲夢俱眼空。巴陵縣令舍人兄，接詔會弟西樓中。童年題詩在高壁，六載不到紗爲籠。南嶽以南惟峻山，苦蒸毒霧何盤盤。天王新令雷電掣，妖蛇不敢啼林端。五溪官長喘喙拜，黔州父老垂淚看。却瞻蒼梧雲氣黑，斑竹臨江怨幽色〔三〕。翠華縹緲空冥間，此時此恨誰知得？君不見馬援柱、孔明碑，剥落黄蒿裏，千年莓苔待君洗。萬里之行自此始，歸來何以獻天子？

【箋】

〔一〕何舍人，指何景明，字仲默，號白坡，又號大復山人，信陽（今屬河南）人。弘治十五年（一五〇二）進士，任中書舍人、吏部員外郎，正德十三年出任陝西提學副使。正德十六年去世。著有大復集三十八卷，明史卷二百八十六有傳。何與夢陽均爲「前七子」復古派之首要人物。據孟洋中順大夫陝西按察司提學副使大復何君墓誌銘：弘治十七年，何景明授中書舍人。次年五月，明孝宗死，武宗繼位，奉哀詔使貴州、雲南。詩中有「先皇乘龍去不返，悲風慘淡吹宸極」、「此時九道使臣出，舍人亦輟螭頭筆」等句，故該詩當作於弘治十八年。舍人，爲中書舍人之簡稱，亦稱「中舍」。專掌詔誥，或以他官兼知制誥。詳見贈王舍人昇（卷十一）箋。

〔二〕江沱，長江和沱江。亦指長江流域和沱江流域。書禹貢：「浮於江、沱、潛、漢。」陸德明釋文：「江、沱、潛、漢，四水名。」謝朓和王長史卧病：「顧影慚騑服，載筆旅江沱。」

〔三〕「斑竹臨江怨幽色」，杜甫奉先劉少府新畫山水障歌：「至今斑竹臨江活。」

【評】

楊慎李空同詩選評曰：「此時九道」接得有力。

又：「巴陵縣令舍人兄」，「兄」字用韻尤妙，正不拘今韻而合古韻矣。

上元訪杜錬師〔一〕

宣皇昔時乘八風，御龍游戲行煙空。馬前兩兩侍玉女，别館多在蓬萊宫。朝天宫中舊時殿，樓臺晝鎖無人見。琉璃井塌青苔滿，松柏森森月如練。嗚呼往事難具陳，燈火如山又一春。北斗壇西訪隱淪，我師黄衫白氎巾，坐我更致西樓賓。玉杯瀲灧赤瑪瑙，織罽四角銀麒麟。酒肉山堆滿堂醉，仙廚往往來八珍〔二〕。孝宗之朝五真人，師也磊落當其倫。自言召見親賜食，曾把丹書獻紫宸。如今寂寞看春色，銀魚玉帶無消息。豈惟魚帶無消息〔三〕，欲語吞聲淚沾臆。勸師對此莫酸辛，世間萬事如轉輪。且將芝草供生計，聊與煙霞作主人。月遍彩雲當牖生，旋呼兩童吹玉笙。聞師妙得逡巡術，百壺倒盡還須傾。古來仙子尚①誰在？飲者翻垂千載名。名垂千載亦區區，酒闌燈昏夜復徂。不見泰陵草已宿，春生樹啼雙老烏。此時亦應群帝趨，金燈翠旗光有無〔四〕。

【校】

①尚，弘德集、詩綜、四庫本作「向」。

【箋】

〔一〕從「不見泰陵草已宿」句，可知該詩作於正德元年或二年（一五〇七）初。泰陵爲明孝宗陵墓，在北京昌平筆架山東南。見望泰陵（卷二十三）箋。孝宗卒於弘治十八年（一五〇五）五月。

〔二〕「仙廚往往來八珍」，杜甫麗人行：「御廚絡繹送八珍。」

〔三〕「豈惟魚帶無消息」，杜甫野人送朱櫻：「金盤玉筯無消息。」

〔四〕「金燈翠旗光有無」，杜甫渼陂行：「金支翠旗光有無。」

【評】

楊慎李空同詩選：「嗚呼往事」接得妙。

皇明詩選卷五宋轅文曰：頓挫流麗，意態横出。

沈德潛明詩别裁集卷四：故君之思，寫得神靈恍惚。

奉送大司馬劉公歸東山草堂歌〔一〕

東山有草堂，縹緲雲嶠孤。前對祝融峰〔二〕，下瞰巴陵湖。明公昔時此堂居，麋鹿熊豕當窗趨。洞庭日落風浪涌，倒影射堂堂欲動。慘淡誰聞紫芝曲，獨善不救蒼生哭。先帝親裁五色詔，老臣曾受三朝禄。此時邊徼多戰聲，曳履謁帝登承明。謝安笑却淮淝敵，魏相坐測單于兵。九重移榻數召見，夾城日高未下殿。英謀密語人不知，左右微聞至尊羨。自從龍去不可攀，公亦卧病思東山。湘娥含笑倚竹立，山鬼窈窕堂之側。上書苦死只欲歸〔三〕，聖旨優容意悽惻。內府盤螭縷金織，賜出傾朝皆動色。白金之錠紅票記，寶鈔生硬雅翎黑。崇文城門水雲白，是日觀者塗路塞。城中冠蓋盡追送，塵埃不見長安陌〔四〕。人生富貴豈有極，男兒要在能死國，不爾抽身早亦得。君不見，漢二疏，千載想慕傳畫圖。即如草堂何處無，禄食靦竊胡爲乎？乃知我公真丈夫！嗚呼，乃知我公真丈夫！

【箋】

〔一〕劉公，指劉大夏，字時雍，華容（今屬湖南）人。天順八年（一四六四）進士，曾官兩廣總督、兵部尚書，敢於直言國事。正德十一年（一五一六）卒，年八十一，贈太保，謚忠宣，明史卷一百八十二有傳。據明通鑑卷三十八載：弘治十一年（一四九八），劉致仕「歸築東山草堂，讀書其中」。又同書卷三十九：弘治十四年，劉被起用爲兵部尚書，正德元年，五月，又致仕。故該詩當作於正德元年，時夢陽任户部郎中。

〔二〕祝融峰，南嶽衡山之最高峰。見五仰詩五首（卷八）箋。

〔三〕「上書苦死只欲歸」，杜甫送孔巢父謝病歸遊江東兼呈李白：「惜君只欲苦死留。」

〔四〕「塵埃不見長安陌」，杜甫兵車行：「塵埃不見咸陽橋。」

【評】

皇明詩選卷五：陳卧子曰：是時獻吉初謫，而劉公去。公去而國事益變，故此作辭渾而意傷。李舒章曰：「九重」四句，君臣一氣，讀者悚神。

錢謙益列朝詩集丙集：忠宣之出處，關係泰、康兩陵盛衰之際。史家序忠宣去國，必引據獻吉此詩，以爲美談。取次誦之，非不琅琅若出金石，而細按其脈理音節，散緩錯互，其可指摘者多矣。吾不敢徇名而取之也。

沈德潛明詩別裁集卷四：縱横排宕，不求合法，自然中節。子由所云「千金戰馬，注坡驀澗，如履平地」者也。「英謀密語」十四字，是孝宗實録。

陳田輯撰明詩紀事丁籤卷一：「田按：華容劉忠宣東山草堂，莊定山爲之題扁，李西涯有東山草堂前後賦，何大復、楊石淙、邊華泉、何燕泉有寄贈留題詩，附録於此。定山詩云：『封題雲卧東山扁，歌詠司空表聖詩。天闕星辰遺舊履，橘洲歲月有殘棋。石横流潦潛虬角，梅迸垂蘿屈鐵枝。自笑野人閒袖手，雲烟濃淡忽交馳。』西涯歌云：『少而行兮老則歸，脱繡服兮披荷衣。今吾故吾兮何是非？桂棟兮蘭房，君歸來兮此堂。山可履兮水可航，彼胡爲兮天一方？楚之水兮荆山，望佳人兮不還。翩然兮歸來，躡岧嶢兮弄潺湲。』何大復詩云：『一疏歸來卧舊山，幾回天上識容顏。城邊黄石留侯去，海内蒼生謝傅閒。日月夢隨天闕仗，烟波家在洞庭灣。南瞻江漢無多路，不得乘槎一往還。』石淙詩云：『南北萍蹤六載奇，故人顏采夢中疑。如何遠客尋幽地，剛及東君駐馬時。別去定應懸一榻，相逢還爲解雙頤。』東山合有蒼生念，況復勳名鬢未絲。』華泉詩云：『靄靄東山雲，覆彼山下堂。乘時播皇澤，從龍彌八荒。八荒遼且邈，下上以遨翔。龍逝鼎湖陰，雲歸故山陽。何以慰烝庶，私衷鬱彷徨。』『草堂何所有？有蘭復有芝。采采山之側，飛仙相與期。寄傲雲霞間，可望不可追。抗手謝城市，去去從此辭。徒遺高世風，永繫來哲思。』燕泉詩云：『唐朝緑野相，宋代獨樂公。起居候夷狄，姓字傳兒童。古人不可作，誰是間世雄？我公雖晚出，德器正爾同。來歸下覽鳳，去志冥飛鴻。東山在何許？亦在東門東。』

清翁方綱七言詩三昧舉隅評杜甫丹青引曰：「此篇古今膾炙人口，其臨摹翻本，則李獻吉送劉大夏云：『九重移榻數召見，夾城日高未下殿。英謀密語人不知，左右微聞至尊羡。』此僅以貌非以神，不待辨矣。」

二月四日部署宴餞徐顧二子〔一〕

春日載陽官署幽，東吴二子過我游。庭空日斜吏人散，窅然何異經林丘〔二〕。今晨驚蟄暖氣達，昨夜哀鴻呼故儔。中庭古槐蒼蘚澋，上有百鳥何啁啾。倉庚交交刷其羽，君看巨細各有求。明時冠軒幾邂逅，得暇胡不攀淹留？自從去年識徐顧，令我意氣傾南州。徐郎近買洞庭桅，顧子亦具錢塘舟。浮生飄轉若飛藿，倏忽聚散誰能謀？風光爛熳況復爾，頗寫清壺銷客憂。故人苦稱不好飲，舉杯入唇還復休。妙歌時時激慷慨，鄙夫何以答綢繆。嚴柝沉沉静夜色，北斗倒挂城南樓。秖恐天明驅馬出，攬袪延望河之洲。

【箋】

〔一〕徐顧二子，指徐禎卿、顧可學二人。徐禎卿，生平見贈徐禎卿（卷十一）箋。顧可學字與成，號惠岩，南直隸無錫（今屬江蘇）人，弘治十八年進士。正德中，官至浙江參議，後被劾落職，家居二十餘年。嘉靖時，爲世宗所用，官至右通政，獻長生方，升工部尚書、禮部尚書，加太子太保。嘉靖三十九年（一五六〇）卒，謚榮僖。傳入明史卷三百〇七佞幸。按，顧可學於弘治十八年進士登第，故詩中有「自從去年識徐顧，令我意氣傾南州」句。該詩當作於夢陽任户部郎中時。又據列朝詩集小傳徐博士禎卿傳：徐禎卿於弘治十八年舉進士，爲大理評事，不就，以親老求南歸。「徐郎近買洞庭桅，顧子亦具錢塘舟」二句，言正德元年（一五〇六）二月，徐禎卿受命赴湖湘編纂外史，顧可學赴浙江公幹。

〔二〕「窅然何異經林丘」，杜甫題張氏隱居之一：「澗道餘寒歷冰雪，石門斜日到林丘。」

七峰歌壽范郎中淵〔一〕

我聞桂陽江上峰〔二〕，平地突出七芙蓉。三峰岧嶢如列戟，四峰㬥㬥翔飛龍。孤水東來走其下，上巖下巖惟古松。有時雲霧滿四壑，洞中仙侣時相逢。使君磊落中行後，家傍前峰對江口。暗想精靈盤礴初，嶽降生申理或有。平生氣與蒼壁高，落筆煙霞常在手。六載爲郎不愛身〔三〕，五十生兒將白首。湘南新鮓紅勝玉，燕京高會多名酒。歲歲登堂娱笑歌，歌我七峰爲爾壽。

【箋】

〔一〕范郎中淵，雍正湖廣通志卷三十二選舉志載：范淵，武陵人，弘治中進士。又雍正四川通志卷七上：「范淵，桂陽人。正德中以郎中謫威州，選番民子弟入學宫，教以詩、書，淑以道義，自是番民慕義歸順，民建祠祀之。」據此詩，范當爲桂陽（今湖南汝城）人。范淵中弘治九年進士，任刑部員外郎時約爲弘治十四年，又據詩中「六載爲郎不愛身」句，至此已六年，該詩當作於正德元年，時范淵已遷升刑部郎中，夢陽亦任户部郎中。

〔二〕桂陽，北宋置，治所在今湖南汝城南。明代屬郴州。

〔三〕「六載爲郎不愛身」，杜甫奉送嚴公入朝：「公若登臺輔，臨危莫愛身。」

送人還關中 得萬字〔一〕

君不見劉毅貧時，一擲常百萬；君不見唐時鄭虔，道高坎壈腹無飯。英雄際會各有時，人生豈必皆如願？關中老翁燕薊客，昔何慷慨今何怨〔二〕！王通無媒番叩闕，揚雄有賦何由獻？君歸射獵南山麓，得錢且學樊侯販。

【箋】

〔一〕據詩意，似作於詩人任職户部時。送别之人或爲韓邦靖，字汝度，朝邑（今陝西大荔）人。按，韓邦靖於弘治十四年中舉人，正德三年方舉進士。官至工部員外郎。何景明有送韓汝度還關中。此詩或作於弘治末至正德初年，時韓邦靖下第歸鄉，夢陽等爲其送行。

〔二〕「昔何慷慨今何怨」，杜甫哀王孫：「昔何勇鋭今何愚。」

寄兵備高僉事江〔一〕

三月無雨乾殺麥，六月雨多禾耳黑〔二〕。長江浪高蛟龍鬬，淘河鸂鶒啼清晝〔三〕。此時憐君備吴越，天陰不見日與月。白衫鹽徒慣風濤，我軍慎勿貪倉猝。

【箋】

〔一〕僉事，明代指提刑按察司僉事，輔佐按察使掌管一省的司法。據雍正浙江通志卷五十二水利與卷一百一十八職官載：高江，仙遊人，正德三年（一五〇八）左右任浙江提刑按察司僉事。又據雍正福建通志卷三十六選舉載，高江爲弘治六年（一四九三）進士，平海衛人。明孝宗實録卷二百二十一載：弘治十八年二月，任户部員外郎高江爲江西按察司僉事。又明武宗實録卷五十七載：正德四年十一月，升浙江按察司僉事高江爲四川按察司副使。詩云「此時憐君備吴越」，當爲高任浙江提刑按察司僉事之時，該詩正作於正德三、四年間，時夢陽閒居開封。

〔二〕「六月雨多禾耳黑」，杜甫秋雨歎之一：「禾頭生耳黍穗黑。」

〔三〕淘河，鵜鶘的别名。爾雅釋鳥：「鵜，鴮鸅。」晉郭璞注：「今之鵜鶘也。好群飛，沈水食魚，故名洿澤，俗呼之爲淘河。」杜甫赤霄行：「江中淘河嚇飛燕，銜泥却落羞華屋。」

寄内弟玉〔一〕

自汝林居將一月，我心不寧長惙惙。郊寒歲暮風色苦，曠野無鄰天雨雪。亟欲載酒往問子，冰路難行畏蹌跌。豈無輕裘與快馬，玉也視之如敝幭。此道於今識者稀，勸弟寬懷慎藥物。

【箋】

〔一〕内弟玉，即夢陽内弟左國玉。夢陽左舜欽墓志銘（卷四十五）曰：「左舜欽者，我外舅第三子也，名國玉，字舜欽。母曰廣武郡君，以成化二十三年九月七日生舜欽，……舜欽遂連生二子，年二十四以病卒。……既歸，疾愈益甚，於是治居於東野墟中，茅屋土垣，學辟穀道引之術。蓋逾年，竟卒。以正德五年六月十三日，從父葬於新墓。」是該詩當作於正德三年冬，時夢陽因劾劉瑾事放歸大梁。

雪柬鄭生〔一〕

夜來雪花如掌大，無事閉門但眠卧〔二〕。僵牛死馬非所慮，天翻地裂疇能那。近時好事最者誰，徽州鄭生差愛我。甕頭春酒不餘瀝，天明梳洗午尚坐。北風其涼二儀閉，雪吹飛沙映天過。老夫畏寒況無力，生也乃是雄豪佐。梁園之陌平若掌，放兔呼鷹無不可。不然騎驢學爾祖，乘興一鼓山陰柁。

【箋】

〔一〕鄭生，指鄭作，生平見和方山子歌（卷八）箋。夢陽方山子集序（卷五十一）曰：「嘉靖五年，鄭生年四十七歲，病痰核，不忺於遊，將返舟歸方山，繹舊業，讀書巖穴松桂間。空同子送之郊。」是鄭作於此前多寓居開封。弘德集卷十七收録該詩。據詩意，似作於正德九年至嘉靖元年間詩人閒居大梁時。

〔二〕「無事閉門但眠卧」，杜甫夜歸：「夜半歸來衝虎過，山黑家中已眠卧。」

吁嗟行示周生〔一〕

吁嗟周生千里駒，今行不得如蟾蜍。雖有寶劍寒吹毛，一日不遇成鉛刀。子不見豐城紫氣干雲霄〔二〕，鹽車之下多悲號，張華伯樂行相遭。

【箋】

〔一〕周生，不詳。弘德集卷十七録有該詩，當作於正德年間閒居開封時。

〔二〕豐城，今江西豐城。見贈王生（卷十）箋。豐城紫氣，亦稱豐城劍氣，晉書張華傳：「吳之未滅也，斗牛之間常有紫氣，……及吳平之後，紫氣愈明。華聞豫章人雷煥妙達緯象，乃要煥宿，……煥許之。華大喜，即補煥爲豐城令。煥到縣，掘獄屋基，入地四丈餘，得一石函，光氣非常，中有雙劍，並刻題，一曰龍泉，一曰太阿。其夕，斗牛間氣不復見焉。」

送鄭器〔一〕

梁園仲冬雪積阻，慘慘風亂平沙樹。泥深馬瘦不得行，縹緲金陵在何處？青絲絡酒提玉瓶，强出送子城東亭。旦望淮河暮江水，雲飛鴻雁天冥冥。

【箋】

〔一〕鄭器，不詳。或爲鄭作族人。鄭作，見和方山子歌（卷八）箋。按，弘德集卷十七録有該詩，當作於正德年間詩人閒居開封時。

寄鮑宇〔一〕

愧我夷門草堂寂，種菊蕪穢生蓬蒿。爾家華堂近江滸，開花爛熳秋雲高。去年此日同爲客，今年對菊遥相憶。黄山練水在何處？獨倚南窗望南國。

【箋】

〔一〕鮑宇，疑爲歙人鮑氏之子弟。夢陽有梅山先生墓志銘（卷四十五）曰：「嘉靖元年九月十五日，梅山先生卒於汴邸。李子聞之，繞楹彷徨行，曰：『前予造梅山，猶見之，謂病愈且起，今死邪！昨之暮，其族子演倉皇來，泣言買棺事。予猶疑之，乃今死邪！』於是趣駕往弔焉。……梅山姓鮑氏，名弼，字以忠，歙縣人也。」弘德集卷十七收録此詩，該詩當作於嘉靖元年以前詩人閒居開封時。

三鶴歌爲丘三公壽亦載厥實事焉〔一〕

老鶴東來度海水，與雌俱飛引其子。回翔萬里始一息，丘家麥田澤泚泚。逍遥洗濯飲食足，炯如煙雪無泥滓。此鳥千年丹始成，口銜赤玉蒼龍精。落地化作金光草，采食還丹毛骨輕。古來拔宅將妻子，肯使丘翁地上行〔二〕。

【箋】

〔一〕丘三公，即丘翁。夢陽丹穴行悼丘隱君（卷十九）小序：「丘名琥，號松山，夷門隱人也。」曹本題作「丹穴行悼丘翁」，夢陽有二月望丘翁林亭（卷三十），即其人。按，弘德集卷十七收録此詩，故當作於正德年間詩人閒居開封時。

〔二〕「肯使丘翁地上行」，杜甫驄馬行：「肯使騏驎地上行。」

君不見贈鄭莊〔一〕

君不見，江上雁嗷嗷喚儔侶。勁羽輕毛常趁風，往來漂泊如羈旅。男兒落地既有身，誰能齪齪猶婦人。懷中有劍亦不貧，吴下阿蒙君莫嗔！

【箋】

〔一〕鄭莊，不詳。或爲鄭作族人。鄭作，見和方山子歌（卷八）箋。按，弘德集卷十七收録此詩，當作於正德年間閒居開封時。

嗚呼行寄康子以其越貨之警〔一〕

嗚呼皇天不可測，一冬無雪春無雨。黄霾翻風白日動，前飛禿鶖後飛鴇〔二〕。堂堂古路長蒺藜，萬家之城走豺虎。百姓誅求杼軸空，兒號女啼守環堵。饑寒盡化爲盜賊，可惜良民作囚虜。腰弓帶箭百成群，少年馳馬仰射雲。蒼山日落行旅稀，醉唱胡歌各自歸。山東趙實已授首，南陽回賊同猪狗。諸君但欲樹功業，玉石俱焚理或有。近者内丘大寧河，横賊八騎持干戈，裕州知州與賊戰〔三〕。康也扶柩衝之過，資糧蕩盡僅身免，月暗天昏路途遠。吉人作善番轗軻，痛哭寒城白雲返。頃聞留滯在襄國，百口仰給縣官食。吾兄匹馬走問之，半月更復無消息。夜立中庭北極高，晝看河朔風沙黑。汝寧以南土尤赤〔四〕，空城二月生荆棘。斗米可以换嬌女，牛馬餓死枯蒿側。比來官吏守空印，拖男抱女盡向北。即防此輩更充斥，恐汝後歸歸不得。

【箋】

〔一〕康子即康海，生平見寄康修撰海（卷十一）箋。夢陽將仕郎平陽府經歷司知事贈儒林郎翰林院修撰康長公墓碑（卷四十三）曰：「四年，而當正德元年，今上上徽號兩宫，推贈平陽君如其子官云。又二年，海有母太安人喪。於是，海有友曰北郡李生，適自河南來而留滯京師，於是作平陽君墓碑。」平陽君墓碑，即夢陽爲康海父所撰墓志。康長公墓碑又曰：「平陽君生宣德庚戌四月辛未，卒弘治壬子正月癸巳，年六十有三歲。妻張氏，封太安人，生宣德甲寅三月乙酉，卒正德戊辰八月戊寅，年七十有五歲。」正德戊辰，即正德三年（一五〇八）。康海先平陽府君夫人張氏行狀即記曰：「先夫人，……卒日正德戊辰八月戊寅。」可見，康海母喪在正德三年八月十三日。又明查繼佐罪惟録卷十一載：「正德三年戊辰春正月，逮致仕李夢陽詔獄，時修撰康海與監瑾同里，不附瑾，勉爲夢陽勸，瑾釋之。」（按，「正月」當爲「五月」之形誤。）夢陽述征集後記（卷四十八）載之更確，曰：「余以正德三年五月十七日縶而北行，至秋八月八日乃赦之出云。」正德三年五月，夢陽爲劉瑾逮至京城下錦衣衛獄，幸得康海等友人解救，八月八日，得以釋放。康海母喪時，夢陽仍在京城，秋暮歸開封。康海以詩送之，其送空同子還山云：「相逢復去豈不惜，奈爾翩翩羽翰長。青春辭闕意無限，皓首著書情未央。柳色全歸燕子日，菊花偏發野人鄉。紅塵亦有思歸者，莫道雲山路渺茫。」（康對山先生集卷十六）

明武宗實録卷六十五載：正德五年七月，「時强賊張茂，於内丘縣劫丁憂修撰康海財物。海，劉瑾鄉人也，素與厚，貽書於瑾，囑其捕賊」。此處載時間有誤，當爲正德三年冬。按，康海沜東樂府卷一有有懷十君子詞序：「戊辰冬，予以憂歸。」是年八月康海母喪，冬，海扶柩自京歸陝西武功老家，不幸於順德府内丘縣（今屬河北）大寧河遇强盜，財物被劫一空。該詩即指此事。當作於正德三年冬，九月歸家，時夢陽已閒居開封。

〔二〕「前飛禿鶖後飛鴇」，杜甫天邊行：「前飛禿鶖後鴻鵠。」

〔三〕裕州，今陝西富平。五代梁貞明初改鼎州置，治所在今陝西富平東北美原鎮。轄境相當今陝西富平縣東北部地域。後唐改爲美原縣。

〔四〕汝寧，即汝寧府。元至元三十年（一二九三）升蔡州置，屬河南行中書省。治所在汝陽（即今河南汝南縣汝寧鎮）。轄境相當今河南京廣鐵路沿綫以東，西平、項城以南，安徽潁河流域以西地。明時東北部略有縮小。

送席副使監貴州屯學二事歌 席名書，字文同，蜀人。〔一〕

我昔在北京，送君向河南。豈料在河南，送君如百蠻。瘴雲蒼蒼途路艱，牂牁羅施皆峻山。法官要自褰帷入，倏忽開明衆山出。大抵夷狄似禽鳥，制之雖勤忌拘急。此曹亦是人心性，頃來漸慕衣冠習。文翁化蜀豈無本，李牧屯田務招輯。所恨故人限萬里，令我蚤夜心於邑。丈夫已際飛龍會，野人猶抱枯魚泣。感新懷舊心肺酸，萬事回頭百憂集。弘治之間時世異，與君次第陳封事。許身謬比漢賈生〔二〕，推君每稱唐陸贄。朝回對坐香爐省，出門並結青雲轡。自從分手哭遺弓，縉紳漂泊余亦同。抱甕梁王修竹園，遺址宋帝蓬萊宫。生涯放逐似羈旅，混迹迂腐隨村翁。曾聞伏櫪有老馬，豈即道路傷秋蓬。天下瘡痍況未息，西南貢篚防難通。杜鵑向識君臣禮，蛟龍終收雲雨功。相如諭蜀文章壯，馬援平蠻①德業雄。扶危濟弱仗②公等〔三〕，臨岐悵望天南鴻。

【校】

①蠻，弘德集、黄本、曹本、李本、四庫本均作「交」。 ②仗，弘德集、黄本、曹本、李本、四庫本均作「付」。

【箋】

〔一〕席副使，據小序，名書，字文同，蜀人。嘉靖四川總志卷十一有傳略，云字仁同，四川遂寧人。據此詩序，其字當爲文同。正德元年任河南僉事。按：明武宗實録卷四十六：「（正德四年）正月辛酉，升河南按察司僉事席書爲貴州按察司副使。」故該詩當作於正德四年，時夢陽閒居開封。

〔二〕「許身謬比漢賈生」，杜甫自京赴奉先縣詠懷五百字：「許身一何愚，竊比稷與契。」

〔三〕「扶危濟弱仗公等」，杜甫暮秋枉裴道州手札率爾遣興寄遞呈蘇渙侍御：「致君堯舜付公等。」

送鮑澂還歙〔一〕

昔時賢達或未遇，途路坎坷常固窮。鹽車騏驥亦抛棄，人生豈得無西東。君年五十猶未通，江湖去住隨飛鴻。黄山紫陽日索寞，題詩蚤向軒轅宫。

【箋】

〔一〕鮑澂，歙人鮑弼之族子。夢陽有梅山先生墓志銘（卷四十五）曰：「嘉靖元年九月十五日，梅山先生卒於汴邸。李子聞之，繞楹彷徨行，曰：『前予造梅山，猶見之，謂病愈且起，今死邪！昨之暮，其族子演倉皇來，泣言買棺事。予猶疑之，乃今死邪！』於是趣駕往弔焉。……梅山姓鮑氏，名弼，字以忠，歙縣人也。」又卷三十五有贈鮑澂兄弟。該詩當作於嘉靖元年（一五二二）以前詩人閒居開封時。

送鮑相如金陵〔一〕

去冬君行雪積阻，相送城東念羈旅。今冬相逢不逾月，再别令我情更苦。金陵市頭酒如蜜，此去酣歌與誰侶？我在梁園獨岑寂，莫教碧草生春渚。

【箋】

〔一〕鮑相，不詳。弘德集卷十七有收，故當作於正德中後期詩人閒居開封時。

君不見贈馬僉事應祥〔一〕

君不見庭中樹，今冬憔悴春作花。君不見桑上草，含陽籍土抽紫葩。富貴詎有種，貧賤豈無涯？君今身爲指南車，何不留之殿京華，北游漢水南長沙。君雖在漢水與長沙，高不愁虎卑無蛇。

【箋】

〔一〕馬應祥字公順，號敧湖山人，咸寧（今陝西西安）人。弘治九年（一四九六）進士。曾官河内（今河南沁陽）知縣、湖南提學副使、山西按察副使。傳見本朝分省人物考卷一百零三、雍正陝西通志卷五十七人物三。據明武宗實録、王九思明故中憲大夫山西等處提刑按察司副使致仕敧湖馬公墓誌銘記載正德四年冬馬應祥任湖廣按察司僉事，次年春到任。該詩當作於此時，約在正德五年春。夢陽時正閒居開封。

得馮御史允中書〔一〕

鳳皇不識梧桐樹，一落蓬蒿鳥雀欺。滄洲鴻鵠長毛羽，縱有雲羅奈爾爲。昨日郴陽馮侍御，臨流寄我錦雙魚。黄河崚嶒雪十丈，過臘逢春始得書。開緘不見下江舸，梅花滿枝空淚予。

【箋】

〔一〕馮御史允中，即馮允中，字執之，永興（今屬湖南）人。成化二十年（一四八四）進士。初任滑縣知縣，官至監察御史。傳見萬曆郴州志卷十六。按，「鳳皇不識梧桐樹，一落蓬蒿鳥雀欺」句，據國榷卷四十六：「（正德二年五月）辛亥，杖監察御史馮允中，削籍。……指揮張翰等罪，翰許其復命枉道，得罪。」又，據「昨日郴陽馮侍御，臨流寄我錦雙魚」、「過臘逢春始得書」句，知該詩當寫於正德二年（一五〇七）冬或三年春得馮允中書函之後。時作者正閒居開封。

秋夜徐編修宅宴别醉歌〔一〕

徐郎三杯拂劍且莫舞，聽我擊節歌今古。曲長調悲不易竟，天地熒熒月東吐。燕山八月風力怒，落葉交加映尊俎。愴時感事百憂集，死别生離同一苦。身逢累朝全盛日〔二〕，弘治之間我親睹。朝廷無事尚恭默，天下書計歸臺府。五陵鞍馬速雷電，千官氣勢如風雨。却憶年年秋月時，日與爾輩同襟期。如澠之酒差快意，袒跣呼號百不思。弦張柱促衣冠禍，綜覈崩奔學士疲。倉皇世事難開口，物極則還理宜有。羸疾已分沙田草，遭逢復折都門柳。富貴在天得有命，人生反覆如翻手〔三〕。不見去年臨别處，吞聲躑躅鶯求友〔四〕。邂逅寒暄不自知，隔絶榮華爲誰守？歌殘酒乾天欲曙，門外驪駒已西首。哀鳴胡雁亦南飛，露濕群星朝北斗。

【箋】

〔一〕徐編修，指徐縉，生平見贈徐陸二子（卷十一）箋。正德二年（一五〇七）徐縉由翰林院庶吉士授編修之職，又據詩中内容，可知應作於夢陽遭劉瑾矯詔下獄獲釋之後，返開封之前，時間爲正德三年八月。

〔二〕「身逢累朝全盛日」，杜甫憶昔二首其二：「憶昔開元全盛日。」

〔三〕「人生反覆如翻手」，杜甫貧交行：「翻手作雲覆手雨。」

〔四〕「吞聲躑躅鶯求友」，杜甫醉歌行：「吞聲躑躅涕淚零。」

發京別錢邊二子〔一〕

秋風淅淅吹燕山〔二〕，游子仗劍出燕關。車脂馬飽夜將發，錢邊二子來相攀。此時群星覲上帝，驂鸞翳鳳雲之際。君不見牽牛與織女，一水盈盈獨流涕。

【箋】

〔一〕錢邊二子，錢子，指錢榮，即錢世恩，錢水部，生平見紀夢（卷十六）箋。正德初曾官户部郎中。與夢陽有交遊。邊子，指邊貢，字廷實，歷城（山東濟南）人。弘治九年（一四九六）進士。曾官太常寺博士，兵科給事中，河南衛輝知府，陝西、河南提學副使，正德十六年（一五二一）任南京太常寺卿、刑部右侍郎、户部尚書。嘉靖十一年（一五三二）卒，享年五十七，有華泉集十四卷，明史卷二百八十六有傳。從詩題看，該詩當寫於弘治年間夢陽在户部任官時。按，弘治十三年，夢陽任户部山東司主事，曾奉命犒榆林軍。又夢陽朝正倡和詩跋（卷五十九）云：「詩倡和莫盛於弘治，蓋其時古學漸興，士彬彬乎盛矣，此一運會也。余時承乏郎署，所與倡和，則揚州儲静夫、趙叔鳴，無錫錢世恩、陳嘉言、秦國聲，太原喬希大，宜興杭氏兄弟，郴李貽教、何子元，慈谿楊名父，餘姚王伯安，濟南邊庭實。……」此時夢陽將赴榆林，與此二人相别。是該詩似作於弘治十三年秋。

〔二〕「秋風淅淅吹燕山」，杜甫秋風二首：「秋風淅淅吹巫山。」

東園翁歌〔一〕

東園翁今六十餘〔二〕，面常泥垢髮不梳。身藏寶劍人不識，反閉衡門讀古書。此翁十五二十時，欬唾落地迸成珠。陸機不敢以伯仲，管輅謷敏空嗟吁。生鱗即與蛟龍伍，未汗寧同凡馬趨。爾時射策黄金闕，三百人中最英發。騂騮舉足狹萬里，便欲登天攬日月〔三〕。豈知德尊常轗軻，獨買扁舟泛吴越。三十年來萬事變，富貴於我真毫髮〔四〕。歸來灌園種瓊花，荷鋤自理東門瓜。夜眠海月挂丹牖，晝看江風滚白沙。遼東合有逢萌宅，齊西再睹陶朱家。北郡李生三十六，擯斥高歌卧空谷。前輩後輩道豈殊，同坐同行限江麓。東望東園亂心曲，安得逐爾騎鴻鵠？

【箋】

〔一〕詩中云：「北郡李生三十六，擯斥高歌卧空谷。」北郡，即漢北地郡（今甘肅慶城一帶）的省稱，可知該詩正德三年冬作於大梁，時夢陽三十六歲。八月，出錦衣衛獄，九月歸鄉，此時在家賦閒。

〔二〕東園翁，即東園公，似爲夢陽在大梁之鄰居。

〔三〕「便欲登天攬日月」，李白宣州謝朓樓餞别校書叔雲：「欲上青天覽明月。」

〔四〕「富貴於我真毫髮」，杜甫丹青引：「富貴於我如浮雲。」

苦熱柬屠參議〔一〕

豫章之熱真毒淫〔二〕，六月已破仍不禁。赤雲行空日在地，萬里一望炎煙深。東蒸扶桑幹欲槁，黑河水乾龍不吟。院松亭亭我所愛，比遭摧炙無好陰。縱令跣足欲何往，此地寸冰如寸金。層檐大廈尚喘喙，矮屋茅堂淚滿襟。滕王有閣高百尋，閣下澄江清映心。紫薇使者卧其上，卷幔恰對西山岑〔三〕。赤脚門子摇大扇，行坐吟哦揮素琴。幾欲往訪簿書積，豈我無酒同誰斟？亭午藴隆潭水沸，蛟蜃下徙鼉鼉沉，何況走原①獸、棲枝禽。嗚呼！豫章之熱，其苦有如此，而我胡爲營營與世争華簪？

【校】

①「原」下，詩綜有「之」字。

【箋】

〔一〕屠參議，即屠奎，正德間任江西布政使左參議。詳見螺杯賦（卷三）箋。據詩意，當作於正德七年（一五一二）或八年夏夢陽任江西提學副使時。

〔二〕豫章，古郡名，治所在今江西南昌。

〔三〕西山，在江西新建西，一名南昌山，即古散原山。王勃滕王閣序：「畫棟朝飛南浦雲，珠簾暮捲西山雨。」

白鹿洞别諸生〔一〕

東南自有匡廬山〔二〕，遂與天地增藩衛。山根插入彭蠡湖〔三〕，峥嶸背殺三江勢。地因人勝古有語，於乎萬物隨興廢。學館林①宫客不棲，千巖萬壑堪流涕。文采昔賢今尚存，講堂寂寞對松門〔四〕。松門桂華秋月圓，拄杖高尋萬古源。梅嶺古色照石鏡，扶桑丹霞迎我軒。絶頂坐歌霜月浄，石潭洗足芝草繁。更有冠者五六人，峭崖窮嶂同攀搴。草行有時聞過虎，旦暮時復啼清猿。我今胡爲公務牽，蟋蟀在户難久延。出山車馬走相送，落日遂上鄱陽船。生徒綣戀集涯滸，孤帆月照仍留連。情深過厚亦其禮，譾薄竊愧勞諸賢。明朝伐鼓凌浩蕩，五峰雙劍生秋煙。

【校】

①林，四庫本作「琳」。

【箋】

〔一〕白鹿洞，在江西星子北廬山五老峰下。唐貞元中李渤與兄涉隱居讀書於此，畜一白鹿，因名。續資治通鑑之宋太宗太平興國五年：「白鹿洞在廬山之陽，常聚生徒數百人。」詩中有「我今胡爲公務牽，蟋蟀在户難久延」句，詩豳風七月：「十月蟋蟀入我牀下。」據詩意，當作於正德七年（一五一二）十月夢陽任江西提學副使視學南康（今江西星子）時。

〔二〕匡廬山，即廬山，見寄兒賦（卷一）箋。

〔三〕彭蠡湖，即今鄱陽湖。見泛彭蠡賦（卷二）箋。

〔四〕松門，指松門山。清一統志江西南昌府：「松門山，在新建縣北二百十五里。寰宇記：『其山多松，北臨大江及彭蠡湖。山有石鏡，光明照人。』」謝靈運入彭蠡湖口：「攀崖照石鏡，牽葉入松門。」即此。

豫章遇鍾子送贈〔一〕

豫章八月江勢輕，水闊行馬沙觜平。聞君纜舟挽君住，向夕惡風銀浪生。頃時收帆萬船集，波顛石倒蛟龍立。中流艓子獨何意？欹仄猶摇雙槳入。天清末風君已迴，帆色迢迢萬里來。拂衣漢口鳧雁亂，擊榜南浦芙蓉開〔二〕。漢口逢君又南浦，人生聚散風中雨。黄石公，赤松子，在何所？君今抽簪我簪組。

【箋】

〔一〕鍾子，萬姓統譜卷二：「鍾湘，字用秀，興國人，弘治進士。授户部主事，歷官郎中，擢知漳州府事，……以寇靖功敕進品秩，擢廣東參政。」或即其人。夢陽有漢上遇鍾參政（卷二十八），亦即此人。鍾湘中弘治十五年進士，弘治末至正德初任職户部，當與夢陽爲同僚。事跡另見本朝分省人物考卷七十六等。詩當作於正德七年前後詩人在江西任官時。

〔二〕南浦，在江西南昌西南，章江至此分流。見豫章篇（卷五）箋。

董公銜賞緋桃行〔一〕

吁嗟，董公垂老官不遷，途雖坎坷志不變。三歲提兵兩列銜，此事堪傷亦堪羨。二月南風捲章水〔二〕，黄昏西省開芳宴。刑司軍司皆集銜，盆中緋桃俄放花。董公捋鬚向客誇，客起環視咸咨嗟。情酣展轉移燈照，酒氣撲花花欲笑。逢人合與世酩酊，衰顔苦被春勾調。君不見玄都觀裏樹，不與武陵源上殊，時來開落各異地。董公，董公，今宵與客且倒花前壺。

【箋】

〔一〕董公，疑即董朴，字汝淳，麻城（今屬湖北）人，成化二十年進士。夢陽東山書院重建碑（卷四十二）曰：「是役也，任公出金百，右參政董公金五十，吴公二十。」又云：「任公名漢，今爲右副都御史，巡撫江西。董公名朴，麻城人。吴公名廷舉，梧州人，皆右參政。」即此董朴。本朝分省人物考卷七十八有傳。據明武宗實録：正德四年（一五〇九）九月起董朴任江西布政司右參政，直至正德八年正月。據此，該詩當作於正德七年至八年夢陽任江西提學副使時。

〔二〕章水，即章江。又名古豫章水、南江。在今江西西南部。即今贛江西源。見土兵行（卷十九）箋。

得家書寄兄歌〔一〕

三年路遥消息阻，緘書實凍兄心苦。鴻雁無愁奮翅難，鸛鴿且暫遊寒渚。時望東湖西日微，雪冬廬嶽北思歸。獨虞四海干戈滿，生别悲傷見面稀。

【箋】

〔一〕「三年路遥消息阻」，夢陽於正德六年（一五一一）五月離家赴江西就任，故該詩當寫於正德八年冬，時夢陽身惹官司，於廬山養病待查。兄，指夢陽兄長李孟和。夢陽家傳（卷三十八）曰：「孟和，吏隱公子，字子育，爲散官。初名茂。天順五年十二月十日亥時生。娶孟氏。」事跡具高叔嗣蘇門集卷七大明北墅李公墓表。

寄鄭生歌〔一〕

南康烈風無時休〔二〕，將歸船滯增煩憂。空城雪埋狐兔走，十日凍合鼉河洲。廬山咫尺不得往，汝在梁園獨予想〔三〕。開緘歎恨東遊阻，琅玕天姥春空長〔四〕。

【箋】

〔一〕鄭生，指鄭作，生平見和方山子歌（卷八）箋。正德八年冬，夢陽至南康，其井銘（卷六十）曰：「正德八年冬至，予至南康府。」又廣信獄記（卷四十九）：「李子寓南康府，卧病待罪。」該詩當作於此時。

〔二〕南康，即南康府。元至正二十二年（一三六二）朱元璋改西寧府置，治所在星子縣（今屬江西）。其轄境相當今江西星子、永修、都昌等縣地。「南康烈風無時休」，杜甫同諸公登慈恩寺塔：「烈風無時休。」

〔三〕梁園，似在今河南商丘境内。此代指開封。此時鄭作閒居開封，故作「汝在梁園獨予想」。

〔四〕天姥，即天姥山。在今浙江新昌南。太平寰宇記卷九十六越州剡縣引後吴録云：「剡縣有天姥山，傳云登者聞天姥歌謡之響。」故名。輿地紀勝卷十紹興府：天姥山「在新昌東南五十里，東接天台，西聯沃洲，上有楓千餘丈」。李白有夢遊天姥吟留别詩。

余鄒二子遊白鹿書院歌〔一〕

洞原路冰山徑微，二子日遊過夜歸。巖宫古刻遍覽讀，馬時蹌跌泥在衣。頃來烈風號季冬，雪霾不見五老峰〔二〕。苦心數子守寂寞，我病講堂虚鼓鐘。二子此行真特奇，異時獨往今可知。虎吟狐啼且不懼，肯使楊朱泣路岐。

【箋】

〔一〕余鄒二子，不詳。或爲夢陽弟子。鄒，有學者以爲是鄒守益。守益中正德六年進士，八年即辭官返江西。二人或有交遊。明史卷二百八十三有鄒守益傳。白鹿書院，即廬山白鹿洞書院。夢陽任江西提學副使時多次前往白鹿洞書院講學、視察。據此詩詩意，蓋作於正德八年冬，時夢陽已身惹官司待罪養病。

〔二〕五老峰，明一統志卷五十二南康府：「五老峰，在廬山，五峰如五老相連，故名。唐李白嘗築居於此，詩云：『廬山東南五老峰，青天削出金芙蓉。九江秀色可攬結，吾將此地巢雲松。』」

戲贈周紀善〔一〕

廣文先生何爲者〔二〕，十欲出門九借馬。只今徒步襄水濱，衰鬢漠漠常風塵。鳳皇在笯雞啄食，苜蓿闌干半青黑。君不見楚筵醴罷暮歸來，甑塵妻子無顔色。

【箋】

〔一〕紀善，明代親王屬官名，掌講授之職。明方孝孺題會稽張處士墓銘後：「少子遯亦以通儒術薦爲紀善。」周紀善，不詳。據詩意，疑作於正德九年夏秋之際北返途中逗留襄陽時。

〔三〕廣文，「廣文館」的簡稱。新唐書百官志三：「（祭酒、司業）掌儒學訓導之政，總國子、太學、廣文、四門、律、書、算凡七學。」五代王定保唐摭言廣文條：「始，其春官氏擢廣文生者，名第無高下。」天寶九年，國子監增開廣文館，設博士、助教等職，領國子學中修進士業者。唐代廣文館一般設博士四人，助教二人。後代尊稱掌儒學及講授之職的人爲「廣文先生」。

龍沙行別袁生〔一〕

君不見玉虛觀前松，去年凍乾今復生。樹靈力排雷雨會，幹大每與蛟龍争。下有萬古不定之龍沙，風滚無時休。英雄奮發各有時，運至賈販皆公侯。腐草尚爲螢，何況堂堂七尺軀、萬物之靈。高牙大纛苟不我，石泉白雲誰復争？舉眼江漢鴻冥冥，與爾倒此沙頭瓶。

【箋】

〔一〕龍沙，又名龍岡。在今江西南昌城北。見贈姚員外（卷十二）箋。該詩作於正德九年（一五一四）六月夢陽離開南昌北返前夕。此年三月，夢陽出廣信獄，歸南昌，居玉虛觀等候處置。六月，被免職，離開南昌前往九江。袁生，夢陽在江西的學生袁衡，事見懼問記（卷四十九）。

潯陽寄毛君湖口〔一〕

大江六月涼風發，匡廬清波滚明月。削出萬朵青芙蓉〔二〕，水底摇動金銀闕。美人盈盈坐湖縣，昏叩石鐘曙晞髮。悵望迢迢碧雲合，早晚扁舟向蠻越。

【箋】

〔一〕潯陽，江名。長江流經江西九江北的一段。白居易琵琶行：「潯陽江頭夜送客，楓葉荻花秋瑟瑟。」夢陽浮江詩：「萬古滔滔意，潯陽更向東。」毛君，不詳。夢陽有龍沙遇毛君武亭再餞（卷二十八），當即其人，疑爲夢陽在江西所教學生。據詩意，當作於正德六年至八年詩人任江西提學副使時。

〔二〕「削出萬朵青芙蓉」，李白望廬山五老峰：「青天削出金芙蓉。」

鄭生山遊歸予作此歌〔一〕

跂予望之六六峰，欲往争奈今嚴冬。石林崎嶇積雪盛，日中無煙虎豺病。生也孤往胡所希，凍攀幽嶮探其微。手皺面黑逾旬歸，太室少室何者奇？曾否首陽歌采薇？北邙逶迤清洛遠，天白冰崇伊闕晚。灞上騎驢爾靡辱，袁安高卧吾應靦。忽然想生經行宋家陵，往來寂寞東西京，翹首淚下嵩山青。

【箋】

〔一〕鄭生，指鄭作，生平見和方山子歌（卷八）箋。此詩，弘德集卷十七有録，據詩意，似作於正德九年至嘉靖元年間詩人閒居大梁時。

丈人行〔一〕

丈人九十牙齒存，行曳竹杖挈玄孫。只知灌園同漢陰，何須采藥游鹿門。山房春歸碧草萋，蕙帳月白露滿蹊。少微星沈湖水涌，松林夜夜猿嘯啼。

【箋】

〔一〕據詩意，似作於正德九年歸居開封後。此詩，弘德集卷十七收録。

鶴癯子歌〔一〕

鶴癯子，汝人也，而何爲乎鶴形？美髯修修雙瞳青，閉肆夜讀黄庭經，晨出荷鑱掘茯苓。

鶴癯子，汝豈無萬里骨、刀劍翮？路遥朋寡日雲暮，弱水蓬瀛壯心隔。君不見江中老龍亦高卧，鶴乎鶴乎誰汝那？

【箋】

〔一〕鶴癯子，不詳。按，弘德集卷十七收録此詩，疑當作於正德九年後歸居開封時。

寄殷給事中歌〔一〕

斑鳩賦形百鳥内，化爲蒼鷹百鳥避。秋空萬里試一擊，灑毛紛紛稱鷹意〔二〕。迴旋簸蕩風沙開〔三〕，海寧光清鸞鳳來。天地炯炯元精回，此以贈君君毋猜。金陵雖隔黄金臺〔四〕，汝翊紫蓋臨三台。飛章御覽不十日，道路闃静豺狼哀。憶昔匹馬長安走，殷何徐陸皆吾友〔五〕。楚姬娉婷華色並，殷生稜眉獨方口。何郎短小亦不醜，仳離今各經年久。夢寐猶存上苑花，飄零寂寞西湖柳。丈夫致身貴不朽，陟要階華亦何有。賈誼才名信早知，姚崇相位非難取。大江滚滚東北趨，群龍霜蟄鼉叫呼。汝登鳳臺念老大，爲我致一鳳之雛，我不敢玩亦不敢狎。誠心餧飼毛羽全，使聽簫韶翔舜都。

【箋】

〔一〕殷給事中，指殷雲霄，生平見故人殷進士特使自壽張來兼致懷作僕離群遠遁頗有遊陟之志酬美訂約遂有此寄（卷十六）箋。正德十年（一五一五），殷雲霄任南京工科給事中，該詩當寫於此時。時夢陽閒居開封。給事中，明代禮、户、吏、兵、刑、工六部均設都給事中一人，正七品；左右給事中各一人，從七品。掌侍從、規諫、補闕、拾遺、稽察六部百司之事。

〔二〕「秋空萬里試一擊，灑毛紛紛稱鷹意」，杜甫畫鷹：「何當擊凡鳥，毛血灑平蕪。」

〔三〕「迴旋簸蕩風沙開」，杜甫沙苑行：「浮深簸蕩黿鼉窟。」

〔四〕黄金臺，即燕臺，見梁園歌（卷十八）箋。

〔五〕殷何徐陸，即殷雲霄、何景明、徐禎卿、陸深，皆弘治中與夢陽有文學交遊之人，此時徐禎卿已不在人世。

送田生赴京歌〔一〕

正月八日天驟黄，大風晝晦沙飛揚。河冰慄烈人不行，駕鵝鴇雁交踉蹌。黄鵠呼曹厲毛翼，一舉横天向天北。君不見左生北上田生俱，長安走馬花九衢。

【箋】

〔一〕田生，即田汝耔，生平見雨後往視田園同田熊二子（卷十）箋。據詩意，當作於正德末年詩人閒居開封時。田汝耔進京或爲參加會試，夢陽爲其送行。

送陳冠歌〔一〕

虎子墮地氣已矗，騂騮汗血自爲駒。陳生垂髫骨即殊，雙瞳炯炯唾成珠〔二〕。前年汝與計吏俱，承明謁帝未生鬚。丈夫志欲日月並，雲雨且使蛟龍須。冬風獵獵吹楚湖，憐汝送母催楚艫。調羹臘盡江門水，戲彩春停汴上都。憶昔乘驄按南國，汝在諸生獨英特。三秋自阻北飛雁，萬里今逢舊顏色。私計彭宣晚必親，敢言裴儉前能識。寒温始知君子厚，杖屨①番增世人惑。瓠子柳烟風日和，力疾送子臨黄河。汝親日望泥金使，老夫擬作瓊林歌。

【校】

①屨，原作「屢」，據四庫本改。

【箋】

〔一〕陳冠，明一統志卷四十九載：「陳冠，南昌人。由進士授工部主事。歷陞營繕郎中，親覈中貴役占冒濫諸弊，淹郎署十五年不遷，忤時相，謫官家居，不事豐殖，一榻數十年無有御之者。郡士大夫共高之，祀鄉賢。」陳冠於嘉靖元年（一五二二）中進士。或即此人。弘德集卷十八收有此詩，當作於正德末年。

〔二〕「雙瞳炯炯唾成珠」，杜甫醉歌行：「汝身已見唾成珠。」

芝柈行〔一〕

崑崙子之來也，李子觴焉。及夜，瓶芝自墮，以爲柈，行觴焉，平可縈二觴，行之穩，持之輕。客大駭，笑歡盡醉，而李子賦詩。

霜嚴夜清月在南，燈明酒温客氣酣。銅瓶玉芝鏗墮地，客將傳玩詫神異。仰芝把蒂行金杯，蒼文古紫當筵開。已驚瀲灩菡萏動，更詫屈錯蛟龍迴。憶芝初出盤精氣，雲流石立魍魎避。赤箭琅玕色盡枯，神訶鬼守求非易。泄秘真遭天地怒，懷珍顧使時人忌。自從獲芝升我堂，琴書几席俱輝光。晴日徐看瑞氣合，炎天每挹仙雲涼。燕山豪士來何方，悲歌起舞宵未央。芝乎自衒亦太異，頓令四座深杯觴。觴行逶迤月轉白，月色芝光巧相射。酕醄觸擊瑪瑙碎，淋漓迸落真珠赤。君不見玉屈卮、金叵羅，珠花繡草枉自艷，停杯聽我芝枰歌。

【箋】

〔一〕崑崙子，指張詩，字子言，本姓李，宛平（今屬北京）人。師事何景明、吕柟，終身未仕。有崑崙山人集八卷。明史卷三百九十六隱逸傳有傳。夢陽稱其爲「燕山豪士」，正德中張詩至大梁見夢陽。該詩當作於正德九年（一五一四）詩人歸居開封以後。李開先崑崙張詩人傳云：張曾至大梁會見夢陽，「夜宴，瓶芝忽爾自墮，以爲枰行觴焉，亦一奇怪事也。與崆峒各作芝枰行，俱有李、杜風骨」。

劉子有金陵之差遂便覲省〔一〕

使君昔居紫荆關〔二〕，日登燕嶠望吴山。逢人顏色鬱黯默，對酒涕泗交潺湲。使君南向金陵去，孤帆夜拂春天樹。旅枕常欹月落時，夢魂先到雲飛處。揚子江頭青草斜，大孤山前開杏花。行人三月重回首，游子一年初到家。出門烟草滿芳甸，鳳皇臺接麒麟殿。遊陌聯翩追宿娱，墨場婉孌羅賓宴。人生意氣無南北，白馬青袍動江色〔三〕。即看艤舸石頭城，還聞税鞅鍾山側。鍾山崒嵂壓秦淮，燕趙風雲入望來。芙蓉秋雁多愁思，問君何日錦帆迴。

【箋】

〔一〕劉子，即劉麟，安仁（今江西餘江）人。世爲南京廣洋衛副千户，因家焉。見贈劉氏（卷十一）箋。劉麟自京赴南京公干，便中回鄉省親。該詩疑作於正德九年後詩人閒居開封時。

〔二〕紫荆關，古稱子莊關、金坡關。在今河北易縣西八十里紫荆嶺上，太行七陘蒲陰。金、元以來稱紫荆關。讀史方輿紀要卷十重險紫荆條引州志：「以山多紫荆樹，因改今名。」山谷崎嶇，扼京師西之險，爲防戎最切之關。明初設千户所。

〔三〕「白馬青袍動江色」，杜甫洗兵馬：「青袍白馬更何有。」至後：「青袍白馬有何意。」

【評】

皇明詩選卷五：陳卧子曰：腴於高適，壯於李頎。

朱琰明人詩鈔正集卷五：「使君昔居紫荆關，日登燕嶠望吴山」、「鍾山岑崒壓秦淮，燕趙風雲入望來」，前後兩「望」字照應成章法。

送仲副使赴陜西〔一〕

驄馬白玉鞍，長鳴下雲端。今朝發汴水〔二〕，何日到長安？孝王臺前雪如山，垂楊掃地春風還。使君不帶冰霜色，却帶春風入漢關。相思明月樓，西望古秦州。河南咫尺不可見，何況千山萬水頭。西望秦州是我鄉，隴樹秦雲空斷腸〔三〕。褰帷杖鉞經行地〔四〕，欲寄雙魚到慶陽〔五〕。

【箋】

〔一〕仲副使，指何景明，字仲默，生平見送何舍人齎詔南紀諸鎮（卷二十）箋。據孟洋中順大夫陝西按察司提學副使大復何君墓誌銘及姚學賢、霍朝安、金榮權何景明詩傳：正德十三年（一五一八）春五月，何景明升任陝西提學副使，由京師赴任，此年秋，歸信陽探親，途經大梁（今河南開封），與夢陽會面。該詩當作於此時。

〔二〕汴水，即古汴水。見十二月十日（卷二十三）箋。

〔三〕「西望秦州是我鄉，隴樹秦雲空斷腸」，杜甫春日憶李白：「渭北春天樹，江東日暮雲。」

〔四〕「褰帷杖鉞經行地」，杜甫江陵節度使陽城郡王新樓成王請嚴侍御判官賦七字句同作：「杖鉞褰帷瞻具美。」

〔五〕慶陽，今甘肅慶陽市慶城縣。北宋宣和七年（一一二五）改慶州置，治所在安化縣（今甘肅慶城）。元屬鞏昌路。明屬陝西布政使司。明清兩代轄境相當今甘肅西峰、慶城、寧縣、環縣、合水、華池、正寧等市縣。

【評】

吴日千先生評選空同詩卷三：青蓮體。

徐子將適湖湘余實戀戀難别走筆長句述一代文人之盛兼寓祝望焉耳①〔一〕

峥嶸百年會，浩蕩觀人文。建安與黄初，叱咤皆風雲。大曆熙寧各有人，戛金敲玉何繽紛。高皇揮戈造日月，草昧之際崇儒紳。英雄杖策集軍門，金華數子真絶倫。宣德文體多渾淪，偉哉東里廊廟珍〔二〕。我師崛起楊與李，力挽一髮回千鈞。天球銀甕世希絶，鰲掣鯨翻難具陳〔三〕。洪川無梁不可越，日暮悵望勞余神。徐郎生長蘇臺陰，二十作賦雄海濱〔四〕。揭來抱玉叩閶闔，長安繡陌行麒麟。是時少年誰最文？太常邊丞何舍人。舍人飄飄使南極，直窮金馬探瀘津。爾雖不即見顔色，夢中彷彿形貌真。余也潦倒簿書客，諸公磊落清妙身。大賢衣鉢豈虚擲，應須爾輩揚其塵。休令黼黻怨岑寂，要與琬琰增嶙峋。海陵先生雅愛士，晚得徐郎道氣伸。喬王款接雖不數，邇聞亦欲來卜鄰。驊騮造父兩相值，一瞬萬里誰能馴〔五〕？都門二月芳草發，御溝楊柳垂條新。徐郎綰牒將遠適，使我且夕生悲辛。爲君沽酒上高樓，月前醉舞梨花春。天明挂帆向何處？鴻雁哀鳴求故群。南登會稽探禹穴〔六〕，西浮湘水弔靈均。洞庭波寒木葉下，峽口風急猿嘯聞〔七〕。司馬太史有遺躅，歸來著書追獲麟。

【校】

①文人，曹本作「人文」。

【箋】

〔一〕徐子，指徐禎卿，生平見贈徐禎卿（卷十一）箋。該詩似作於正德元年（一五〇六）春。據明史徐禎卿傳：弘治十八年徐禎卿中進士，進而與夢陽相識，正德元年春，徐禎卿往湖湘巡歷，夢陽時任户部郎中，作該詩贈别。又，「我師崛起楊與李」，楊，指楊一清，李指李東陽。楊爲夢陽老師，李東陽則爲夢陽弘治六年會試時的主考官（弇山堂别集卷八十二）。

〔二〕「宣德文體多渾淪，偉哉東里廊廟珍」，東里爲楊士奇的號。楊士奇，見功德寺（卷十五）箋。楊士奇詩文爲明代臺閣體之祖，末流日敝，至於膚廓庸沓，後人批評稍有過激。夢陽此論較爲客觀。詩中提及人物有宋濂、楊士奇、喬宇、邊貢、何景明、儲瓘等，皆爲明代前中期著名作家。

〔三〕「鰲掣鯨翻難具陳」，杜甫戲爲六絶句之四：「未掣鯨魚碧海中。」

〔四〕「二十作賦雄海濱」，杜甫醉歌行：「陸機二十作文賦。」

〔五〕「一瞬萬里誰能馴」，杜甫奉贈韋左丞丈二十二韻：「萬里誰能馴？」

〔六〕「南登會稽探禹穴」，杜甫送孔巢父謝病歸遊江東兼呈李白：「南尋禹穴見李白。」

〔七〕「洞庭波寒木葉下」，屈原九歌湘夫人：「裊裊兮秋風，洞庭波兮木葉下。」「峽口風急猿嘯聞」，杜甫登高：「風急天高猿嘯哀。」

【評】

胡應麟詩藪續篇卷一云：獻吉送徐昌穀詩，「金華數子真絶倫」，謂宋、王諸公也；「偉哉東里廊廟珍」，楊文貞也；「我師崛起楊與李」，京口、長沙二相也。弘、正以前巨擘，大概盡之。但送昌穀而不及其本郡高、楊輩，豈謂尚存元調耶？

清趙翼陔餘叢考卷二十四李夢陽詩重韻條：李夢陽送徐子將適湖湘有云：「長安繡陌行麒麟。」末句又云：「歸來著書追獲麟。」兩「麟」字無兩音兩義。

龍州歌送沈編修使安南〔一〕

龍州南接六那溪，白鷴黑猿相間啼。烏蠻灘頭苦竹密，伏波廟前春日西。揚旌走馬迎天使，擁節封王壯漢儀。試向殊邦觀禮樂，交南元是舊邊陲。

【箋】

〔一〕龍州，即今廣西龍州縣，西北與越南接壤。沈編修，指沈燾，字良德，號東溪，長洲（今江蘇蘇州）人。弘治六年（一四九三）進士，由翰林院庶吉士授編修，升侍講，充經筵講官、右春坊右諭德。因病辭官。談遷國榷卷四十五載：弘治十八年十二月辛酉「編修沈燾、工科左給事中許天錫封黎暉子誼安南國王」。故該詩當作於弘治十八年十二月，時夢陽任户部員外郎。安南，今越南。見安南歌送許給事中天錫（卷十五）箋。

漢江歌送范子之桂陽〔一〕

漢江江上鷓鴣鳴，漢江遊客無限情。青山落日下帆影，芳草月明聞棹聲。黃鶴磯頭暮雲盡，鸚鵡洲邊春水生。莫倚仲宣能作賦，洞庭南接桂陽城。

【箋】

〔一〕范子，即范淵，字静之，號君山。桂陽（今湖南汝城）人。弘治九年（一四九六）進士，正德元年（一五〇六），升刑部郎中，官至雲南按察司副使。與夢陽有交遊，見七峰歌壽范郎中淵（卷二十）、哭亡友范副使淵其族孫進士永鑾寄其絶筆詩到（卷三十三）。據詩意，似作於正德初年，時夢陽任户部郎中。

【評】

皇明詩選卷五：宋轅文曰：清適，似迪功。

聊城歌送顧明府〔一〕

聊城纍纍枕桑野，使君懷古聊城下。龍蛇慘淡七雄鬬，當時誰是排紛者？海東隱淪難見面，平原不見安平見。已聞笑却邯鄲軍，還遣書飛燕將箭。平生急難輕列侯，功成豈必千金酬！只今往迹浮雲盡，遥矚滄溟日暮流。

【箋】

〔一〕聊城，今山東聊城。顧明府，據鄧曉東考證當爲顧棠，詩作於正德元年任職户部時。（鄧文載明人別集青年學者論壇論文集。）

畫鷹歌贈鮑帥〔一〕

鷙鳥決眥如愁胡，猛將氣每吞匈奴。自將黑鷹挂堂壁，百鳥窺之不敢呼。安得此鷹生即起，擊兔擒狐日千里。將軍彎弓騎紫騮，一箭射天落旄頭。

【箋】

〔一〕鮑帥，疑即鮑國。按，據雍正河南通志卷三十一職官二：鮑國，江南壽州人，嘉靖初任河南都指揮使。又據明世宗實録卷四十二：嘉靖三年八月，「命署都指揮僉事鮑國掌河南都司事」。是該文當作於嘉靖三年（一五二四）八月或稍後，時夢陽閒居開封。本集卷二十一有贈鮑帥，亦即其人。

李夢陽集校箋卷二十一　七言古四

贈酬二

朝飲馬送陳子出塞〔一〕

朝飲馬，夕飲馬，水鹹草枯馬不食，行人痛哭長城下。城邊白骨借問誰？云是今年築城者。但道辭家别六親，寧知九死無還身。不惜身爲城下土，所恨功成賞别人。去年賊掠開城縣〔二〕，黑山血迸單于①箭〔三〕。萬里黄塵哭震天，城門晝閉無人戰。今年下令修築邊，丁夫半死長城前。城南城北秋草白，愁雲日暮鳴胡鞭。

【校】

①單于，詩綜作「鴉翎」，疑爲避諱改字。

【箋】

〔一〕朝飲馬，藝文類聚卷九水部下：「後周宗羈登渭橋詩曰：『仲山朝飲馬，還坐渭橋中。南瞻臨別館，北望盡離宫。……』」後成爲擬樂府詩題。陳子，或爲陳鋭。明王世貞弇山堂别集卷四十一載：「陳鋭，直隸合肥人，弘治中以嗣平江伯、太保、太子太傅加，十五年卒。」據明史孝宗本紀：「（弘治）十三年，……夏四月，火篩寇大同，遊擊將軍王杲敗績於威遠衛。乙巳，命平江伯陳鋭爲靖虜將軍，充總兵官，太監金輔監軍，户部左侍郎許進提督軍務，禦之。」可知該詩似作於弘治十三年，是年夢陽有犒榆林軍之務。

〔二〕開城縣，明一統志卷三十五平涼府：「廢開成路，在固原州治東北，本宋鎮戎軍開遠堡，元至元中，安西王分治秦蜀，遂立開成路及開成縣於此，本朝省。」

〔三〕黑山，明一統志卷二十一大同府：「在府城西北四百五十里古豐州境，與雲内州夾山東西相連。」

胡馬來再贈陳子〔一〕

冬十二月胡馬來，白草颯颯黄雲開。沿邊十城九城閉，賀蘭之山安在哉？傳聞清水不復守〔二〕，遊兵早扼黄河口。即看烽火入甘泉，已詔將軍屯細柳。去年穿塹長城裹，萬人齊出千人死。陸海無毛殺氣蒸，五月零冰凍河水。當時掘此云備胡，胡人履之猶坦途。聞道南侵更西下，韋州固原今有無〔三〕？從來貴德不貴險，英雄豈可輕爲謨？尚書號令速雷電，抱玉誰敢前號呼！遂令宵旰議西討，兹咎只合歸吾徒。我師如貔將如虎，九重按劍赫斯怒。惜哉尚書謝歸早，不睹將軍報平虜。

【箋】

〔一〕陳子，與前詩爲同一人，或即陳鋭。據明史孝宗本紀：「（弘治十四年）八月己酉，……是月，火篩諸部犯固原，大掠韋州、環縣、萌城、靈州。己巳，減光禄寺供應，如元年制，火篩諸部犯寧夏東路。」與詩中「聞道南侵更西下，韋州固原今有無」可互證。可知該詩似作於弘治十四年，時任户部主事的李夢陽有監税三關之行。

〔二〕清水，西漢置，屬天水郡。治所在今甘肅清水縣西北十五里。明郭子章郡縣釋名陝西卷下：「清水縣「以清水在縣境」爲名。明一統志卷三十七鞏昌府：「清水，在清水縣境，縣因以名。」又：「清水縣，在州東一百五十里，本漢舊縣，屬天水郡，……唐初置邽州於清水城，尋廢州，以縣屬秦州，後陷於吐蕃，大中初收復。……本朝因之。」

〔三〕韋州，明一統志卷三十七寧夏衛：「韋州城，在衛城東南三百六十里，夏爲韋州静塞軍。」固原，明一統志卷三十七寧夏衛：「固原州，在府城西北一百三十里，本朝邢地，秦屬北地漢郡，爲高平縣地，屬安定郡，……元立開成路，領開成縣，至治中降路爲州，本朝初廢州爲開城縣，復改爲固原州。」

【評】沈德潛明詩別裁集卷四：軒然而來，神勇無敵。

張將軍塞獵歌〔一〕

將軍堂堂七尺軀，虎頭昂藏紫虬鬚。據鞍笑撚金僕姑，弦鳴仰墮雙飛烏。南平川漢北殲胡，蛇矛卧地刀劍蕪。朔風吹霜塞草落，馬騰士奮于狩作。將軍夜令晨步同，磧沙黄黄日色薄。部下游擊五千人，競時争能各有神。驅飛翼走入我網，千隊萬隊何駪駪。氣酣前赴逞一決，零亂旌旗倏明滅。殺氣上回靈武雲，火烈直透天山雪。張公覩此番逡巡，紅衣白馬如神人。衣也蟠蟒金麒麟，朝廷所賜榮功臣。攔頭報捷者誰子？手提禽獸血滿身，生截羆豹纍雉鶉。中軍小校額抹巾，見之一騎風起塵。左射奔鹿右斃豕，更追狡兔趫窮榛。張曰於乎奚用是？昊天肅殺存至仁〔二〕。摐金按節止中野，燖腯炰鮮燕蒐者。禮樂行軍分自嚴，賞罰正簿誰能假。何地真收吐谷駝？一卒乃獲大宛馬。長城窟冰胡雁稀，輕鼙緩吹諸部歸。懸戟慘淡鴉烏委，垂鞍磈磊熊兕肥。少年猶忿殺獲微，翻身彀弩追雲飛。我聞蒐狩古侯禮，三驅六御今何以？纘武雖存于駱文，戒荒合避長楊侈。將軍秣①馬厲部士，爲防西北烽烟起。

【校】

①秣，原作「抹」，據弘德集、四庫本改。

【箋】

〔一〕張將軍，不詳。嘉靖十一年（一五三二）曹嘉刻空同集卷二十二有題張將軍竹居二首（見本書補遺遺詩），或即此人。據「殺氣上回靈武雲」，疑該詩作於弘治十六年（一五〇三）夢陽奉命餉寧夏軍時。

〔二〕「昊天肅殺存至仁」，杜甫北征：「昊天積霜露，正氣有肅殺。」

送仝儀賓朝天歌〔一〕

風吹黄塵暗河甸，行子拍馬來相見。春寒晝陰沙冥冥，九衢散亂花如霰。自言手捧紫瑶函，馳軺謁帝黄金殿。甥壻當朝禮覲同，往來遣答猶親面。南陽貴人骨固殊，敦親倍錫明光宴。八議輕微實惋惻，時情詎識皇心眷。開函爛熳百色備，龍盤鳳曲流雲氣。繡女沓嗟鋪緒工，體裁吻合三宮意。吳羅疊雪秖懷赧，南金象齒堪沉避。自離京國十年餘，每懸金闕憶金魚。班行日侍諸王聘，混一曾瞻萬國書。君過上林聊駐車，春風舊樹花應舒。有暇更欲問西湖，掃地垂楊今有無？

【箋】

〔一〕仝儀賓，即仝正，藩王府之儀賓，事跡不詳。儀賓，明代對宗室親王、郡王之婿的稱謂。續通典禮十四：「明年又更定公主、郡主封號、婚儀及駙馬、儀賓品秩。」明陸延枝說聽卷上：「身是秦府儀賓也，奉殿下命辦此。」按，夢陽壽兄序（卷五十七）曰：「正德庚辰之歲，李有長公者，年六十矣。十二月十日，其生辰也。傳曰：『六十始壽。』于是都指揮同知霖、僉事臣、左長史春、右長史昆、訓導澤、通判環、司務彬、儀賓正八人者，爲長公者壽，登厥堂致詞而稱觴焉。」該文題下，曹本、李本有小注「蔡霖、鞏臣、王春、郭昆、趙澤、李環、黄彬、仝正」諸姓名。正德庚辰，爲正德十五年，該詩亦當作於此時期。又，詩中有「自離京國十年餘」句，夢陽自正德三年（一五〇八）秋自京返開封，再未到京，作該詩時離京已十年有餘，此詩似作於正德十三年或稍後。

送田氏〔一〕

寒城野霜鴻嗷嗷，羊腸木零熊豹號。彼汾沮洳望心勞，葭菼委折風波濤。山西刑司氣何豪，西邁白日行旌旆，七星丸丸明佩刀。君不見黃河飛雲立如蓋，一鶚乘之向并代。

【箋】

〔一〕田氏，即田汝耔，雍正河南通志卷六十五文苑載：「田汝耔字勤甫，祥符人。弘治乙丑進士，授刑科給事中，歷仕至湖廣副使。予告歸，力田養母，以經籍自娱，著周易纂義、律吕會通、采葑、歸田二集。弟汝⿰耒束，以鄉薦爲兵部司務，詩文藻麗，與兄並美焉。」又據雍正山西通志卷七十八職官：田汝耔於正德年間由江西調任山西按察司僉事。又崔銑田汝耔志（載明文海卷四百四十八）：「勤父受行人在正德戊辰，選給事中在己巳，治刑科，遷江西在癸酉十有一月，調山西在丁丑二月，遷湖廣在己卯，閲四歲歸，嘉靖癸巳三月二日卒。」丁丑，即正德十二年。據以上，該詩當寫於正德十二年秋，時夢陽在開封爲田氏餞行。

贈鄭郎〔一〕

郎來張拱向我揖，玉樹亭亭我旁立。叩之論語背誦畢，曲禮幼儀汝能習。黃河柳綿飛欲盡，練水桐花放將及〔二〕。汝父昨來今汝歸，有琴在抱書在笈。君不見師山後人代非乏〔三〕，勉旃無效群兒狎。

【箋】

〔一〕鄭郎，不詳。疑爲鄭作弟或子。鄭作，夢陽友人。見和方山子歌（卷八）箋。此詩，弘德集卷十八有收，故當作於正德後期詩人閒居開封時。

〔二〕練水，一名黄西水。又名練家河。在今河南汝南西。清一統志汝寧府：練水「源出確山縣之樂山，徑縣北三十里。俗稱黄西河，東流至汝陽市西，有斷濟河、寨河、冷水諸小川匯入焉，至縣東南入於此」。

〔三〕師山，即元人鄭玉，字子美，徽州歙縣人，築師山書院講學其中，元惠宗時除翰林待制、奉議大夫，不就，以授徒、著書爲事，著有周易纂注。明軍入歙，請其入仕，自縊而死。傳見元史卷一百九十六。

太華山人歌〔一〕

山人昔居太華峰，結屋玉井餐芙蓉。夜隨金精朝白帝，誤撾天鼓撞鴻鐘。帝怒謫之荒江濱，淚添江漢齊朝宗。閶闔九重豹虎蔽，霜雪十年鴻雁冬。江邊諸山不可眼，夢寐猶跨雙茅龍。有時夢到西巔坐，環海内物盡么麽。一綫黄天涇渭流，拳石白晝岷峨破。翳鳳驂鸞覲玉京，羽節雲軿度婀娜。織女虚無指前路，沐髮有盆不借我。山鬼含笑倚巖立，仰看明星斗如大。猿啼蛇吟萬壑静，山人歸來淚交墮。

【箋】

〔一〕太華山人，據雍正湖廣通志卷五十七人物志，即何宗賢。宗賢字邦憲，號太華山人，襄陽人，成化甲辰（一四八四）進士，善詩文，性耿介，不諧於俗。著西峰類稿。按，夢陽於正德九年六月被解職，八月離開江西，泝長江至武昌，又渡漢水至襄陽，愛峴山、習池之勝，欲作鹿門之隱。該詩似作於正德九年秋在襄陽時。

相逢行贈劉按察麟①〔一〕

一别六年不相見，風塵欻覩劉郎面。西關官亭車馬都，使君驄馬朱雀符。有虔秉鉞映交衢，把臂道故情鬱紆，仰視高天白日徂。憶昔同殿含香趨，萬事反覆難具鋪。秋風颯颯響枯樹，蛟龍立鬭黄河怒。舟子無憂洓旬阻，大夫且試登高賦。城南柳徑梁王苑，廟門書院松林晚。此時與子臨高臺，邊侯綺席金尊開。芒碭微雲氣出没〔二〕，但見悲風萬里從東來。寒空孤雁叫且哀，鵾鶬鼓翅號其儕。飛沙激霧相徘徊，願賓與主酩酊歸。不見昔時杜甫與高李，三子者氣，壓百代今塵埃。

【校】

①詩題，曹本作「相逢行贈劉元瑞」。

【箋】

〔一〕劉麟字元瑞，生平見贈劉主事麟（卷十七）箋。據明武宗實録卷一百二十五：正德九年（一五一四），劉麟升陝西左參政。十年，遷雲南按察使，劉由陝西經河南赴雲南，在開封與夢陽相聚，該詩似寫於此時。「一别六年不相見」，則前次分别疑在正德三年冬，時夢陽自錦衣衛獄釋出，尚在京師。

〔二〕芒碭，見送蔡帥備真州（卷十一）箋。

王郎行〔一〕

王郎行者，贈王氏二郎者也。王郎將試於有司，予於是賦王郎行贈焉。夫子賤，君子稱之魯碩人族類，彰諸詩，蓬麻自直，事有本因。予故侈其家世，並及其父子、兄弟之間。

將軍開國弓劍傳，子孫章甫能朝天。相國沉冥二十年，懷寶弗售人所憐。飛纓躍馬赫動地，公也視之如浮烟，雅歌日醉金尊前。生有三男子，不令學劍令青編。大郎早躡黄金榜，聲名佐郡青雲上。二郎穠鬱更英特，掇青拾紫猶翻掌。三郎年十餘，頭顱角嶄如。拱立向人前，解背經與書。二郎昨别我，云將還故鄉。馬蹄馳逐秋槐黄，龍泉出匣光自射，驊騮歷塊疇能當。連翩騎從喧皇州，春風紫陌行鳴騶，生兒當如孫仲謀。吁嗟相國胡所憂，濁醪惟恨不滿甌。聽我王郎行，我行還自歌。何以贈之珊瑚柯？又何贈之玉山禾？願郎歸①，白玉珂。

【校】

①「歸」下，百家詩有「來」字。

【箋】

〔一〕王郎，不詳。據詩意，似指王鏊次子王延素，王鏊於正德元年至四年先後任户部尚書、文淵閣大學士、太子太傅、武英殿大學士，與詩意相符。又或指王朝需，明中期名臣王瓊第二子，明史卷一百九十八有王瓊傳。此詩，弘德集卷十八收録，故疑當作於弘治末至正德初。

郭生行〔一〕

君不見大梁郭生少小能英奇，生長富貴心寒飢。兀坐日誦書與詩，下究王伯上軒羲。郭生有父王國賓，有母食邑稱之君。鯉庭獨立猶詩禮，熊膽親丸或夜分。生有兩男子，大者覽輝起，次者郭生鼓翅亦上青霄裏。憶昔匹馬走燕甸，長安三月花如霰。射策曾登金馬門，垂衣帝在蓬萊殿。三十年間萬事變，後生衮衮輩英彦。結綬初誼東閣賓，彈冠復報南州薦。太平既極邊功開，武帝射蛟江水迴。上林會有誇胡獵，願生早試長楊才。

【箋】

〔一〕郭生，不詳。按，詩中有「郭生有父王國賓」句，夢陽壽兄序（卷五十七）有周王府右長史名郭昆，或即其父。此詩弘德集卷十八有收，疑當作於正德後期詩人閒居開封時。

結交行贈李沔陽〔一〕

古人結交如種稷，今人當路栽荆棘。世間萬事各有極，人生何必相傾仄。君不見李沔陽五馬昨朝天，天冰地裂衝寒煙。三月不遇見天子，歸途困頓心憂煎。南行波濤值洶涌，蛟龍失勢黿鼉踊。留滯聊棲梁孝臺，醉歌真據侯嬴塚。却憶當年侯未鬢，識者盡道驊騮駒。落筆遽掩羽獵作，挺身遂上青雲衢。百戰不侯李廣辱，一麾出守延之吁。峽霾光射卞和玉，月明淚迸鮫人珠。李沔陽，汝無學雲夢吞，亦莫效江南哀。六龍挽車日月輪①，萬里簸蕩風沙開。棄君舟楫理銜轡，有人物色騰驤材。

【校】

①輪，弘德集作「轉」。

【箋】

〔一〕李汭陽，即李濂。生平見三士篇贈醫李鄭張（卷十）箋。正德十年（一五一五），李濂官汭陽（今湖北仙桃）知州，時夢陽已閒居大梁，該詩當寫於此時。

薏苡行贈王氏〔一〕

南征馬援還東都，人言滿載皆明珠。發封視之乃薏苡，群臣失色天子吁。世情毁譽本好惡，後生輕信迷真誤。暗投固宜明月棄，同居豈免蛾眉妒。自君夙夜歌在公，尊中醴酒常不空。德尊日見兒孫盛，名成反致讒邪攻。雖云喬樹多烈風，曷有寸霧殘高空。君不見周時吉甫稱大賢，孔門弟子推顏淵。掇蜂拾塵尚見惑，豈我千得無一愆？君堂有客俸有錢，槐庭偃蹇花含烟。胡不酩酊金罍前，萬事置之休問天。

【箋】

〔一〕薏苡，植物名。一年生或多年生草本植物，子粒（薏苡仁）含澱粉，供食用、釀酒，並入藥。莖葉可作造紙原料。後漢書馬援傳：「初，援在交阯，常餌薏苡實，用能輕身省欲，以勝瘴氣。」後指薏苡之謗。宋蘇軾次韻和王鞏六首其五：「巧語屢曾遭薏苡，庾詞聊復託芎藭。」薏苡行，或爲夢陽自擬詩題。王氏，不詳。此詩弘德集卷十八有收，疑當作於正德年間詩人閒居開封時。

徒步東行贈鮑潡〔一〕

鮑生六月徒步東，久暵赤日昏沙風。旦行眼眩扶桑紅，足疲暮憩空桑中。帽浥衣沾乾復濕，必逢佳樹始一立。道傍有驢無錢騎，短詠微吟口翕戢。杜甫遺詩人罕全，鮑生記之將及千。論工尚恨黄初淺，泥古常卑大曆前。豈知才大番爲祟，臨岐獨下楊朱淚。鹽車雖蒙茸滓辱，長鳴未折風雲氣。生今坎坷三十年，同時細估豪熏天。出門寶馬雙翩翩，道逢鮑生不舉鞭。生不見五羖大夫歌扊扅，商歌飯牛聲夜悲。賢達困窮何代無，仰視萬里浮雲徂。

【箋】

〔一〕鮑潡，歙人鮑弼之族子。夢陽有梅山先生墓志銘（卷四十五）曰：「梅山姓鮑氏，名弼，字以忠，歙縣人也。」又卷三十五有贈鮑潡兄弟。該詩當作於嘉靖元年以前閒居開封時。

夏日田居蘇生攜酒見過〔一〕

疾風六月樹枝折，火雲纍鎚白絮裂。城南老夫正高卧，荒郊款段蘇生過。塵埃滿面髩髮亂，手攜清壺來餉我。季子才名三十年，射楊百發百葉破。逢時幸首南宫薦，塌翮尚忍西山餓。丈夫生世古難同，蘇也巷西我巷東。追尋不計褦襶熱，淹留秪恨金尊空。君不見昨朝雨雷今則風，世事反覆誰豫通？得時無誇好身手〔二〕，失意豈必皆愚蒙。野池紛披蓮半紅，黄鸝囀語空林中。勸子盡醉休匆匆，人生幾何吾已翁。

【箋】

〔一〕蘇生，不詳。或爲夢陽鄰居。卷二六有雪中蘇生以詩見過、春初大道觀訪蘇生二詩，皆爲同時期作。又江都縣丞蘇君墓志銘中有蘇濟衆者，或即其人。詩中有「城南老夫正高卧」句，夢陽有城南新業期王子不至（卷三十一），作於正德十五年，似該詩亦當作於正德後期作者閒居開封時。

〔二〕「得時無誇好身手」，杜甫哀王孫：「朔方健兒好身手。」

送人使安南〔一〕

安南陪臣騎馳突，歌吹春喧洱水窟。蛟潭飛雨動霹靂，島城毒雲開日月。黄門使者白澤袍，南來氣與秋天高。當今天子古聖人，諭爾歲事勤包茅，永令炎海無波濤。

【箋】

〔一〕安南，今越南。見安南歌送許給事中天錫（卷十五）箋。此處「人」或指沈燾，字良德，長洲（今江蘇蘇州）人，弘治六年（一四九三）進士，由翰林院庶吉士授編修，升侍講，充經筵講官、右春坊右諭德，歷都御史，因病辭官。生平見龍州歌送沈編修使安南（卷二十）箋。此詩弘德集卷十八有録，疑當作於弘治末正德初。

【評】

皇明詩選卷五：李舒章曰：「黄門」句如春濤映日。宋轅文曰：高壯凉直。

有鶴篇贈翟翁〔一〕

有鶴褊襹海上來，乘風爰止梁王臺〔二〕。洪河怒濤野蕭瑟，含情顧影却飛迴。十洲來往群仙戲，舉身下上隨雲氣。君不見夜來東海頭，南極一星光照地。

【箋】

〔一〕翟翁，不詳。此詩，弘德集卷十八有録，疑作於正德年間閒居開封時。

〔二〕梁王臺，即梁臺，亦即繁臺、吹臺。在河南開封東南。見獵雪曲（卷十六）箋。

賦得姑蘇臺送李推官士允〔一〕

少年何官騎白馬，秋日經過古臺下。回瞻遠慮意摵促，下馬行歌淚盈把。猗嗟築此誰爲臺？千年棄土猶崔嵬。屧廊娃館瓦礫積，美人白骨生青苔〔二〕。枯蒿蟲吟莽颯颯，飛雲叫雁雙徘徊。當時金屋玉起樓，豈謂臺成麋鹿遊。寶鈿黄金裹瑟瑟，雨時濯出樵人收。李生豪士扶風儔〔三〕，悲歌久抱流連憂。世家各讀日一過，獨廢吴越傷春秋。復思鴟夷氣益奮，怒目每送長濤流。抉眼東門事已往，兹臺再過君休上。日暝煙波湖水深，范歸恐有同行槳①。

【校】

①槳，原作「漿」，據明錢穀吴都文粹續集卷五十二、曹學佺石倉歷代詩選卷四百四十七改。

【箋】

〔一〕姑蘇臺，又名姑胥臺，簡稱胥臺。在今蘇州西南姑蘇山上。宋范成大吴地記：「闔閭十一年，起臺於姑蘇山，因山爲名。」李士允，夢陽弟子，見送李生京試（卷十六）箋。據嘉靖江西通志卷二載，嘉靖初年李士允任江西布政司左參議。其任蘇州推官當在正德末年，詩當寫於正德末年，時夢陽正閒居大梁。

〔二〕「美人白骨生青苔」，杜甫蘇端薛復筵簡薛華醉歌：「古人白骨生青苔。」

〔三〕扶風，即扶風郡。見温太真墓（卷十二）箋。

送王子歸鄠杜〔一〕

賢兄已上蒼龍閣，令弟猶甘飽藜藿。膝下雖無一寸綬，腰間常吼千金鍔。騎驢狂走長安市，酣歌擊缶白日落。黄金不成徒自歎，烏裘脱盡那堪著。道逢石室舉鞭揖，謂爾骨相殊不惡。終南鄠杜豪俠窟，從來意氣無京洛。歸家早鑄雙玉龍，提攜來獻明光宫。

【箋】

〔一〕王子，指王九思，字敬夫，號渼陂，鄠縣（今屬陝西）人。弘治九年（一四九六）進士。選翰林院庶吉士，授翰林院檢討、吏部郎中。劉瑾敗，降壽州同知。正德六年（一五一一），勒致仕，歸鄉，與康海過從宴談，徵歌度曲。年八十四卒。著有渼陂集、渼陂續集及中山狼院本等，明史卷二百八十六有傳。王九思亦爲「前七子」成員之一。據國榷卷四十三：王九思在弘治十一年十月由庶吉士授爲檢討。又據王九思明故中憲大夫山西等處提刑按察司副使白閣山人王壽夫墓誌銘：「又二年戊午，予以庶吉士送幼子還故里，省視南陽。壽夫乃遂隨予歸試關中。」王九思因妻趙氏卒，攜幼子歸鄉安葬，夢陽以此詩送之。王壽夫爲九思弟。李開先李中麓閒居集卷十康王王唐四子補傳：「王渼陂之爲檢討也。……甲子，請告歸省父母。」此詩當作於弘治十七年。鄠杜，鄠縣與杜陵。鄠縣，西漢置，屬右扶風。治所在今陝西户縣北二里。明屬西安府。杜陵，西漢宣帝劉洵陵墓。在今西安市長安區東北十五里甘寨村北。爲遊覽勝地。三輔黄圖卷六：「宣帝杜陵，在長安城南。帝在民間時，好遊鄠、杜間，故葬此。」唐許渾別劉秀才詩：「孤帆夜別瀟湘雨，廣陌春期鄠杜花。」

贈鄭生〔二〕

狐裘騮馬誰家子？往來馳驟塵沙起。右撚羽箭左把弓，仰射忽墮雙飛鴻。野寒日昏慘慘風，下馬揖我立我東。一箭直西貫楊樹，抽身上馬入城去。

【箋】

〔一〕鄭生，指鄭作，生平見和方山子歌（卷八）箋。按，弘德集卷十八收有此詩，當作於正德後期詩人閒居開封時。

石峰子歌〔一〕

石峰子昔住石峰山，茅堂巖壑谽谺間。松孤桂叢白日静，坐玩硫磂聆潺湲。石峰子驂鸞覲帝今幾秋，狖猿哀嘯鴻鵠愁。頃爲四岳振南州，珠崖瓊海毒厲收。丹穴有鳳鳴啾啾，願子早致儀西周，經過舊山莫淹留。君不見舊山頭，葛藟蔽翳寒泉流。

【箋】

〔一〕石峰子，即陳琳。邊貢華泉集卷十二封承德郎工部主事槐亭王公墓誌銘曰：「正德丙子冬十一月十有九日槐亭王封君卒於家。……當是時，閩石峰子陳琳、齊華泉子邊貢之二人者之與按察友也，同仕於梁，聞訃悲焉。已而按察君之子守謙將以卒之明年二月舉葬事扶杖如梁城，泣而請銘，於是陳子謂邊子曰：『嗟乎！按察君之與予二人者友也，予與之同仕於齊，又同仕於浙，按察君與予厚，予請銘之，請子銘封君若何……』」則此石峰子，即陳琳。明史卷一百八十八趙佑傳附：「陳琳字玉疇，莆田人。弘治九年進士，由庶吉士改御史，上端本修政十五事，出督南畿學政。劉瑾逐健、遷，逮戴銑、陸崑等，琳抗章言：『南京窮冬雷震，正旦日食，正宜修德弭災，委心元寮，博采忠言，豈宜自棄股肱，隔塞耳目。』瑾大怒，謫揭陽丞。瑾敗，遷嘉興同知。世宗時，終南京兵部右侍郎。」石峰山，不知何指，古代名石峰山者較多，據詩中「頃爲四岳振南州，珠崖瓊海毒厲收」句，又陳琳爲福建人，似在福建一帶。按，陳琳於正德年間任河南布政司右參政。邊貢於正德十年始任河南按察司提學副使，正德十三年因母卒回鄉守制，正德十六年改任南京太常寺少卿。自正德十年至十三年間邊貢在開封任官，再得與夢陽相往來。又，邊貢封承德郎工部主事槐亭王公墓誌銘曰：「正德丙子冬十一月十有九日槐亭王封君卒於家。」故該詩當作於正德十一年（一五一六）或稍後。

寄寄庵子〔一〕

寄庵子嘗曰：「人生寄爾。然利孰與義安？慾孰與美久？臭孰與芳永？」庫部駱子以其言告李子〔二〕。李子曰：「卓哉，張子！持此於天下，誘之能移，撼之能動乎？能招之來，麾之去乎？於乎，張子者，足以荷天下之重矣！」於是作寄寄庵子詩。

嚶其鳴矣彼何求，天下願識韓荆州〔三〕。心傾義投神便往，萬古不廢江河流〔四〕。張侯崛起西南裔，覽輝振翮風雲際。鈎陳蒼涼閶闔閉，排闔直謁蓬萊帝。豸冠峨峨不動紳，挺身遂作蘭臺賓。竊憤辛裾謂洟涊，誓與朱檻争嶙峋。已看騣褭狹道路，復訝鵰鶚卑風塵。霜飛維揚海月苦，陽行沮洳汾花春。還朝衮衣换日月，立仗正色揩星辰。行步既工馬從瘦，諫草每就雞將晨。餘力猶馳翰墨圃，先秦兩漢文心苦。壯志真鐫劍閣銘，張孟陽。幽懷緬擬歸田賦。張平子。拖朱①響玉豈不足，靦面徒餐竟何補？及時願作朝陽鳳，不然退與漁樵伍。予也綸竿孟諸客〔五〕，心本無他衆莫白。李白世人欲殺之，蘇軾能詩遭貶斥。雷劍雖埋光在天，卞玉未剖終爲石。垂老重逢四海清，虚名幸免諸公擲。思君欲追嵇吕駕，贈言輒踐回由迹。顔淵、季路。有田負郭不餓死，且自射獵芒碭澤〔六〕。

【校】

①朱，百家詩作「珠」。

【箋】

〔一〕雍正四川通志卷三十九藝文：「李夢陽寄寄庵子詩，寄庵子，張鵬也，洪雅人。」又卷九上人物載：「張鵬，洪雅人，弘治中進士，授徽州府推官，讞獄，明允。嘗忤逆瑾，瑾敗，乃拜河南道御史，以直聞，巡視兩淮，忤中貴，移病家居，後升巡按山西，又以論大臣謫知漳州。著北還集，並西巡稿。」檢明清進士題名碑録索引，張鵬爲弘治十八年進士。故寄庵子即張鵬。

千頃堂書目卷二十三著録：「張鵬北還集一卷，又遺文諫草八卷。」小注：「字鳴南，沁州人。」非爲同一人，或有誤。此詩疑作於正德後期張鵬任監察御史巡按山西時。夢陽時閒居開封。

〔二〕庫部，三國魏有庫部郎。晉、宋因之。隋初爲庫部侍郎。唐置庫部郎中，爲兵部之屬司，掌軍器、儀仗及乘輿等。明稱武庫清吏司郎中，即庫部郎中，簡稱庫部。駱子，夢陽有龍仙引贈駱員外（卷二十一）及與駱子遊三山陂三首（卷二十七），疑均指此人。按，乾隆甘肅通志卷三十三選舉載：「駱用卿，寧夏人，員外。」明詩綜卷三十三録駱用卿題韓信廟詩：「逐鹿中原漢力微，登壇頓蹙楚軍威。足當躡後猶分土，心未猜時尚解衣。畢竟封侯符蒯徹，幾曾握手到陳豨。英魂漫灑荒山淚，秋草長陵久落暉。」並小注云：「李獻吉云：『此題淮陰廟絶倡也。』」小傳曰：「駱用卿，字原忠，餘姚人。正德戊辰進士，官兵部員外郎。」檢明清進士題名碑録索引，駱用卿爲正德三年進士，寧夏前衛籍，浙江餘姚人。

〔三〕「天下願識韓荆州」，李白與韓荆州書：「但願一識韓荆州。」

〔四〕「萬古不廢江河流」，杜甫戲爲六絶句其二：「不廢江河萬古流。」

〔五〕孟諸，古澤藪名，在今河南開封東北廣大區域。見冬日夷門旅懷（卷十六）箋。

〔六〕芒碭，見送蔡帥備真州（卷十一）箋。

龍仙引贈駱員外〔一〕

壯士狹四海，萬古一大夢。俗夫醯雞耳，生死不出甕。滅没等蒿草，勞勞竟焉用。君求勾漏學稚川，往來棲息羅浮烟〔二〕。自從異人授丹訣，行地乃作飛龍仙。左攜浮丘右洪崖，樗里景純執我鞭。崑崙巑岏倚天外，黄河九曲如衣帶。南支江湖楚蜀滙，北支崤塞華夷界。少時振衣登賀蘭，開眼已無西北山。中年謁帝聽廣樂，曳裾赤手摇天關。朝攬金臺雲，夕披玉峰霧。翔鸞鏘鏘導前路，左蹲文豹右伏虎。旍幢旖旎雜翠葆，龍兮龍兮，汝雖變化叵測，慎無使頭角露。祥麟威鳳世見希，泄秘盡巧鬼神怒。深山大澤多戢鱗，龍也穆沕幸自珍。緱城玉笙兩鶴舞〔三〕，太室珠樹三花春。從兹謝人放浪去，笑跨白鹿乘飆輪。

【箋】

〔一〕據詩意，當作於正德九年後詩人罷官居大梁時期。駱員外，即駱用卿。見思賦（卷一）、寄寄庵子（卷二十一）、與駱子遊三山陂三首（卷二十七）。見寄寄庵子（卷二十一）箋。員外，此指員外郎，爲六部曹司之次官，産生於隋唐，歷代相沿。

〔二〕羅浮，即羅浮山，在今廣東博羅縣西北。見廣州歌送羅參議（卷十八）箋。

〔三〕緱城，即緱氏城，在今河南偃師。見五仰詩五首（卷八）箋。

送李中丞赴鎮〔一〕

黄雲横天海氣惡，前飛鶖鶬後叫鶴。陰風夜撼毉巫閭，曉來雪片如手落。中丞按轡東視師，躬歷嶮隘揮熊貔。已嚴號令偃鼓角，更掃日月開旌旗。椎牛李牧將士躍，射虎李廣匈奴知。屯田金城古不謬，賣劍渤海今其時。塞門蕭蕭風馬鳴，長城雪殘春草生。低飛鴻雁胡沙静〔二〕，遠遁鯨鯢瀚海清。不觀小范擒戎日，誰言胸中十萬兵。

【箋】

〔一〕李中丞，據鄧曉東考證當爲李承勳。李承勳，字立卿，湖北嘉魚人，弘治六年進士。正德十五年由河南左布政使遷右副都御史巡撫遼東，詩當作於此時。（鄧文載明人別集研究青年學者論壇論文集。）

〔二〕「低飛鴻雁胡沙静」，李白永王東巡歌其二：「爲君談笑静胡沙。」

【評】

沈德潛明詩別裁集卷四：北地最工起手，蒼涼沉鬱，神乎老杜。

雨燕醉歌〔一〕

迅雷擊城鴉欲翻，黑雲壓天白晝昏。展席敘對城南門，長安大雨如傾盆。我馬已惜錦障泥，主人況具黄金尊。睥睨將將下萬瀑，龍蛇繙繙動高壁。出門牛馬不復辨〔二〕，炎霧毒蒸静如拭。酒酣爲君如意舞，夕雨轉急風轉怒。秖恐谿壑受不得，海倒江翻亦難測。

【箋】

〔一〕據詩意，疑作於弘治十一年或稍後，詩人時任户部主事。

〔二〕「出門牛馬不復辨」，杜甫秋雨歎其二：「去馬來牛不復辨。」

顧侯寄陳留公砥柱障子並詩予爲作歌〔一〕

東吴顧子相公客，掃絹畫水復畫石〔二〕。天衝地擊河怒號，嶷嶷一柱當横濤。突立固知氣勢穩，鼓蕩轉見孤①稜高。淋漓新題墨猶濕〔三〕，封緘遠寄心誠勞。昔公平章握軍國，執義委有排山力。甚哉戇如漢汲黯，老而純過唐師德。言違諫阻去何決，群猜衆怒不動色。

同時門客顧最親，隔絶夢寐懷偉人。峨峨砥柱公實倫，顧也歌之情句真。畫者誰子筆更新，數尺絹面開嶙峋。遂令觀者重回首，堂上恍惚河聲吼。嵚岑若遘虎豹踞，蹴沓似睹蛟龍走。奇怪常虞霹靂奪，孤危定遣神明守。君不見鼇極有時虧，崑崙有時翻，柱乎柱乎永且安！

【校】

①孤，四庫本作「觚」。

【箋】

〔一〕顧侯，指顧璘。嘉靖集收此詩，故當作於嘉靖元年至三年間。檢顧璘息園存稿詩卷六有砥柱歌上陳留劉相國一詩，陳留公，即此劉相國，亦即劉忠，陳留（今河南開封）人，成化十四年（一四七八）進士，改庶吉士，正德初任南禮部尚書、吏部尚書兼翰林學士、少傅兼太子太傅、謹身殿大學士。正德中致仕歸鄉，嘉靖初卒，贈太保，謚文肅。傳見明過庭訓本朝分省人物考卷八十六。

〔二〕「掃絹畫水復畫石」，杜甫戲題王宰畫山水圖歌：「十日畫一水，五日畫一石。」

〔三〕「淋漓新題墨猶濕」，杜甫奉先劉少府新畫山水障歌：「元氣淋漓障猶濕。」

雷電行贈憲卿何公美其伐也〔一〕

黄塵蔽日賊大戰，元年年除夜雷電。我軍後之天威前，一鼓破賊淮陽川。昨者此賊生齊東，眼中久已無河嵩。渡河轉戰勢果熾，長矛健馬六石弓。睢陳飛刃晝接白，亳潁劫火宵連紅。一路生靈餵餓虎，中原殺氣回春鴻。於時中丞秉鉞出，誓不滅賊如此日。三軍素壯元老猷，諸將咸遵丈人律。孔明綸巾不離首，羊祜輕裘僅掩膝。精采遽增朱雀幟，運用或參白猿術。陷陣直如風掃葉，追北譬之蜂就蜜。二月朔日振旅歸，夾道桃花照鐵衣。傾城盡出牛羊犒，父老争迎錦繡旂。喜氣真隨陽氣發，愁雲化作卿雲飛。捷聞天子喜動色，滿朝譽公降褒敕。白金綺繒寧足酬，異日凌煙看畫墨。

【箋】

〔一〕何公，指何天衢，道州（今湖南道縣）人。弘治九年（一四九六）進士。明史卷二百九十有傳。正德十六年（一五二一）五月，何天衢由浙江左布政使升爲右副都御史巡撫河南。詩中曰：「黄塵蔽日賊大戰，元年年除夜雷電。我軍後之天威前，一鼓破賊淮陽川。昨者此賊生齊東，眼中久已無河嵩。」按詩句所云「元年」，當指嘉靖元年。「一鼓破賊淮陽川」，指平定進入河南的山東青州王堂等所率領起義軍。「淮陽川」，隋、唐設淮陽郡，宋設陳州淮陽郡，即今河南淮陽。又夢陽嘉靖集收此詩。該集所收詩限於嘉靖元年至三年，故此詩當作於嘉靖元年（一五二二）。

送兒詩四首〔一〕

冬至至後風愈嚴，野冰皓皓霜凍髯。河澌日昏不易涉，孤劍匹馬慎汝楫。

其二

北風蕭蕭狐裘薄，蔽堤立馬勸汝酌。汝伯煨酒友奉盂，路人不行爲踟躕。

其三

壺乾日斜客子發，臂弓上馬意氣勃。斬蛟擒虎及汝時，我幸健飯無父思。

其四

平生自許萬言書，今往謁帝承明廬。春風走馬未爲得，下有管樂上契稷。

【箋】

〔一〕李空同先生年表云：「嘉靖元年壬午（一五二二），「秋，子枝中河南鄉試。……冬，子枝赴試，公有送兒詩」。又夢陽嘉靖集收此詩，故當作於嘉靖元年冬。

邊馬行送太僕董卿〔一〕

治賢在朝亂在野，唐虞圉牧皆賢者。國君之富馬爲急，次者僕卿首司馬。漢人五郡開河西，中土始聞胡馬嘶。此馬碌礌一直萬，黄金寧輕璧可賤。奪駿曾空大宛國，按圖徑上長安殿。苜蓿雖誇近苑春，荆榛誰記沙場戰。致遠番歸草木功，清芽秀味走胡驄。三邊盡跨連錢種〔二〕，六苑群嘶汗血風。人亡世殊霜雪急，草豆蕭瑟馬骨立。驊騮氣喪甲士苦，長城窟寒鴻雁集。朝廷每勤西顧憂，四岳拜手推董侯。攻駒暫出薇花廨，攬轡遠過葡萄州。行卿官冷心不冷，固知董侯今伯冏。磧沙日黄雲錦亂，徵侯定上金華省〔三〕。

【箋】

〔一〕太僕，即太僕寺卿，太僕寺長官，掌管國家馬政。董卿，不詳。嘉靖集收録此詩，故當作於嘉靖元年至三年間，時詩人閒居開封。

〔二〕三邊，明時指延綏、甘肅、寧夏三地區。明史憲宗紀一：「（成化十年正月）癸卯，王越總制延綏、甘肅、寧夏三邊，駐固原。」

〔三〕金華省，指門下省。李白詩：「君登金華省，我如銀臺門。」

風沙篇送王生北行〔一〕

顛風吹沙江海波，汝乘玉駟超天河。豫章千尋勢自穩，黄鵠萬里誰能羅。我逾五旬鬢盡白，日采山精煉白石。臨分贈汝一粒丹，願言寶之勿輕擲。

【箋】

〔一〕王生，疑爲王教，字庸之，祥符（今屬開封）人，夢陽弟子，嘉靖二年（一五二三）進士，官至南京兵部右侍郎。有中川遺稿三十三卷。詩中有「我逾五旬鬢盡白」句，該詩似作於嘉靖元年冬，時夢陽五十一歲，在大梁家中賦閒。疑爲送王教赴京參加會試時作。

贈張帥〔一〕

張侯五十彀强弩，遇敵控馬氣如虎。年來威坐都統衙，境内盜息無塵沙。自言少壯從征虜，北掃朔漠南閩楚。暇時勤出射雲鴻，古來矍鑠成大功。

【箋】

〔一〕張帥，不詳。夢陽有新秋宣威後堂會張鮑二帥晚過東圃作一詩，與此張帥爲同一人。或即張瓚，其人於正德十六年五月至嘉靖三年任河南都指揮使。詩或作於嘉靖初年。

贈鮑帥〔一〕

蒼鷹自與凡鳥異，虎子墮地食牛氣。鮑侯三十名譽成，才猷吐布千人驚。只今塞上風塵起，朝廷拊髀思頗李。君之寮寀皆英奇，同升早勒燕然碑。

【箋】

〔一〕鮑帥，疑即鮑國。按，據雍正河南通志卷三十一職官二：鮑國，江南壽州人，嘉靖初任河南都指揮使。又據明世宗實録卷四十二：嘉靖三年八月，「命署都指揮僉事鮑國掌河南都司事」。是該文當作於嘉靖三年八月或稍後。卷二十一有贈鮑帥，亦即其人。本集卷二十有畫鷹歌贈鮑帥，亦即其人。

白河篇送李南陽〔一〕

白河日赤沙吐雲，人喧吏閧迎神君。三月萬花擁車入，滿城竹馬兒童出。君昔坐郡襄漢東，氣勢三楚生雄風。擿奸無論漢張敞，秉義直到唐梁公。霜飆偶折奮翅鶚，日月竟照凌寒松。鐵幹久擬作隆棟，劍翮即睹追飛龍。空同老儒不君識，傾蓋逢之喜動色。論文開口夜嘗旦，憤事扼腕晝遽黑。南陽雖邇路終隔，音書易通見難得。我欲扳君數日住，南民望之餒待食。君心透徹皓如玉壺之清冰，君材磊落巋如萬仞之立壁。高議足以排山嶽，偉文足以華人國。只恐玆邦難久留，漢庭來徵郭細侯〔二〕。

【箋】

〔一〕李南陽，不詳。何景明大復集有李南陽宅餞子容，即此人。莫旦大明一統賦卷下有「李南陽希顔」，疑此李南陽即李希顔，字原復，華亭（今屬上海）人，弘治六年進士，與夢陽同榜。授南京刑部主事，擢廣東按察僉事。本朝分省人物考卷二十六載：「時逆瑾勢傾中外，希顔奉表詣闕，不踵其門，京師稱爲『鐵腰』。李遷雲南提學副使，振作士氣，滇人德之。進本司按察使，詞訟煩劇，剖決如流。以疾卒。」「擿奸」二句與李事跡吻合。詩疑作於嘉靖初年詩人閒居開封時。

〔二〕「漢庭來徵郭細侯」，杜甫李監宅二首之二：「名是漢庭來。」

汴河柳送沈生〔一〕

汴河柳嫋嫋拂地長，雪花風起春飛揚。送君立馬古堤口，踟躕勸盡黃金觴。有車轔轔官道旁，轅駒喘嚏何徬徨。於中豈無神駿骨，伯樂不遇誰爲彰？人生富貴信有命，英雄仰面高天蒼。高天蒼，飯牛牧豕皆騰驤。

【箋】

〔一〕沈生，不詳。汴河，即古汴水。見十二月十日（卷二十三）箋。詩疑作於嘉靖初年詩人閒居開封時。

王孫餽冰詩以酬之

流金毒日赤墮地，忽有冷色寒人心。誰敲水晶迸大壑，力剖冰井開重陰。高盤礧堆久不化，老齒瀺灂差能禁。安得移之白繞座，一尊一酌還一斟。

【箋】

〔一〕王孫，不詳，當爲周王府子弟。據詩意，疑作於嘉靖初年閒居開封時。

贈趙將軍〔一〕

豐沛之間河亂走〔二〕，洶洶之勢成陂藪。大船愁淺小愁賊，賊船如飛葦灘黑。自從將軍鎮東土，晝夜人行路不澀。將軍本是將門種，軀幹堂堂萬人勇。入山縛虎百獸慴，赤手批蛟色不動。射楊葉盡矢亦盡，始知百發還百中。武宗見之屢凝顧，戟郎遽拔千夫總。英雄自古不下人，將軍獻策況有文。驊騮暫躍歷塊足，鵰鶚竟上横秋雲。世情金多位乃高，圖名交結須賢豪。將軍無錢自樹立，於人傲氣但長揖。擠出事體雖云乖，威勢我喜行河淮。黄流穩帖遁鯨鱷，白日光彩收狼豺。大同反刃血未乾〔三〕，甘州累卵人心寒〔四〕。薦書何由至天子，拜將早築黄金壇。

【箋】

〔一〕趙將軍，不詳。夢陽叙九日宴集（卷五十九）曰：「嘉靖四年九月九日，趙帥觴客於青蓮之宫，歡焉。於是空同子立韻賦詩焉，衆和之，裒然而珠聚，爛然而錦彰，主人賡焉，鏗然而卒章。」文中趙帥，與此趙將軍或爲同一人，該詩似作於嘉靖四年冬。

〔二〕豐沛，豐，即今江蘇豐縣。沛，即今江蘇沛縣。史記屢言漢高祖起豐沛，指今江蘇北部徐州一帶。

〔三〕大同，今山西大同一帶，見内教場歌（卷八）箋。此當指嘉靖三年（一五二四）七月之大同兵變。

〔四〕甘州，即明甘州衛。洪武二十五年（一三九二）改甘肅衛置，屬陝西行都司。治所即今甘肅張掖市。轄境相當今甘肅張掖及青海祁連等地。此當指嘉靖元年甘州軍亂事件。

贈胡石陵〔一〕

世情認假不認真，脂粉羅綺登上嬪。蛾眉入室衆女妒，辛苦年年織紈綺。織成進君冀君憐，腐草迴日光在天。荆山石中抱神異，氣如白虹勿輕棄。

【箋】

〔一〕胡石陵，不詳。按，明楊本仁少室山人集（明嘉靖刻本）卷十有穀日何沅溪王同野胡石陵三藩參宴滕閣值雨奉酬一首。又，陳田明詩紀事戊籤卷十七：「本仁，字次山，杞人。嘉靖己丑進士，授工部主事，改刑部，歷郎中。出爲江西按察副使，歷湖廣參政，遷廣西按察使。有少室山人集二十五卷。」楊本仁與夢陽應有交遊，則此「胡石陵」似爲同一人。據鄧曉東考證，此胡石陵或當爲胡節。胡節字介夫，山東維縣人，嘉靖二年進士，嘉靖三年至八年間任河南通許知縣，詩或作於此時。（鄧文載明人別集研究青年學者論壇論文集。）

贈滄洲道人

滄洲道人年半百〔一〕，顔如渥丹髮不白。飢餐玉芝坐雙鳳，渴收石髓煮金液。海月西照寧仙橋，道人橋頭吹紫簫。夜半雞鳴日毬躍，扶桑滾滾生紅潮。

【箋】

〔一〕滄洲，唐置清池縣，治所在今河北滄縣東南。明洪武二年，遷至長蘆鎮（今河北滄州），屬河間府，著名的長蘆鹽即産於此地。此詩中之「滄洲」未必實指，滄洲道人，亦不詳。據詩意，疑作於嘉靖初年閒居開封時。

送李帥之雲中〔一〕

黄風北來雲氣惡，雲州健兒夜吹角〔二〕。將軍按劍坐待曙，紇干山摇月半落〔三〕。槽頭馬鳴士飯飽，昔爲完衣今繡襖。沙場緩轡行射鵰，秋草滿地單于逃。

【箋】

〔一〕雲中，原爲戰國趙地，秦時置郡，治所在雲中縣（今山西大同、内蒙古托克托東北）。漢轄境較小，唐時較廣，有時泛指邊關。韓非子喻老：「故雖有代、雲中之樂，超然已無趙矣。」李帥，或即李介，字守貞，高密人，見本卷送李中丞赴鎮箋。弘治十年夏，蒙古兵掠大同，朝廷命李介兼左僉都御史，往督軍餉，且經略之。「比至，寇已退，乃大修戎備。察核官田牛具錢還之軍，以其資償軍所逋馬價，邊人感悦。先後條上便宜二十事。卒，贈尚書」（明史李介傳）。據詩意，疑作於弘治年間任官户部時。

〔二〕雲州，即雲中。唐貞觀十四年置州，天寶初改雲中郡，乾元初復改雲州。在今山西大同、内蒙古托克托東北。

〔三〕紇干山，即紇真山，在今山西大同東北。與陽高接界。元和郡縣圖志卷十四雲州雲中縣：「紇真山，在縣東三十里。虜語紇真，漢言三十里。其山夏積雪霜。」

【評】

皇明詩選卷五李舒章曰：獵獵風生。宋轅文曰：矯健如秋鶻摩空。

朱琰明人詩鈔正集卷五：夏磊軒云：「空同最工起勢。」又有送李中丞赴鎮詩云：「黄雲横天海氣惡，前飛鶖鶬後叫鶴。陰風夜撼醫巫閭，曉來雪片如手落。」亦極激昂磊落。

贈張生〔一〕

男兒三十骨格成，貧賤富貴皆天生。張生廣額日月角，自幼勤書飽文學。十年雌伏人不知，一日雄飛動河嶽。君不見宋朝宰臣云姓周，少時坎坷風塵游。偶然夜夢更美鬚，泥蟠遽爾行天衢。

【箋】

〔一〕張生，或指張含，生平見贈張含二首（卷十二）箋。張含七次會試，不第，夢陽作此詩以安慰之。該詩疑作於嘉靖初年詩人閒居開封時。

送王封君還四明〔一〕

季札如魯請觀周，子長足跡半九州。向平且然志五嶽，誰肯齷齪終一丘。封君昨年出吴越，長嘯梁園醉秋月。春風垂楊綰不住，便復歸山采薇蕨。鑑湖花開雲錦浮，鳧鷖前導紅蓮舟。餐霞坐收赤城氣，晞髮卧看扶桑流。古云徐卿白不憂，君亦滚滚生公侯。君不見大郎繡衣昔持斧，聲名赫赫今臺府。

【箋】

〔一〕封君，受有封邑的貴族。漢書食貨志下：「封君皆氐首仰給焉。」顔師古注：「封君，受封邑者，謂公主及列侯之屬也。」明方孝孺遜安堂記：「古之君子居乎位者衆矣，其子孫食其餘澤，大者或爲封君，遠者或數十世而不墜。」閱通典職官十六，亦指因子孫顯貴而受封典者。王封君，不詳。

四明，山名。在浙江寧波西南。自天台山發脈，綿亘於奉化、慈谿、餘姚、上虞、嵊縣等縣境。有二百八十二峰，相傳群峰之中，上有方石，四面如窗，中通日月星辰之光，故稱四明山。

何儀賓生日贈歌〔一〕

賓客白馬黄金鞭，入門長揖皆峨冠。堆冰五月窗閣冷，風簾碧簟光琅玕。主人平生貴然諾，季布一言重山嶽。人聞杜良數郡至，坐無車公衆不樂。列筵解帶羅庶羞，萬年爲壽千金酬。向夜銅槃灼絳蠟，鳳笙龍笛何啾啾。

【箋】

〔一〕夢陽作明故何君合葬志銘（卷四十六）云：「何儀賓文昱者，我從孫外舅也。一日李子酒會，要何不來，問何何不來也，曰奔母喪耳。」即其人。明代宗室女婿稱儀賓。夢陽文作於嘉靖元年（一五二二），則該詩當稍前作。

七夕贈王昌程誥〔一〕

橘酒椒羊召朋侶，擬向今宵看牛女。雨來颯颯楓林秋，張燈促燕開東樓。王侯既駕鐵馬立，前驅北首旌旗濕。程生買棹亦欲歸，長江南望雲飛飛。人生去住料豈得，一日同歡有南北。君不見雙星一水意脈脈，轉眼陰晴不可測，且倒金尊澆我萬古之胸臆。

【箋】

〔一〕王昌，不詳。疑爲夢陽於開封所收弟子。程誥，字自邑，歙縣人。生平見孤鵠篇壽程生大母（卷七）箋。據詩意，似作於正德九年（一五一四）後詩人閒居開封時。

再送沈生〔一〕

去年酌汝池蓮紅，今年酌汝黄菊叢。秋風颯颯吹枯蓬，飄轉向西忽復東。世情敬貴不敬賢，黄金不多人不憐。如脂白玉隱在璞，孰肯剖致君王前？白河馬歸玄雁起，南陽賓客梁園比。送君高歌杕子篇，修竹檀欒夾池水。

【箋】

〔一〕沈生，不詳。夢陽有汴河柳送沈生詩（卷二十一），或即此人。據詩意，似作於嘉靖初年詩人閒居開封時。

李夢陽集校箋卷二十二　七言古五

題詠

李進士醉歸圖①〔一〕

誰將一幅雪白絹，放筆横掃黄金殿。五雲飛花白片片，李生胡此開生面〔二〕。御河塵昏楊柳暮，彷彿初罷南宫宴。皇帝龍飛十二春，同時三百登要津。曹生李生余最親，曹甥李也傳經人。光耀雖云丈夫末，不聞致君須致身。自汝白手扣閶闔，想像紫陌行騏驎。曹留李歸事亦變，李生意氣圖中見。醉歸扶起杏林下，眼花熟人無識者。飛鳥來窺進士巾，遊絲故罥誇官馬。即論此馬亦有神，畫出紫焰方瞳真。嚼勒齧膝如待人，長行大步不動塵〔三〕。絡頭軨鞭純用銀，細巧似織翻江鱗。汝昔出門驢無騎，曹生共被甘鹽齏。比許欲入周召列，成就耻與蕭朱齊。於乎！男兒一旦榮幸果如此，生不報國老空悔。

【校】

①詩題，弘德集、黄本、曹本、李本、四庫本均作「李進士醉歸圖歌」。

【箋】

〔一〕據「曹生李生余最親，曹甥李也傳經人」一聯，李進士，疑即李濂，生平見田居左生偕二李見過二首（卷十七）箋。按，夢陽有王豸使既返東月皎升乃與李曹二子徑觴吹臺之巔口占柬王子（卷二十七）詩，作於嘉靖元年，蓋此詩當作於正德末年。

〔二〕「李生胡此開生面」，杜甫丹青引贈曹將軍霸：「將軍下筆開生面。」

〔三〕「長行大步不動塵」，杜甫麗人行：「黄門飛鞚不動塵。」

鄭生畫像歌〔一〕

巖風颯颯樹葉赤，秋林紫氣丹丘積。問君胡爲坐石根，微吟極望天雲昏。南歸舟楫杳將滯，故園花鶯①當復存。浚儀張生好作筆〔二〕，貌爾形似兼其魂。細模妍描豈乏手，傳真水月煙中柳。意氣朗如千里骨，精神合居萬人首。憶昨觀君飛射時，彎弧走馬實男兒。更求張筆須傳此，欲識豪雄豈啻詩。

【校】

①花鶯，四庫本作「鶯花」。

【箋】

〔一〕鄭生，指鄭作，見和方山子歌（卷八）箋。據詩意，似作於正德九年後詩人閒居大梁時。

〔二〕浚儀張生，疑爲張路。雍正河南通志卷七十一方伎開封府：「張路，號平山，祥符人。工畫，人物獨絶，一時併李空同文、左國璣字，稱『三絶』云。」據詩意，張路似爲鄭作畫像。

畫魚歌〔一〕

呂公手持畫魚障，清晨挂我北堂上。島嶼晴開雲蕩蕩，衆魚出没隨風浪，四壁蕭蕭起寒漲。嗟此數尺障，天機妙入神。信手掃絹素，慘淡開金鱗。濠梁斷裂東津遠，任公掣釣滄溟晚。此時天黑衆魚出，黿鼉徙穴蛟龍返。或言乘潮萬魚集，細小亦趁雲雷入。咫尺波濤有得失，崛强泥沙恐難立。細觀又似洪河風，崑崙既道龍門通。霹靂殷殷行地中，鯉眼下射盤渦紅。非獨一身生羽翼，亦有數子隨飛龍。山根小魚更無數，鱣鮪昂藏噴煙霧。美人修竿淇水闊，漁子孤舟洞庭暮。我生好奇古〔二〕，覽畫心不動。呂公此障誰爲之？令我一見神色竦。想當經營始，筆端萬鈞力。五湖齊傾四海立，空窗滚滚拔浪急。陽侯逆走天吴泣，不然千魚萬魚何由集？我聞神怪物，變化不可料，點睛破垣古有兆。即恐風雷就壁起，饔人揮刀莫相笑。

【箋】

〔一〕首句中吕公，即吕紀，字廷振，號樂愚，鄞縣（今浙江寧波）人。孝宗弘治年間任錦衣衛指揮。善畫，山水人物俱工，獨以翎毛得名，其設色鮮麗，生意藹然，爲當時畫壇所宗。按，弘德集卷十九收此詩，疑當作於弘治末年任官户部時。

〔二〕「我生好奇古」，杜甫題李尊師松樹障子歌：「老夫平生好奇古。」

林良畫兩角鷹歌①〔一〕

百餘年來畫禽鳥，後有吕紀前邊昭。二子工似不工意，吮筆決眥分毫毛。林良寫鳥秖用墨，開縑半掃風雲黑。水禽陸禽各臻妙，挂出滿堂皆動色〔二〕。空山古林江怒濤，兩鷹突出霜崖高。整骨刷羽意勢動，四壁六月生秋飀。一鷹下視睛不轉，已知兩眼無秋毫。一鷹掉頸復欲下，漸覺颯颯開風毛。匹綃雖慘淡，殺氣不可滅。戴角森森爪拳鐵，迴如愁胡眥欲裂〔三〕。朔雲吹沙秋草黄，安得臂爾騎四②驥？草間妖鳥盡擊死，萬里晴空灑毛血〔四〕。我聞宋徽宗，亦善貌此鷹。後來失天子，餓死五國城。乃知圖寫小人藝，工意工似皆虚名。校獵馳騁亦末事，外作禽荒古有經。今皇恭默罷遊燕，講經日御文華殿。南海西湖馳道荒，獵師虞長俱貧賤。吕紀白首金爐邊，日暮還家無酒錢。從來上智不貴物，淫巧豈敢陳王前。良乎，良乎！寧使爾畫不直錢，無令後世好畫兼好畋。

【校】

①歌，弘德集無。　②四，四庫本作「駟」。

【箋】

〔一〕林良字以善，廣東南海人，正德間官錦衣衛指揮。善畫工筆花果翎毛及水墨山水，精工，隨意數筆如作草書，能脱俗氣。事見李中麓閒居集卷六畫品又序、畫史會要卷四等。按，弘德集卷十九收此詩，疑當作於弘治末年任官户部時。

〔二〕「挂出滿堂皆動色」，杜甫戲爲韋偃雙松圖歌：「滿堂動色嗟神妙。」

〔三〕「迥如愁胡眥欲裂」，杜甫王兵馬使二角鷹：「目如愁胡視天地。」

〔四〕「草間妖鳥盡擊死，萬里晴空灑毛血」，杜甫畫鷹：「何當擊凡鳥，毛血灑平蕪。」

【評】

清沈德潛明詩别裁集卷四：從畫説到獵，從獵開出議論，後畫獵雙收，何等章法！筆力亦如神龍蜿蜒，捕捉不住。

清汪端明三十家詩選初集：此詩可謂空同七古壓卷，而摹杜有痕，終不免努目嚼齒之狀，仲默所以有「古人影子」之誚也。

吴偉松窗讀易圖①〔一〕

仄巖泉流石無數，素壁濛濛起煙霧。君家屋宇在城市，何以堂上生松樹〔二〕？側聞江夏生，氣酣掃毫素。絶筆風雷拔地起〔三〕，意匠鑿天天爲怒。泰山古根生眼前，俄頃縮出徂徠山。懸蘿挂薜梟梟黑，復有草舍松之間。窗間老人鬢髮禿，手翻一編周易讀。空山瑟瑟②翠濤激，長干冥冥暮花撲。遠知既已死，希夷不復作〔四〕。青丘石室杳何許，恍然置我此溪壑。翻愁一夕雷電入，六丁追書上寥廓。又畫石下根，屈曲如老龍，胡奴瞑踏孤岩崧。蓬頭赤脚露兩肘〔五〕，月明汲泉山澗中。却憶③前年召畫師，江夏吴生亦與之。短褐垢臉見天子，禮貌雖村骨格奇。帝令待詔仁智殿，有時半酣被召見。跪翻墨汁信手塗，白日慘淡風雲變。至尊含笑中官羨，五侯七貴争看面。請觀此幅松舍圖，黄金失價連城賤。吴生吴生太氣岸，一言不合輒投硯。

【校】

①目録原題作「松窗讀易圖歌」，據正文詩題改。弘德集作「吴偉畫松窗讀易圖歌」，黄本、曹本、百家詩作「吴偉松窗讀易圖歌」。②瑟瑟，原作「琴瑟」，據弘德集、黄本、百家詩改。③憶，四庫本作「意」。

【箋】

〔一〕吴偉字士英，更字次翁，號小仙，江夏（今屬湖北武漢）人。明憲宗時待詔仁智殿，孝宗授錦衣百户，賜「畫狀元」印章，稱疾，退居秦淮。武宗即位，遣使召之，未就道而中酒死。善畫山水人物，妙入神品，落筆健壯，白描尤佳。事見李中麓閒居集卷六畫品又序、畫史會要卷四等。據詩意，疑當作於弘治末年詩人任官户部時。

〔二〕「何以堂上生松樹」，杜甫奉先劉少府新畫山水障歌：「堂上不合生楓樹。」

〔三〕「絶筆風雷拔地起」，杜甫戲爲韋偃雙松圖歌：「絶筆長風起纖末。」

〔四〕遠知，即唐道士王遠知。希夷，即宋道士陳摶（號希夷）。

〔五〕「蓬頭赤脚露兩肘」，杜甫述懷：「衣袖露兩肘。」

【評】

楊慎李空同詩選：如此結，方合作。

鍾欽禮山水障子圖①〔一〕

鍾子始學戴文進，後來頗自出機軸。山林槎枒波漫靡，骨格雖傳氣不足。此幅樹石差可意，綴得茅堂傍江麓。連山遠勢亦可取，轉折頗似瀟湘曲。竹嶼陂陀九疑隔，蒼梧洞庭濕雲白。黄陵美人把瑶草，天寒日暮行空澤。鷓鴣雙飛鴻雁宿，槲樹颯颯江水碧。細看谷口花，又疑武陵源。孤舟欲往不可得，對此彷彿聞清猿。亭間更著四老翁，衣冠各異鬚眉同。紫芝山深石漠漠，悵望萬里來悲風。人生有形貴自適，我今胡爲塵埃中，觀盡感事面顔紅。有畫如此何必工，歌徹目送滄洲鴻。

【校】

①目録原題作「鍾欽禮山水障子歌」，據正文詩題改。弘德集作「鍾欽禮畫山水障子圖歌」，曹本、百家詩作「鍾欽禮山水障子圖歌」。

【箋】

〔一〕鍾欽禮，即鍾禮，字欽禮，上虞（今屬浙江）人，號南越山人，又號一塵不到處。弘治間，以繪事被徵，直仁智殿。善畫山水，尤以雲山、草蟲見長，事見畫史會要卷四。該詩疑當作於弘治年間詩人任職户部時。

贈郭氏畫登遊快閣①〔一〕

昨朝快閣舉目無〔二〕，江湖凭闌二豪俱。徘徊把杯思，欲丹青寫之人則無。城中郭清狂，一生弄丸戲洪罏。方瞳如水霜半顱，展紙爲掃登閣圖，邑城隱見林木扶。畫我快閣上，半天風立樓觀孤。急流波濤沸欲動，前山雷雨勢可呼。二豪意態各亦足，彷彿指説荆與巫。回顧東海猶一盂，是日南風萬船集江隅，郭亦畫出檣之烏。精密似跨北海杜，筆力頗凌江夏吴。江中流雲西北徂，又若萬里獨往朝京都。我心與客方念此，郭能畫之真奇士！

【校】

①目録原題作「贈郭氏畫登遊快歌」，據正文詩題改。曹本作「贈郭氏畫登游快閣歌」。

【箋】

〔一〕郭氏，即郭詡，字仁弘，號清狂道人，江西泰和人。善畫，遍歷名山。弘治中徵天下善畫者，應詔京師。寧王宸濠「召與語，輒辭謝之。往依王守仁，獻畫題詩，以見志」（佩文齋書畫譜卷五十六）。韓昂圖繪寶鑑續編稱其「山水人物俱臻其妙，凡繪古人清士，皆有題跋，縉紳無不重之」。

〔三〕快閣，在江西泰和縣東。見快閣引（卷二十二）箋。該詩疑作於正德七年（一五一二）夢陽任江西提學副使視學吉安府時。按，夢陽江西按察司副使周君行實（卷五十八）曰：「正德七年，閏五月二十六日，江西按察司副使周君攻華林賊，戰死之，其子幹救之，戰亦死。時予在泰和。」

觀序上人所藏陶成畫菊石歌〔一〕

陶生畫菊石，潦草有筆力。此石與此菊，今爲序公得。兩株徙倚石根前，古石苔蘚屈連錢。復有餘株散在地，平坡雜草青烟緜，回株點綴花翩翩。含姿弄態不一足，背向纖穠皆可目。突如大家貴介女，珠翠雖摇氣莊肅。近時名手計汝和〔二〕，此生筆力方之過。江東徐霖學畫石，效顰差勝王與何。亦知神品多冥契，下筆巉巖拓高勢。石磊磊兮菊漫漫，清霜古路花斑斑，遠意頗類東林山。東林昔築蓮花臺，彭澤攢眉不肯來，歸家對菊獨銜杯。序公叢林號白足，不重蓮花番重菊。終然畫餅不充腹，何如種向西山麓〔三〕。秋林寒芳采服食，煮石煉藥亦爲得。愛鷹愛馬古有之，不獨序公何太息。

【箋】

〔一〕序上人，不詳，京城某寺僧，即序公。夢陽有晚過序上人、再過序公月夜（卷二十五）、夏日過序公（卷三十），晚過序公戲贈並喜徐編修縉迹訪二首（卷三十五），均爲一人。該詩當作於弘治末年詩人任職户部時。陶成，字懋學（一作孟學），號雲湖仙人，寶應（今屬江蘇）人，成化七年舉人。天性落魄，工詩、畫、篆、隸，畫山水多用青緑，尤喜作鈎勒，竹及兔、鶴、鹿等皆妙。名冠當時。石渠寶笈卷十七録其菊花雙兔圖一軸。

〔二〕計汝和，即明代畫家計禮，號懶雲，浮梁（今屬江西景德鎮）人，天順八年（一四六四）進士，官至刑部郎中，以畫菊著稱，事見道光浮梁縣志卷十三、明畫録卷八等。下句「江東徐霖」，指蘇州人徐霖，也是弘治、正德時期書畫家。

〔三〕西山，山名。在北京西郊。見離憤（卷九）箋。

題畫〔一〕

雪城陰陰氣蕭瑟，鄭生提畫來相訪。面顏戚促意不樂，告我欲買南行舫。覽畫指點色惆悵，雨倒江翻拔層浪。君不見江上蓑笠翁，歸遲水逆憂天風。

其二

江寒雨急莽無路，漁人撒綱乘煙霧。魚蝦瑣細不直錢，汝休輕觸蛟龍怒。展畫見此心中悲，犯險覓利古所卑。只今風浪無晨暮，爲問安流歸者誰〔二〕？

【箋】

〔一〕鄭生指鄭作，見和方山子歌（卷八）箋。據詩意，似作於正德九年後閒居開封時。

〔二〕「爲問安流歸者誰」，杜甫雨不絶：「未待安流逆浪歸。」

張侯藏張翬山水歌①〔一〕

張翬有名成化間，大塗小抹成山水。樹石燥硬筆意古，往往人間落片紙。此幅麤淺色更枯，或謂非翬出其子。張侯識鑒天下精，物物如金見沙底。爾家圖畫千萬軸，素壁高堂安用此？寧知上智不滯物，牝牡不貴貴者骨。尺山即如對玄圃，草屋臨崖氣出没。崖根林堂頗清迥，遠雲澹浥開秋嶺。霜蘿細紆巖檻暝，昏猿接挂花溪静。自從去年抛棄官，夢想山遊駕江舸。見此拂衣便欲往，攀緣轉玩情無那。崖亭更著一人坐，斗絶看書樹婀娜。張侯豪曠人共知，敏捷言談皆勝我。鹽車鬱没騏驥棄，蹇拙逢時每相左。崑崙洞庭不我隔，異時倘結煙霞果。

【校】

①「山」上，弘德集有「畫」字。

【箋】

〔一〕張侯，不詳。張翬，字文翥，太倉（今屬江蘇）人，明成化時期畫家，山水畫宗宋代夏珪。此詩疑作於正德年間閒居開封時。

畫馬行〔一〕

嗚呼驊騮不可見，世人任耳不任目。玉勒金羈滿地行，可道中無千里足。君收此馬畫者誰，凝豪苦意求其骨。尺縑颯爽毛鬣動，凌風似欲真馳突。曹霸畫馬無此精，拂拭慘澹神氣生。細觀決非近代物，印押剥落無姓名。四海只今多戰争，安得此馬一敵萬，絡頭騎出千人驚，擒戎破虜任横行。

【箋】

〔一〕弘德集卷十九録此詩，疑當作於正德年間。杜甫畫馬詩最有名，如題壁上韋偃畫馬歌、丹青引贈曹將軍霸、韋諷録事宅觀曹將軍畫馬圖歌、畫馬贊等。此作對杜詩有所學習與繼承，意境亦深。

西山湖春遊圖歌〔一〕

我家挂出西山圖，上有西山下西湖，上堂見者怒氣麤。問客何所怒？何得生此嗔？縱使撑天拄地無比倫，古人局量非今人。罅閒雖添兩秃松，孰與遠勢開心胸？銀山鐵壁皇陵東，彷彿下走追飛龍。一曲一折苦①不易，可憐片素騰雲氣。落花冥冥萬壑静〔二〕，白日杲杲千巖碎。森沉不見雷霆仗，照爍盡壓金銀寺。回思開疆帝秉鉞，燕山突立五鳳闕。錦繡離宫巀嵲入，龍歡水戲滄溟竭。君不見輦道哀湍瀉，松柏摧枯虎出没。至今守僧住湖傍，瑠②璃涌動黿鼉忙。事關體統畫合諱，點綴半露還半藏。伊昔休沐屢憩此，耳邊尚戛金琳琅。上林花艶何所無，東風只恁吹西湖。夾岸小杏欲爛熳，騎驢紗帽西郭途。同行康何咸我徒〔三〕，秖須十錢買尺魚，旋挑土薺甘如酥。朝來青，暮望湖，來青，軒名。望湖，亭名。紫衣行童隨挈壺。大者鼓簧小吹竽，爛醉花下烏每呼。汝曹何處吾已翁，十年獨看梁園紅〔四〕。傷心痛定忍復説，回首萬事真匆匆。嗚呼！故舊離合誰獨無，使我不悲堂上圖，使我不悲堂上圖。

【校】

①苦，四庫本作「若」。　②瑠，弘德集作「琉」。

【箋】

〔一〕從詩中「汝曹何處吾已翁，十年獨看梁園紅」句，可知該詩當作於正德十三年（一五一八）左右。按，夢陽於正德三年八月被釋，離開京城，至今已十年之久，故云。夢陽由西山湖春游圖憶起弘治年間與諸友人遊玩京郊的情景，詩中「銀山鐵壁」、「金銀寺」、「來青」、「望湖」皆京郊西山名勝。

〔二〕「落花冥冥萬壑静」，杜甫憶昔行：「千崖無人萬壑静。」

〔三〕康何，指康海、何景明，弘治年間諸人會聚於京城，常一起賦詩、飲酒、遊賞，爲時人所稱。

〔四〕「汝曹何處吾已翁，十年獨看梁園紅」，杜甫冬狩行：「飄然時危一老翁，十年厭見旌旗紅。」

畫竹行

鄢陵王孫稱竹溪〔一〕，手自栽竹堂東西。已詫白晝雷雨入，遽使六月秋雲低。王孫拈筆傳竹神，不得乃憶能傳人。黄筌異世與可滅，本朝頗數東吴真〔二〕。一幅千金擲不惜，有時客來挂之壁，壁上階前翠相射。風行琳琅戛摩仄，四座慄慄生寒色。陂陀沙嶼意勢遠，洞庭木落瀟湘晚。白雲悠悠去不返，叢篁寂寞雙妃怨。於乎畫形難畫心，黄陵鷓鴣啼至今。月不常盈日中昃，人生何必長悲吟！堂有佳賓膝有琴，美酒一酌還一斟。竹溪子斟竹葉，歌竹枝，醉據玉案吹參差。左杯酹竹右畫師，李乎孔乎吾則誰？更須名手畫六逸，併畫王孫逸爲七。

【箋】

〔一〕鄢陵，北魏置，治所在今河南鄢陵西北，明屬開封府。鄢陵王孫，似指明藩王之子孫。正德中之鄢陵藩王有靖簡王朱同鋖（弘治元年以鎮國將軍襲封，在位二十八年，正德十年薨）與端僖王朱安沅（正德十六年襲封，在位十九年，嘉靖十八年薨）。夢陽於正德十二年（一五一七）作鄢陵縣城碑，據詩意，疑當作於正德十二年前後詩人閒居開封時。

〔二〕「本朝」句，東吴，當指蘇州人徐霖，字子仁，號髯仙，自幼寓居南京。善畫菊石松竹，正德年間聲馳海内。事見本朝分省人物考卷十三等。

題京口人山水圖〔一〕

青山逶迤如北固，山下彷彿京口樹。茅堂花蹊三月暮，萋萋舊草春遊路。一從畫師掃煙墨，客堂日夜流江色。江色依微帶甕城，遊子歸魂逗南北。

【箋】

〔一〕此詩，弘德集卷十九收録，疑當作於正德年間，亦或作於嘉靖七年赴京口就醫時。

題畫摇筆成詩①〔一〕

去年得歸離江州，七日遂登黄鶴樓。南風捲江浩呼洶，㕒轟欲翻鸚鵡洲。七澤莽昧不入眼，孤舟屈曲襄河轉。數月已擲檀家湖〔二〕，夢飛每到羊公峴〔三〕。峴脚山南東道樓，秦川公子醉悲秋。檻邊斑竹古猶活，雲石寂寞蒼梧愁。重華馭遥不可叫，白沙黑猿疏樹幽。看圖彷彿曾遊處，素壁青天漢水流。

【校】

①「摇」，弘德集作「掃」。

【箋】

〔一〕據詩意，當作於正德十年（一五一五），即詩人自江西返回大梁之次年。

〔二〕檀家湖，不詳。三國志蜀書先主傳中有「檀溪」之記載。水經注沔水謂檀溪即襄水，「水出縣西柳子山下，……又北逕檀溪，謂之檀溪水，……溪水傍城北注，……北流注於沔」。在今襄陽西南。此檀家湖當與檀溪有關。

〔三〕羊公峴，即峴山，一名峴首山，在今湖北襄陽南。晉書卷三十四羊祜傳：「祜樂山水，每風景，必造峴山，置酒言詠，終日不倦。」及羊祜卒，「襄陽百姓於峴山祜平生遊憩之所建碑立廟，歲時饗祭焉。望其碑者莫不流涕，杜預因名爲墮淚碑」。

【評】

楊慎李空同詩選：近似太白。

錢選畫張果圖歌①〔一〕

張果者，中條山人也，武后聞其有道術，召之。果遽死，後復出，往來汾、晉間。玄宗使李嶠齎璽書造請焉，果至，舍集賢院。詔肩輿入禁中，問治理神仙之事，帝悦焉，欲以玉真公主妻果，果不從，辭還山。果蓋剪紙驢乘之，不則折收巾笥中。而錢圖故落於俗家，今爲沔守李得矣。

張翁紙驢真有無，錢也何意傳其圖。印記雖明幅斷裂，李侯完之亦奇絶。所恨圖尾錢有詩，就蛇添足將無癡。憶昔翁來集賢院，入宫詔許肩輿便。一日聲名人主動，千年面目吾今見。帝貌深沉玉榻雄，侍人一異三人同。漢皇信有瑤池降，秦始枉慕蓬萊通。玄言未竟鈴殿風，寸驢躍出青箱空。有僮追捉雙眼紅，此驢蹩躠盤當中。李侯一看一絶倒，每稱獨苦嗟良工。細觀張翁骨格古，徐福五利寧其伍。曰嬪真令天下疑，遄歸轉覺皇心蠱。長生殿前牛女辰，廣寒仙桂舞鸞身。世間但識申師巧，誰解中條放浪人。

【校】

①「果」下，弘德集有「見唐皇」三字。

【箋】

〔一〕錢選字舜舉，號玉潭，吴興（今浙江湖州）人，南宋景定間鄉貢進士。善畫人物山水，花木、翎毛師趙昌，青緑山水師趙千里，尤善作折枝，其得意者，自賦詩題之。事見畫史會要卷七。小序中「沔守李」指李濂，夢陽作有結交行贈李沔陽。正德十年，李濂官沔陽太守，該詩疑當作於正德十年或稍後閒居開封時。

周文静畫雪山圖歌〔一〕

周生雪山世稀見，遠水近水一匹練。玉崖嶔崟插湖脚，粉筆徐移掃高閣。瓊枝鐵柯兩迴亞，龍鱗犀甲欻參錯。林風颯颯急霰起，白日冰花逐毫落。天愁地慘意各出，霧合飆回勢逾惡。人言四時冬最難，周生善雪仍善山。虚堂突立萬仞壁，尺素乍轉千重灣。彷彿寒封洛陽道，得無白擁藍田關。袁安甘卧幾時起，退之遭竄終召還。倚山亭亭一孤松，仄崖峭壑盤其中。分毛聳幹一何傑，畫者有意排嚴風。君不見古來梁棟必此物，願君愛之頻拭拂。

【箋】

〔一〕周文静，即周文靖，長樂（今屬福建）人，宣德間嘗徵入直仁智殿。工山水畫，尤長於古松。「蒼潤精密，筆力古健，醞釀墨色，各臻其妙。山水學夏珪、吴鎮，人物、花卉、竹石、翎毛、樓閣、牛馬之類，咸有高致」（佩文齋書畫譜卷五十五）。按，弘德集卷十九收録此詩，疑當作於正德年間。

題畫山水送人還歙①〔一〕

黄山沙溪杳何許，圖之山水無乃是。軒轅宫，宰相里，山人一出彌荆杞。石林漠漠蹊徑苔，霜鶴夜悲猿嘯哀〔二〕。紅顔踪跡半湖海，白頭覽畫思歸來。溪頭繫一船，畫師本無意。

宛如倦游者，無復舟航事。水雲迤邐山雲高，静定方知動者勞。回思少日歡娱地，至今夢寐猶波濤。

【校】

①目録原題作「題畫送人還歙」，據正文詩題改。弘德集題作「題山水畫送汪三還歙」。

【箋】

〔一〕據弘德集詩題，「送人」即送汪三。疑當作於正德年間閒居開封時。

〔二〕「霜鶴夜悲猿嘯哀」，杜甫登高：「風急天高猿嘯哀。」

壽兄圖歌〔一〕

猗嗟我鳳生三雛，一雛成立少者殂〔二〕。爲巢抱卵兩不易，自挺獨立身羈孤。兄既躬耕濁河岸，弟亦塌翅青雲途。兒長女大願各足，雞肥酒熟時相呼。仲氏吹篪塤者伯，兄今六十我半百。敢言意氣激隤俗，要使紛紛睹標格。大梁張路固好手〔三〕，湖州生絹照眼白。當堂掉臂掃丹墨，倏忽老面開生色。盤松葳蕤雜花遠，雲屏石几文茵軟。靈芝底出琅玕瓶，蟠桃突磊琉璃椀。鶴行昂藏疑欲啄，復綴山麋意逾宛。大公烏紗微俯身，中心愛弟愛復親。次公氅服青羅巾，傍兄祇順情性真。壺陳爵設即未舉，儼如酬勸言辭諄。其言伊何懷二人，飄風烈烈吹三秦。銜悽西望道路阻，高丘莽沓狐兔鄰。又如自叙傷夙昔，衰①暮安寧思苦辛。季冬十日兄生日，今日天開皎日出。長裾珠履座上滿，剥羜椎牛酒盈室。此時此圖挂之壁，觀者嗟咨黯如失。二公揖遜恰相向，回看乃在畫圖上。骨法形神各不疑，輿臺緝御俱惆悵。逶迤拂拭諸欲動，展轉顧惜嗟宗匠。瓶中梅菊誰致女？倒映芝桃故相蕩。韡灼真回綺席春，芳香解溢金罍卺。兄今健飯猶廉頗，丹砂我煉尋黄婆。復聞張生善山水，買絹請掃青嵯峨。嵯峨一掃一千幅，一年一幅南山歌。

【校】

①衰，四庫本作「哀」，似誤。

【箋】

〔一〕兄，指夢陽兄李孟和，事跡具高叔嗣蘇門集卷七大明北墅李公墓表。詩曰：「兄今六十我半百。」夢陽族譜家傳（卷三十八）曰：「孟和，吏隱公子，字子育，爲散官。初名茂。天順五年十二月十日亥時生。娶孟氏。」天順五年爲一四六一年，至正德十六年，正好六十歲。然古人一般生日逢「九」，夢陽壽兄序（卷五十七）曰：「正德庚辰之歲，李有長公者，年六十矣。十二月十日，其生辰也。」夢陽與孟和情厚。故該詩當作於正德十五年（一五二〇）冬，時詩人正閒居大梁。

〔二〕夢陽父李正生有三子：孟和、孟陽（後改夢陽）、孟章。孟章早卒。夢陽族譜家傳：「孟和，吏隱公子，……夢陽，吏隱公第二子。初名萃，娶左氏。孟章，吏隱公第三子，字汝含，成化十七年十月十三日午時生，弘治十二年十一月二十日子時卒，年十九歲。」即詩中所云：「猗嗟我鳳生三雛，二雛成立少者殂。」

〔三〕大梁張路，號平山，祥符人。王畫，尤擅畫人物，大梁人稱李夢陽文、左國璣字、張路畫爲「三絶」。事見雍正河南通志卷七十一。

游覽

登天池寺歌〔一〕

廬山絶頂天池寺，鐵瓦爲堂白石柱。傳言周顛勞聖祖〔二〕，天眼尊者同顛住。巉絶下闞無底壑，屈曲穿緣惟一路。頃屬秋晴强攀陟，俯之四海生雲霧。岷峨纍垂西向我，杳杳長江但東注。君不見寺東崖石鐫竹林，穹碑御製山之岑。周顛胡不留至今？周顛胡不留至今？虎啼日暮愁人心。

【箋】

〔一〕天池寺，在今江西九江西南五十里廬山天池峰南。明一統志卷五十二南康府：天池寺，「在廬山巔有一池名天池，寺因以名」。雍正江西通志卷十二山川南康府：「天池峰，在天池寺北。其寺，明嘉靖中僧明瑶重修，佛殿覆以鐵瓦，天池在殿前，仰而上出，故云。寺南有文殊巖，西南有舍利塔，西有文殊臺，其下邃谷，夜有光出，是爲佛燈。」按，夢陽九江謁濂溪先生祠告文（卷六十四）曰：「維正德六年，歲次辛未，秋八月，中順大夫江西按察司副使後學關西李某，以巡視事至九江府。」又據詩中「頃屬秋晴强攀陟，俯之四海生雲霧」句，該詩當作於正德六年（一五一一）秋詩人初登廬山時。

〔二〕周顛，明江西建昌人，無名。朱元璋克南昌，謁道左，隨至南京。從征陳友諒，旋以妄言惑軍心，投之江中，未死。陳友諒平，朱元璋遣使往廬山求之，不得，疑其仙去。洪武中，太祖親撰周顛仙人傳，紀其事。

御製廬山周顛碑歌①〔一〕

廬山絶頂白鹿臺，上有御製周顛碑。石龜下蹲高結螭，天葩震烈雲漢回，文古兩漢仍過之。憶昔草昧龍虎鬬，黄旗紫蓋顛能知。顛也似真還似癡，帝非感悟寧用兹。百年勢移功漸泯，碑亭毁裂將及碑。訶持白晝鬼神泣，光耀天陰雷電隨。先朝雖允僧奏札，修葺其如歸有司。有司有司顛莫疑，試看碑文碑後詩。

【校】

①詩題，弘德集作「廬山御製周顛碑歌」。

【箋】

〔一〕周顛，明初人。見登天池寺歌（卷二十二）箋。周顛碑，即朱元璋親撰之周顛仙人傳，碑立於廬山最高處白鹿臺。夢陽遊廬山記（卷四十八）：「乃東至白鹿臺，觀高皇帝自製周顛碑，高古渾雄，真帝王之文。然碑亭漸崩裂。」疑作於正德六年（一五一一）詩人初登廬山時。

遊棲賢橋歌〔一〕

雷泉峽激石巃嵸，日湍山陷回光動。吁嗟此壯觀，萬古誰爲開。渦黄潭黑窈莫測，秀黛碧玉何崔嵬。人言窟底有龍卧，氣吐白晝常風雷。去年重九登吹臺，翹望名山思婀娜。今年今日誰料吾？醉踏窮山躡磥砢。拂衣欲上萬仞壁，濯纓還就孤崖坐。秋風吹林猿狖語，浮橋横空梟相拄。嵐寒細飄瀑布雪，峰雲破碎芙蓉裂。金枝瑶草真有無，縹緲仙燈暮明滅。君不見此橋今千年，谷冷跡絶無人煙。巖劖苔蝕石漠漠，太白紫陽俱我前。對此不須更慘愴，明朝且上香爐巔。

【箋】

〔一〕棲賢橋，在廬山五老峰下白鶴觀之西。夢陽遊廬山記（卷四十八）：「自觀西北行數里，至棲賢橋，橋跨澗孤危，宋祥符間橋也。」按，詩中「去年重九登吹臺，翹望名山思嫋娜」二句，吹臺，在開封，可知詩人初至江西任提學副使。又夢陽九江謁濂溪先生祠告文（卷六十四）曰：「維正德六年，歲次辛未，秋八月，中順大夫江西按察司副使後學關西李某，以巡視事至九江府。」該詩似作於正德六年（一五一一）八月，巡視九江，初登廬山觀瀑布時。

懷玉山歌〔一〕

懷玉之山玉爲峰，四面盡削金芙蓉。東峰破碎瀑布落，有潭十八龍爲宅。山頭草堂開者誰？斬木通道余心悲。白猿嘯雨巖竹裂，石路上天風樹吹。我聞龍乃變化物，群然卧此龍何爲？胡不滂沱惠下土，一洗四海無旌旗①。

其二

君不見懷玉山，山七盤，盤盤上無極。陰霾白日崖洞黑，隆冬雨路誰來得。稻田月池山上頭，半天有地今我遊。石壇剥落古佛棄，木落俯見東巖湫。湫中巨魚長如人，紅眼射日翻金鱗〔三〕。天台桃源在何許？采藥避秦此處吾告汝。

【校】

①旌旗，四庫本作「麾緇」。

【箋】

〔一〕懷玉山，在今江西上饒市玉山縣，明屬廣信府。見赴懷玉山作（卷十三）。按，夢陽有初度懷玉山有感（卷三十二），曰：「年今四十身千里，生日登臨寓此中。」初度，即生日。詩作於正德六年臘月（即公元一五一二年）夢陽三十九歲時。據此，該詩亦當作於此時，時夢陽正視學廣信府，並重建懷玉書院。見至懷玉山會起書院（卷十三）箋。

〔三〕「湫中巨魚長如人，紅眼射日翻金鱗」，杜甫沙苑行：「泉出巨魚長比人，丹砂作尾黄金鱗。」

鐵柱引〔一〕

豫章古城牙城南，何年鑿井置鐵柱。井深江通没不見，時寒水涸始一露。玩之非石亦非鐵，孤立差牙①若枯樹。人言旌陽鎖水母，此語荒唐奚所據。或云藉此壓江濤，兹理或有誰者勞。顧今伏臘盡奔走，歸美真君瑶殿高。金燈翠旗日來御〔二〕，雕闌玉檻圍周遭。俗論紛紛不須辨，秋風日暮塵滿縣。

【校】

①差牙，百家詩、四庫本作「槎枒」。

【箋】

〔一〕鐵柱宫，道觀，在江西南昌。始建於晉，有古井，中有鐵柱，相傳爲許真君鎮蛟所鑄。據詩意，似作於正德六年（一五一一）秋任江西提學副使在南昌時。

〔二〕「金燈翠旗日來御」，杜甫渼陂行：「金支翠旗光有無。」

快閣引〔一〕

四月月圓登快閣，天半晚窗雷雨入。邑中上客攜酒至，歐陽羅子咸來集。去年爲閣初築臺，我時登之雷雨來。神明似有兩歲約，晴霧欻值千山開。千山迴轉江中流，徙倚闌干增暮愁。夕日下看衡嶽破，波濤左顧匡廬浮。苦思昨年生盜賊，大江南接江之北。烽火遥連海岱紅〔二〕，殺雲眼見鄱陽黑。斯邑洶洶今始安，我今對酒能不寬？諸君稍減般移苦，百姓新回種植歡。北風江涌月東來，更説夙昔俱停杯。陰晴倉卒不自料，萬事恍惚誰能猜。潢池暫殄干戈釁，向隅猶抱瘡痍哀。勸君置此勿復道，放歌且與雲徘徊。

【箋】

〔一〕快閣，在江西泰和縣東。方輿勝覽卷二十江西路吉州堂閣：「快閣，在太和縣。」又，明一統志卷五十六吉州府：「快閣，在泰和縣治東澄江之上，以江山廣遠，景物清華，故名。」據詩意，疑作於正德七年（一五一二）詩人任江西提學副使視學吉安時。按，夢陽江西按察司副使周君行實（卷五十八）曰：「正德七年，閏五月二十六日，江西按察司副使周君攻華林賊，戰死之，其子幹救之，戰亦死。時予在泰和。」

〔二〕「烽火遥連海岱紅」，杜甫登兖州城樓：「浮雲連海岱。」

九江陸還南康望東林〔一〕

匡廬山北東林寺〔二〕，前年八月遊曾至。只今馬出蓮峰道，西望東林但縹緲。風吹槲櫟猿晝啼，卻憶石門臨虎溪〔三〕。舊聽石瀨尚在耳，雷燒碑樹今應死。

【箋】

〔一〕南康，即南康府，元至正二十二年（一三六二）朱元璋改西寧府置，治所在星子縣（今屬江西）。

其轄境相當今江西星子、永修、都昌等縣。據詩意，當作於正德八年夢陽任江西提學副使視學九江時。

〔二〕東林寺，在今江西九江南廬山西北麓。是中國佛教浄土宗（蓮宗）發源地。東晉名僧慧遠創建，南朝宋謝靈運鑿池種蓮，號蓮社。唐時揚州高僧鑒真東渡日本前曾到此。初爲律寺，宋改爲禪寺。南宋紹興間毁，明洪武六年（一三七三）重建。

〔三〕虎溪，廬山西北麓的一條小河。夢陽遊廬山記（卷四十八）曰：「下遊東林寺觀虎溪，又至西林觀塔，東又觀太平宫。」

觀水簾泉歌〔一〕

水簾瀑布人罕至，三級背懸五老峰〔二〕。磵石嵯岈路險澀，深窟風草吟蛇龍。自從開闢藏難見，可憐彼瀑蒙稱羡。走勢天晴萬古雷，流光㲼瞑常留電。亂峰雲走白日微，玩罷催君及早歸。鬼神忌才亦好静，恐有驟雨霑裳衣。

【箋】

〔一〕水簾泉，即今廬山東南的三疊泉瀑布。按，夢陽於正德八年夏六月作有遊廬山記（卷四十八），云：「過洞復並澗轉北，行數里，則至水簾。水簾者，俗所謂三級泉也。」該詩當作於正德八年

（一五一三）夏夢陽任江西提學副使視學九江時。

〔二〕五老峰，在廬山東北，見余鄒二子遊白鹿書院歌（卷二十）箋。

悲悼

結腸篇〔一〕

李子曰：「結腸之事，蓋予妻亡而有此異云。」奠妻以牲，烹腸焉，腸自毬結。李子異焉，曰：「胡爲烹？胡爲結？恍惚神怪，孰主孰使？厥理孰測？怨邪？德邪？生有所難明，死託以暴衷邪？」嗚呼！嗚呼！作結腸篇，焚妻柩前。妻固識文大義，或亦契其冥懷也。

哀者且停聲，弔客坐在堂，聽我結腸篇，曲短哀情長。五月廿七吾妻亡，厥明奠之羅酒漿。其牲伊何豶與羊，痛哉釜鬵結豶腸。神靈恍惚心駭傷，團圞肉毬出中湯。左迴右盤準流黄，經緯纏糾文陰陽。底形井字圈兩旁，翼翼彷彿雙鳳凰。有綏在下纍而長，上有提襻五寸强。汝乎無意豈爲此，呼汝欲問魂茫茫。十呼不應百轉咽，腸乎腸乎爲疇結。

其二

結腸結腸忍更聞，妾年十六初侍君。父也早逝母獨存，爲君生子今有孫。昔走楚越邁燕秦，萬里君寧恤婦人，外好不補中苦辛。中年得歸計永久，命也百病攢妾身。言畢意違時反唇，妾匪無迕君多嗔。中腸詰曲難爲辭，生既難明死詎知。千結萬結爲君爾，君不妾知腸在此。

其三

結腸三闋聲更咽，汝腸難解我腸結。夙昔失意共奔走，汝實千辛我蹭跌。宦歸家定今稍寧，豈汝沈緜遽離絶。魂乎魂乎游何方，兒號女哭週汝旁。劇心飲泣看彼蒼，愚者何壽慧何亡？佇立逶迤若有望，迫而即之獨空牀。梁間二燕哺子急，觸落青蟲污我裳。錦衾塵埃委鴛鴦，繐帷中夜風琅琅。魂驚夢揺中慘傷，陰雨啾唧燈無光。嗚呼此曲不可竟，爲君賡歌妾薄命。

【箋】

〔一〕詩疑作於正德十一年（一五一六）。該年五月廿七日夢陽妻左氏病逝，此爲悼念之作。夢陽作結腸操譜序（卷五十一），曰：「李子既爲結腸之篇，嘉靖初，京口人陳鰲者來遊於汴，而以其詩鳴之琴，著譜焉，結腸操者是也。」何景明有結腸賦并序，曰：「結腸賦者，悼李夫人而作者也。

夫人者，空同先生妻而左氏女也。夫人生而秉靈，死而見異，空同子慟焉，於是叙歌自懷，賦結腸之篇，而屬余撰賦，以寫永悼。」（大復集卷一）

哀才公〔一〕

正德己巳年作此，公嘗薦余，故有國士之感。

仲冬東南天鼓鳴，我軍滅胡功可成。道之將行歲在己，星落轅門悲孔明。尚書頭顱血洗箭〔二〕，馬革纏屍亦堪羨。夷門野夫國士流，痛哭天遥夜雷電。是月雷電屢作。

【箋】

〔一〕正德己巳，爲正德四年（一五〇九）。才公，指才寬，字汝勵，直隸遷安（今屬河北）人。成化十四年（一四七八）進士。曾官西安知府、工部尚書。據明武宗實録記載：正德四年四月，才寬以右都御史總制延綏、寧夏、甘肅三邊軍務。十一月，「禦虜花馬池，再戰於瓶羊泉」，「中流矢」而死。又正德四年六月甲申，「總制陝西軍務、工部尚書兼左都御史才寬以邊事薦高胤，……李夢陽……等，才俱可用」，故夢陽曰：「公嘗薦余，故有國士之感。」因而爲其舉哀。

〔二〕「尚書頭顱血洗箭」，杜甫悲陳陶：「群胡歸來雪洗箭。」

哭新縣〔一〕

是時新設萬年縣。新民反覆，殺副使李情，靈寶人也。

苦死可憐靈寶子，有官十數同時死。四路蕭蕭人斷行，一軍盡驚牀夜徙。新民反覆誰不知，性實虎豹佯螻蟻。白金彩段縱寬汝，朝廷有問將何以。

【箋】

〔一〕新縣，即新設萬年縣。據明史，正德七年（一五一二）置，屬饒州府（今江西鄱陽）。治所在今江西萬年縣西南青雲鎮（今屬上饒市）。又明武宗實録卷九十一：正德七年八月，新設東鄉、萬年二縣，東鄉隸撫州，萬年隸饒州（今江西鄱陽）。讀史方輿紀要卷八十五饒州府萬年縣：萬年山「在縣治北，亦曰萬年峰，縣以此名」。據此，該詩當作於正德七年詩人任江西提學副使時。新民殺副使李情事，史書似無載，此詩可謂「詩史」。

觀燈行

詳見夢華録。〔一〕

宋家累葉全盛帝，寬大實皆稱令主。百姓牛馬遍阡陌，太倉米粟憂紅腐〔二〕。宣和以來遂多事，嗚呼爛費如沙土。海石江花涌國門，離宫别殿誰能數？群臣諛佞秪自計，天下騷然始怨苦。正月十四十五間，有敕大駕觀鰲山。萬金爲一燈，萬燈爲一山。用盡工匠力，不破君王顔。此時上御宣德門，樂動簾開見至尊。奔星忽經於御榻，明月初上堆金盆。傾城呼噪聲動地，可憐今夜鰲山戲。窈冥幻巧百怪聚，金蛾翠管堪垂淚。借問幸臣誰？云是李師師。外有蔡京與蔡攸，夾樓錦幄羅公侯，丞相之幄當前頭。奚兒腰帶控紫騮，如花少女擎彩毬。但聞樓上唤樓下，黄帕籠盤賜玉羞。月高鳴鞭至尊起，幄中環珮如流水。争道齊驅輦路窄，寺橋窈窕塵埃白。火樹龍燈又一時，千光萬焰天爲赤。常言宴安成禍基，從來樂極還生悲。君看二帝蒙塵日，數月東京荒蒺藜。

【箋】

〔一〕宋孟元老東京夢華録卷六元宵、十六日二章記録開封燈會場面：「於是華燈寶炬，月色花光，霏霧融融，動燭遠近。至三鼓，……則山樓上下燈燭數十萬盞，一時滅矣。……兩廊有詩牌燈云『天碧銀河欲下來，月華如水照樓臺』，並『火樹銀花合，星橋鐵鎖開』之詩，其燈以木牌爲之，雕鏤成字，以紗絹冪之，於内密燃其燈，相次排定，亦可愛賞。資聖閣前安頓佛牙，設以水燈，皆係宰執、戚里、貴近占設看位。最要鬧九子母殿及東西塔院，惠林、智海、寶梵，競陳燈燭，光彩争華，直至達旦。」按，此詩，弘德集卷十八有收録，疑當作於正德年間。

〔二〕「太倉米粟憂紅腐」，杜甫有感五首其三：「日聞紅粟腐。」

石將軍戰場歌①〔一〕

清風店南逢父老，告我己巳年間事〔二〕。店北猶存古戰場，遺鏃尚帶勤王字。憶昔蒙塵實慘怛，反覆勢如風雨至。紫荆關頭晝吹角，殺氣軍聲滿幽朔〔三〕。胡兒飲馬彰義門〔四〕，烽火夜照燕山雲。内有于尚書，外有石將軍。石家官軍若雷電，天清野曠來酣戰。朝廷既失紫荆關，吾民豈保清風店。牽爺負子無處逃，哭聲震天風怒號。兒女牀頭伏鼓角，野人屋上看旌旄。將軍此時挺戈出，殺胡不異草與蒿。追北歸來血洗刀〔五〕，白日不動蒼天高。萬里風塵②一劍掃，父子英雄古來少〔六〕。天生李晟爲社稷，周之方叔今元老。單于痛哭倒馬關，羯奴半死飛狐道。處處歡聲噪鼓旗，家家牛酒犒王師。休誇漢室嫖姚將，豈説唐朝郭子儀。沈吟此事六十春，此地經過淚滿巾。黄雲落日古骨③白，沙礫慘淡愁行人。行人來折戰場柳，下馬坐望居庸口。却憶千官迎駕初，千乘萬騎下皇都。乾坤得見中興主，日月重開再造圖。梟雄不數雲臺士，楊石齊名天下無。嗚呼楊石今已無，安得再生此輩西備胡！

【校】

①詩題，一作「清風店歌」。按，明王世貞弇山堂別集卷二十四「史乘考誤五」載：「李獻吉作清風店歌，極言武清伯石亨力戰之功。」 ②風塵，黄本、曹本、列朝作「煙塵」。 ③古骨，四庫本、列朝作「枯骨」。

【箋】

〔一〕石將軍，即石亨，渭南（今屬陝西）人。正統初，以獲功累遷都指揮僉事、都督僉事。正統十四年（一四四九），蒙古瓦剌軍侵擾宣府、大同，英宗帶兵親征，不幸被蒙古軍俘虜，首領也先挾英宗逼近京師，于謙督范廣、石亨等奮戰，擊退瓦剌軍，石亨功勞尤著，封鎮朔大將軍。天順元年（一四五七）與宦官曹吉祥等發動政變，迎英宗復辟，殺害于謙。此後恃功驕横，爲英宗所忌，天順四年（一四六〇）下獄死。明史卷一百七十三有傳。詩中「于尚書」指于謙，「石將軍」指石亨。

夢陽詩中有「沈吟此事六十春，此地經過淚滿巾」之句，疑該詩當作於正德三年（一五〇八）秋。按，正德三年五月，夢陽被劉瑾矯旨逮至京城，下錦衣衛獄，因康海等解救，八月放歸。此詩疑係夢陽歸家途中路過清風店（今河北懷來東）所作。

〔二〕「己巳年間事」，指正統十四年（一四四九）的土木堡事件，英宗親征，被蒙古瓦剌軍俘虜，也先挾英宗逼近京師，于謙督范廣、石亨等奮戰，擊退瓦剌軍。

〔三〕「殺氣軍聲滿幽朔」，杜甫姜楚公畫角鷹歌：「殺氣森森到幽朔。」

〔四〕彰義門，見發京師（卷九）箋。

〔五〕「追北歸來血洗刀」，杜甫悲陳陶：「群胡歸來雪洗箭。」

〔六〕「父子英雄古來少」，杜甫洗兵馬：「郭相謀深古來少。」

【評】

錢謙益列朝詩集丙集：此章音節激昂，久爲海内傳誦。其摹仿少陵，皆字句之間耳。叙致錯互，比擬失倫，但矜才魄，絶無脈理，以此學杜，真何氏所謂「古人影子」也。程孟陽云：「全倚句字闌闠，安有機神開闔，浪得大名，蔓傳訛種。」可謂切中空同之病。

沈德潛明詩别裁集卷四：「追北歸來」二語，捫之字字俱起窪棱。石亨跋扈伏法，臣節有虧，要之戰功不可埋没，此特表其戰功也。上皇返國，實由尚書之守、將軍之戰，作者特爲表出。中云「還憶唐家郭子儀」，以不失臣節愧之也。此作者微意。

陳田輯撰明詩紀事丁籤卷一引明詩别裁集：石亨跋扈伏法，臣節有虧，要之戰功不可埋没。上皇反圖，寔由尚書之守、將軍之戰。作者特爲表出。中云：「還憶唐家郭子儀。」以不失臣節愧之也。此作者微意。

玄明宮行〔一〕

今冬有人自京至，向我道説玄明宮。木土侈麗誰辨此，乃今遺臭京城東。割奪面勢創巖業，出入日月開帡幪。矯託敢與天子競，立觀忍將雙闕同。前砬石柱雙蟠龍，飛梁逶迤三彩虹。寶構合沓殿其後，儼如山嶽翔天中。金銀爲堂玉布地，千門萬户森相通。光景閃爍倏忽異，雲煙鬼怪芃杳濛。以東金榜祠更侈，樹之松檟雙梧桐。溟池島嶼鰋鯉躍，孔雀翡翠兼羆熊。那知勢極有消歇，前日虎豹今沙蟲。窗扉自開衛不守，人時遊玩摇玲瓏。陛隅龍獸折其角，近有盜換香爐銅。青苔生泥猊面鎖，野鴿哺子雕花櫳。憶昔此閹握乾柄，帝推赤心閹罔忠。威刑霹靂縉紳毒，自尊奴僕侯與公。變更累朝意叵測，掊克四海真困窮。長安奪第塞巷陌，心復艷此閹何蒙。構結擬絶天下巧，搜剔遂盡輸倕工。神廠擇木内苑竭，官坑選石西山空〔二〕。夷墳伐屋白日黑，揮汗如雨斤成風。轉身唾罵閹得知，退朝督勞何匆匆。人心嗟怨入骨髓，鬼也孰復安高崇。峨碑照耀頌何事？或有送男①充道童。聞言愴惻黯無答，私痛聖祖開疆功。渠干威福開者誰，法典雖嚴奈怙終。錦衣玉食已叨竊，琳宮寶宇將安雄。何宮不鐫護敕碑？來者但看玄明宮。

【校】

①男，四庫本作「兒」。

【箋】

〔一〕玄明宮，明武宗時的大太監劉瑾所修宫殿。據李空同先生年表，此詩作於正德十二年（一五一七），「客有自京師來者，言逆瑾所造玄明宫荒廢之狀，公作玄明宫行」。時夢陽閒居開封。

〔二〕西山，在北京西郊。見離憤（卷九）箋。

【評】

陳田輯撰明詩紀事丁籤卷一引名山藏：司禮監劉瑾請地數百頃，費數十鉅萬作玄明宫朝陽門外，以祝上釐。復請貓竹廠地五十餘頃，毁民居千九百餘家，掘人塚二千五百餘，築室僦民，聽其宿倡賣酒，日供贍玄明宮香火。

沈德潛明詩别裁集卷四：此爲宦官劉瑾作也。鋪陳盛衰，皆托他人之言；「聞言愴惻」以下，方入自己議論。痛惜祖訓，垂戒後人，是大章法，大文字。

又曰：明祖於宫門豎鐵牌，使宦官不許干政。後成祖以建文内豎輸君臣密謀，心甚德之，遂漸予事權。「渠干威福開者誰」，蓋指此也。

康郎山歌〔一〕

君不見康郎山，屹立東湖中。波濤撼蝕山脚塌，破廟枯木常烈風。芒碭草昧赤帝出〔二〕，揮劍遂使凡蛇空。卧榻之外事亦小，萬方有罪惟朕躬。美姬寶玉歸御幄，浮屍蔽江江水紅。發蹤劉陶固其力〔三〕，死戰難言非數公。秦人枉哭崤函瘞，漢祖輕酬垓下功。至今有廟此山側，天陰雨濕，時見朱旗白馬光如虹〔四〕。

【箋】

〔一〕康郎山，又名康山。在今江西餘干西北鄱陽湖中。明一統志卷五十饒州府：康郎山「國初大兵與陳友諒戰於山下，有死事者，故建忠臣廟於其上」。是該詩當作於正德六年（一五一一）至八年夢陽任江西提學副使時。

〔二〕芒碭，見送蔡帥備真州（卷十一）箋。

〔三〕劉指劉基，陶指陶安。此句以漢喻明初事，典出史記蕭相國世家。

〔四〕「天陰雨濕，時見朱旗白馬光如虹」，杜甫兵車行：「天陰雨濕聲啾啾。」

乾陵歌

武后陵，黄巢伐之。事具雪航膚見。〔一〕

九重之城雙闕峙，前有無字碑，突兀雲霄裏。相傳翁仲化作精，黄昏下山人不行。蹂人田禾食牛豕，强弩射之妖亦死。至今剥落臨道傍，大者虎馬小者羊。問此誰者陵，石立山崔嵬。銅鐵錮重泉，銀海中縈迴，巢也信力何由開。君不見金棺玉匣出人世，薔薇泠面飛塵埃。百年枯骨且不保，婦人立身何草草。

【箋】

〔一〕乾陵，唐高宗與武則天合葬墓，在今陝西乾縣。弘治十六年（一五〇三）七月，夢陽奉命餉寧夏軍，便道歸家鄉慶陽（今甘肅慶城）掃墓。似於途中參謁乾陵。該詩疑當作於此時。

李夢陽集校箋卷二十三　五言律一

大禮

郊觀齋居柬邊喬二太常〔一〕

人日過仙院，春霞緲緲分。碧回瑶澤草，紅綻蘂宫雲。獨處依松樹，清齋對鶴群。桃源知並入，惆悵不逢君。

【箋】

〔一〕邊，指邊貢；喬，指喬宇，生平見媧皇墓送喬太常（卷十三）箋。據媧皇墓送喬太常小序，該詩作於弘治十七年。時夢陽任户部主事。邊貢、喬宇任太常博士。齋居，即閒居。

郊壇值雪〔一〕

鳳輦連宵發，鷄鳴雪滿畿。嚴隨黄鉞至，清繞翠華飛。伏謁深沾珮，朝回半濕衣。懸知清切地，沖默迓天威。

【箋】

〔一〕從詩題看，當作於弘治十七年（一五〇四）冬。時夢陽任户部主事。郊壇，古代爲祭祀所築的土壇，明清設於京城南郊。

西天門候祀〔一〕

瑶壇暮雪盡，月出禁門西。地静鳴珂碎，沙寒簇仗低。臺官移斗柄，衛士掃雲梯。遥識龍文氣，争傳法駕齊。

【箋】

〔一〕西天門，明北京皇城門。從詩題看，當作於弘治十八年正月。時夢陽任户部員外郎。

恭陪郊祀紀成〔一〕

御氣三更合，君王在閟宫。燎煙凝碧落，握月起微風。上帝居歆夕〔二〕，文王陟降中〔三〕。諸壇嚴從幕，元祀報成功。侑食珪璋潔，登歌玉磬同。神旋仍醉飽，萬舞向春空。

【箋】

〔一〕從詩題看，似作於弘治十八年正月。時夢陽正任户部員外郎。

〔二〕此句源自詩大雅生民：「其香始升，上帝居歆。」

〔三〕此句源自詩大雅文王：「文王陟降，在帝左右。」

郊祀以病不與〔一〕

端月温風至，圜丘瑞霧多。開壇洽百禮，伏枕想登歌。日月春旂閃，雷霆晝輦過。年年覲上帝，只爲乞民和。

【箋】

〔一〕從詩題看，當作於弘治十八年正月。時夢陽任户部員外郎，因病未參加正月朝廷郊祀。

卧病酬邊君天壇步月見懷之作〔一〕

霽夕開芳甸，祠官悵獨遊。銀潢横殿落，璧月抱壇流。漢時饒煙霧，秦城逼斗牛。甘泉詞調絶，疲病若爲酬。

【箋】

〔一〕邊君，指邊貢，生平見發京别錢邊二子（卷二十一）箋。從詩題看，當作於弘治十八年。時夢陽任户部員外郎，邊貢於此年除兵科給事中。

大行皇帝挽詩　弘治十八年五月〔一〕

午門朝遂罷，西殿臨真哀。淚滿乾坤暮，日黄風雨來。虎賁猶宿衛，龍馭幾時迴？莫測皇天意，中崩帝業摧。

其二

大訓文華踐，英謀武範遺。先朝無顧命，大漸問班師。上食金輿備，移宫素幔垂。向來激切疏，優渥小臣知。

其三

元老炯仍在，退朝無昔呼。閒階惟玉輅，夕日已金鋪。望幸霓旌遠，埋靈山殿孤。君看霜露節，冠冕灞陵趨。

【箋】

〔一〕此詩作於弘治十八年（一五〇五）。是年四月，明孝宗朱祐樘卒，五月，夢陽作此詩以悼念。明史孝宗本紀：「弘治十八年，夏四月，辛卯，帝崩於乾清宮，年三十有六」。

候輓〔一〕

冬月初圓夕，含悲候輦東。閤門猶警蹕，松柏已新宮。象衛悲風入，龍旂白霧中。有髯渾欲挽，雲墮鼎湖弓。

【箋】

〔一〕此詩作於弘治十八年（一五〇五）冬，是年四月明孝宗卒。

望泰陵〔一〕

昔臨圜西内，悲風入紫冥。今來松柏望，斜日泰陵青。殿起雲煙入，龍遊劍璽扃。萬國今多難，孤臣涕倍零。

【箋】

〔一〕泰陵，爲明孝宗陵。在北京昌平筆架山東南。明史孝宗本紀：十八年五月辛卯，帝「崩於乾清宫，年三十有六。六月庚申，上尊謚，廟號孝宗，葬泰陵」。又武宗本紀：十月「庚午，葬敬皇帝於泰陵」。此詩疑作於正德元年。孝宗於夢陽有知遇之恩，故詩中深有悲悼之情。

謁孔廟〔一〕

端笏陪朝列，時禋謁聖林。戟門留石鼓，春殿静珠琴。奎府星連切，璧池龍躍深。詵詵趨國子，早晚翠華臨。

【箋】

〔一〕此孔廟在京都東城。此詩作於正德元年三月。明史武宗本紀：正德元年三月甲申，「釋奠於先師孔子」。時夢陽已升任户部郎中。

益王頌〔一〕

憲宗王十子，益府實稱賢。體統朝廷半，敦崇德業全。書堂斜晝日，琴殿浄秋煙。問寢還英嗣，時研世子篇〔二〕。

【箋】

〔一〕益王，明憲宗第六子朱祐檳，明史卷一百十九諸王列傳四：「益端王祐檳，憲宗第六子。弘治八年之藩建昌，故荆邸也。性儉約，巾服澣至再，日一素食。好書史，愛民重士，無所侵擾。嘉靖十八年薨。」此建昌，即建昌郡，南朝宋孝建元年（四五四）置，屬雍州，寄治襄陽（今湖北漢水南襄陽城），梁廢。據詩意，該詩似作於正德元年詩人任户部郎中時。

〔二〕世子篇，當指禮記之文王世子。

壇祀酒會

齋居新宴合，桂裏戟門開。雁趁龍旌到，蛩喧羯鼓催。松筠分曙色，劍珮接行杯。日上雲霞散，驂驔羽騎迴。

【箋】

〔一〕據詩意，似作於正德元年秋詩人任户部郎中時。壇祀，明代官方祭祀活動，在檀臺等建築之上舉行。

懷古

驪山〔一〕

繡嶺花仍繡，湯泉滿故宫。禁池人自浴，新月古應同。玉殿興亡後，青山涕淚中。千巖歌吹入，猶想翠華東。

【箋】

〔一〕驪山，即陝西臨潼之驪山。弘治十六年七月，夢陽奉命餉寧夏軍，便道歸慶陽（今甘肅慶城），途徑臨潼遊驪山華清宫。該詩疑當作於此時。

橋山〔一〕

青宫棲古岑，白露静松林。忽下烏號淚，遥悲龍去深。衣冠萬國後，轍跡四方心。一氣流群帝，哀哉笙鳳音！

【箋】

〔一〕橋山，在今陝西黄陵縣北。太平寰宇記卷三十五坊州中部縣載：「按山海經云：蒲谷水源，其山下水流通，故謂橋山。又史記云：黄帝葬於橋山，今陵冢尚在。大曆七年置廟，開元二年敕修廟祭祀。在州西二里。」弘治十六年七月，夢陽奉命餉寧夏軍，便道歸慶陽掃墓。途經陝西，拜謁黄陵。該詩疑當作於此時。

【評】

皇明詩選卷七：李舒章曰：結語包藏甚大。

瓠子〔一〕

沈璧餘瓠子，横汾懷帝歌。波濤滿眼送，城郭没年多。虎戰仍三晉，龍游失九河。宋人饒事蹟，今望亦滂沱。

【箋】

〔一〕瓠子，在今河南濮陽西南。史記河渠書：西漢元光中，「河決於瓠子」。即此。此詩疑正德中詩人閒居開封時作。

朱遷鎮〔一〕

水店回岡抱，春湍滚白沙。戰場猶傍柳，遺廟只棲鴉。萬古關河淚，孤村日暮笳。向來戎馬志，辛苦爲中華。

【箋】

〔一〕朱遷鎮，即朱仙鎮，在今河南開封西南四十六里。宋史岳飛傳載：南宋紹興十年（一一四〇），岳飛帶兵大敗金兵於郾城，又「進軍朱仙鎮，距汴京四十五里，與兀朮對壘而陣」。詩似作於正德六年以前閒居開封時。

【評】

明詩歸卷三：譚元春云：前詩已造絶境，此又能别出心手，寫武穆不盡之忠魂。乃知大家筆墨，曲折不窮。

又，譚元春云：觀「猶傍」二字，覽千古有未班之師。又云：「淚」字悲甚。

又，鍾惺云：「『爲中華』三字，又擴開一步，有春秋嚴夷夏之意。迎二聖，猶臣子私情也，論武穆甚深。」

朱遷鎮廟〔一〕

宋墓莽岑寂，岳宮今在兹。風霜留檜柏，陰雨見旌旗。百戰回戈地，中原左衽時。土人嚴伏臘，偏護向南枝。

【箋】

〔一〕朱遷鎮廟，即朱仙鎮廟，疑即岳飛廟。該詩似作於正德四年前後閒居開封時。

【評】

明詩歸卷三：鍾惺云：此意近有道之者，然無此悲壯。

又云：讀二語，覺武穆英靈千秋不散。

又，鍾惺云：寫景處□□，另□筆，而實與前景相表裏。蓋前詩得朱仙鎮之面，此詩得朱仙鎮之背，細思自見。

又，譚元春云：「無限遺恨在内。」

又云：「結語不衰。」

峴山[一]

大名終不滅，墮淚此山碑。後進才非乏，風流爾足師。古堂陰漢水，新路改城池。回首隆中接，秋雲兩處垂。

【箋】

[一]峴山，一作峴首山。在今湖北襄陽南。見襄陽篇奉寄同知李公（卷十二）箋。正德九年六月，夢陽自江西罷官，攜妻由九江出發，乘船泝長江至武昌，再渡漢水，秋「至襄陽，愛峴山、習池之勝，欲作鹿門之隱，會江水泛漲，洶洶没堤，乃歸大梁」（李空同先生年表）。詩當作於此時。

鹿門山[一]

龐公真漢隴，孟子復唐詩[二]。舊宅新秋葉，孤墳千載遺。泉裊石穴細，葛倚松門垂。望望青峰近，吾襟曠爾期。

【箋】

〔一〕鹿門山，又名蘇嶺山，在今湖北襄陽東南。後漢書龐公傳：「龐公者，南郡襄陽人也。居峴山之南，……後遂攜其妻子登鹿門山，因采藥不反。」新唐書孟浩然傳：浩然，「襄州襄陽人。少好節義，喜振人患難，隱鹿門山。年四十，乃游京師」。正德九年六月，夢陽自江西罷官，攜妻發潯陽泝長江至武昌，七月，渡漢水至襄陽。夢陽封宜人亡妻左氏墓志銘（卷四十五）曰：「甲戌，李子以與江御史構，從理官於上饒，……是年，李子官復罷，道潯陽就左氏。泝江入漢，至於襄陽，將居焉。會秋積雨，大水，堤幾潰。左氏曰：『子不心大梁，非患水邪？夫襄、汴奚殊矣，且蘇門、箕潁之間可盡謂非丘壑地哉！』李子悟，於是挈左氏歸。」朱安泌李空同先生年表：「至襄陽，愛峴山、習池之勝，欲作鹿門之隱，會江水泛漲，洶洶没堤，乃歸大梁。」疑詩當作於此時。

〔二〕孟子，指唐代詩人孟浩然。

冬日仁和門外①

箋云：門在大梁。〔一〕

寂寞何王殿，遺墳此徑孤。玉階番雪草，野日自金鋪。廡暝牛羊聚，林風鳥雀呼。白頭香火者，猶護赤龍符。

其二

二塚纍纍接，聊城復定安。二王世絶。情哀宫獨盛，世異柏同殘。久雨石門塌，新霜帷殿寒。西陵時節望，誰見綺羅歎？

【校】

①詩題，李本作「冬日仁和門外過故王墳二首」。

【箋】

〔一〕仁和門，明開封城東北門，萬曆開封府志卷三載：「（開封府）今領州四、縣三十，廣四百九十五里，袤六百一十里，……城圍二十里，一百九十步，高三丈五尺，闊二丈一尺，五門：東麗景、南南薰、西大梁、北安遠、東北仁和，月城三重，角樓四座，敵臺八十一座，警鋪八十三座，池深一丈，闊五丈。」此詩似爲正德年間詩人閒居開封時作。

令婆墳〔一〕

國初掄秀嫗，分遣入周宫。但睹丘墳鬱，寧知乳哺同。後王忘昔日，頹屋鎖春風。寒食鶯啼切，林花落自紅。

【箋】

〔一〕令婆墳，不詳，似在開封吹臺之南。周憲王朱有燉詩：「吹臺南下令婆墳。」按，同治黔陽縣志卷五十九載黔陽有令婆廟。又民國貴州通志秩祀志三載銅仁府有令婆廟，祀楊業妻佘氏。則此令婆墳爲佘氏之墓。此亦似爲正德年間詩人閒居開封時作。

始謁徐祠 予問：「何不用木主？」守者曰：「有像則人起敬。」〔一〕

廟古傍湖偏，春行更可憐。楚城芳草遍，紅日此堂懸。榻想陳公後，時悲孝獻前。亦知遺像誤，瞻拜淚油然。

【箋】

〔一〕徐祠，即徐孺子祠。在江西南昌。該詩當作於正德六年夢陽初至南昌任江西提學副使時。

徐墓書張相國碑銘①〔一〕

不讀南州傳，誰知高士心。江城遺塚在，春日古祠深。竹鳥嚶嚶合，松墻靡靡陰。曲江千載碣，書罷淚盈襟。

【校】

①詩題，弘德集作「徐墓立碑書張相國銘畢作」。

【箋】

〔一〕徐墓，即徐子墓。徐子，即徐孺子，名穉，東漢豫章人，隱居不仕。事見後漢書徐穉傳。明一統志卷四十九江西布政司南昌府載：「徐孺子墓，在府城進賢門外望仙寺東。」該詩當作於正德六年或七年作者初至南昌時。

陳祠在徐墓東〔一〕

可訝司徒廟，偏鄰孺子墳。哲人堪一哭，漢鼎竟三分。門引江畔草，榻留松上雲。紛紛車馬客，誰此薦清芬〔二〕？

【箋】

〔一〕陳祠，即陳蕃祠。據後漢書徐穉傳：陳蕃字仲舉，汝南（今屬河南）人。舉孝廉，除郎中，出任豫章太守，在郡不接賓客，惟敬禮徐孺子，特設一榻，去則懸之。嘉靖江西通志卷三祠廟：「陳蕃祠，在府城進賢門外，徐孺子墓後，胡儼有記。歲久傾圮，弘治間巡撫都御史林俊檄知縣杜濙修葺，扁曰『漢陳司徒祠』。正德間，提學副使李夢陽復加修葺之。」該詩似作於正德六年或七年在南昌任官時。

〔三〕「誰此薦清芬」，李白贈孟浩然：「徒此揖清芬。」

韓文公祠①〔一〕

袁州山在城〔二〕，韓廟倚山清。冕服前朝貌，文章百代名。石苔猶馬路，春竹自鶯聲。立望潮陽近，翻翻海氣征。

【校】

①詩題，雍正江西通志卷一百五十三藝文作「袁州謁韓文公廟」。

【箋】

〔一〕韓文公祠，即韓愈祠，乃袁州（今江西宜春）人爲紀念韓愈而建。據唐史，憲宗元和十四年（八一九）七月己丑，皇帝上尊號，大赦天下。十二月二十四日，韓愈自潮州量移袁州郡。夢陽於正德七年春視學袁州。按，隆慶臨江府志卷十四載歐陽鐸褒忠祠記曰：「正德壬申，李君夢陽視學至郡，因諸生請，……」夢陽先至臨江，隨後至袁州。該詩似作於正德七年春。

〔二〕袁州，今江西宜春。

武陽郡公祠①〔一〕

惠愛前人蹟，追思後代心。洪都觀察廟，香火古江潯。白日江上過，青松霜露深。亦知精爽異，應厭鼓鼙音。

【校】

①目録原題作「武陵郡公祠」，據正文詩題改。曹本作「武陵郡公祠」。

【箋】

〔一〕明一統志卷四十九江西布政司南昌府：「武陽郡公廟，在鐵柱宫，祀唐觀察使韋丹，本朝宣德末，按察使石璞奏爲立祠。」韋丹，唐憲宗時被封爲武陽郡公，曾任江南西道觀察使。該詩疑當作於正德六年夢陽任江西提學副使初至南昌時。

徐蘇二祠〔一〕

孺子真高特，雲卿崛後先。揮鋤傲漢冕，捆屨卧江烟。寧飫糟糠畢，耻同貪濁全。淒涼百代宇，悵望一潸然〔二〕。

【箋】

〔一〕明一統志卷四十九江西布政司南昌府：「蘇雲卿祠，在百花洲上，本朝正統七年建，以配徐孺子。」又載：「蘇雲卿，廣漢人，少與宋丞相張浚爲友。靖康之亂，避地豫章東湖，治圃織屨。浚入相，貽書聘之，遂遁去，莫知所之，郡爲立祠。」該詩似作於正德六年夢陽初任江西提學副使時。

〔二〕「悵望一潸然」，杜甫送梓州李使君之任：「爲我一潸然。」

鵝湖書院〔一〕

書院佛堂邊，頹垣嶺谷連。四時僧洒掃，千古儼高賢。立壁東萊毅，懸河子静偏。衆流終一海，流淚考亭前〔二〕。

【箋】

〔一〕鵝湖書院，古代著名書院之一，在今江西上饒市鉛山縣北。雍正江西通志卷二十二書院二載：「鵝湖書院，在鉛山縣北十五里鵝湖寺傍，宋儒朱子、陸復齋象山、吕東萊講學之所。淳祐庚戌，江東提刑蔡抗請於朝，賜名文宗書院。……景泰癸酉，巡撫韓雍建祠崇祀，復舊額，李奎記。正德辛未，提學李夢陽重建，汪偉記。」汪偉記（載嘉靖鉛山縣志）中有「正德辛未冬十有一月，提學副使關西李夢陽按縣」之句，是該詩當作於正德六年（一五一一）十一月夢陽視學廣信時。

〔三〕考亭，在今福建建陽西南。相傳五代南唐時黄子稜築以望其父墓，因名「望考亭」，簡稱「考亭」。朱熹晚年居此，建滄洲精舍。宋理宗爲崇祀朱熹，於淳祐四年（一二四四）賜名考亭書院。此後因以「考亭」代稱朱熹。

時序

九日黄花鎮〔一〕

黄花遇九日，風雨不逢花。水涌石梁斷，溪吞山郭斜。將軍午宴客，欲醉忽聞笳。困苦墩樓卒，經年誰見家？

【箋】

〔一〕明一統志卷一京師順天府：「黄花鎮，在昌平州東北九十里，自是而東至古北口，凡四十八關口，其間差大者，曰大小峪關，曰白馬關，曰陳家峪關，曰弔馬峪關。」又日下舊聞考卷一百五十三邊障二引長安客話：「原黄花鎮爲京師北門，東則山海，西則居庸，其北鄰四海，治極爲緊要之區。故弘治中遣總制嚴蘭經略東西諸關。」今屬北京市懷柔區。據李空同先生年表：夢陽於弘治十三年「奉命監三關招商」，詩似當作於此時或稍後。

九日應變齋居〔一〕

時變逢摇落，齋心對暮天。未擒可汗日，新起泰陵年。聽雁真無那，看花益泫然。將歸思臨水，愁絶宋生篇〔二〕。

【箋】

〔一〕該詩疑作於正德元年九月九日重陽節，時作者任户部郎中。是月，夢陽受户部尚書韓文之托，上代劾宦官狀疏，彈劾劉瑾等「八虎」，事敗。故稱「應變」。泰陵，明孝宗墓。見望泰陵（卷二十三）箋。

〔二〕宋生篇，指宋玉悲秋之九辯。

九日慈恩寺閣〔一〕

寶地元依海，珠林更假山。登臨重九遇，城闕五雲還。歌吹喧侯里，邊烽入漢關。望鄉歸未得，能對菊花斑。

其二

敕寺四圍湖，秋林層閣孤。天空木更響，風落帽還扶。魚群梁①下躍，鳥影鏡中趨。泛菊看山海，寒烟暮有無。

【校】

①梁，黄本作「集」，弘德集、曹本作「席」。

【箋】

〔一〕慈恩寺，疑即北京郊區之慈恩寺。萬曆順天府志卷二載宛平縣有慈恩寺。康熙畿輔通志卷九：大慈恩寺，「址在海子橋」。此二首詩當爲弘治末年或正德初年任職户部時所作。按，何景明大復集卷二十有九日登慈恩寺閣三首，其一云：「不到慈恩久，今來九日期。天寒鴻雁少，秋晚菊花遲。摇落悲風雨，登臨感歲時。牛山何處是，異代獨興思。」其二云：「地幽人迹少，僧至掃莓苔。閣迥湖光入，林昏雨色來。登臺憐作客，入賦恥非才。何事臨佳節，秋懷未肯開。」其三云：「莫引凴高目，蒼茫海色遥。秋空波瀰瀰，寒日樹蕭蕭。關塞俱摇落，音書久寂寥。天涯有兄弟，猶滯楚江橈。」徐禎卿迪功集卷三有九日期登大慈恩寺閣不果寄獻吉，云：「悵憶青蓮宇，今朝黄菊開。遥知遠公笑，不見白衣來。窈窕入天閣，峥嶸日月迴。山川紛楚望，城闕動秋哀。峴首羊公石，淮陰戲馬臺。風烟那可即，逸興杳難裁。强負登樓作，虚傳落帽才。此時遥獨酌，念爾重悠哉。」疑當爲同時或同期之作。

生日寫懷〔一〕

臘日明朝是，浮生此歲過。黄雲薄暮積，白髮向來多。壯士看雄劍，幽人戀薜蘿。異時論出處，竊慮各蹉跎。

【箋】

〔一〕據詩意，似當作於正德元年（一五〇六）臘月。時夢陽三十四歲，時任户部郎中。

十二月十日〔一〕

今日吾兄壽，蕭條自舉觴。燕山非故里，汴水亦他鄉〔二〕。河鯉行思海，原翎飛畏霜。客居憐小姪，潛望白雲長。

【箋】

〔一〕詩中「吾兄」指夢陽之兄孟和。夢陽族譜家傳（卷三十八）載：「孟和，吏隱公子，字子育，爲散官。初名茂。天順五年十二月十日亥時生。娶孟氏。」據詩意，該詩當作於正德元年十二月，時任户部郎中。參壽兄序（卷五十七）箋。

〔三〕汴水，又名汴河、汴渠。漢代稱狼湯渠。魏晉之際，自滎陽汴渠東循狼湯渠，至今開封，又自開封東循泮水、獲水至今江蘇徐州，轉入泗水一帶，逐漸代替古代自狼湯渠南下潁水、渦水一帶，成爲當時從中原通向東南的水運幹道。自晉以後，遂稱汴水。唐宋人稱隋所開通濟渠爲汴河。金元後全流皆爲黄河所奪，汴水一名即廢棄不用。「汴水亦他鄉」，謂夢陽之兄寓居開封。

臘日退朝口號〔一〕

霽色催寒臘，鷄聲下紫宸。至尊深抱戚，粥食罷嘗新。宫霧戎戎薄，城鴉款款馴。小臣憐歲序，翹首待陽春。

【箋】

〔一〕據詩意，約作於弘治十八年（一五〇五）或正德元年臘八節。

七月十五月食不見追往有歎〔一〕

月食今年再，中元與上元。春晴燈火亂，秋暝雨雲繁。漢將高城壘，胡塵滿塞垣。孤臣萬古淚，偏灑泰陵園。

【箋】

〔一〕「孤臣萬古淚，偏灑泰陵園」句，泰陵爲明孝宗陵墓，孝宗卒於弘治十八年五月。見望泰陵（卷二十三）箋。據詩意，當作於正德元年（一五〇六）七月十五盂蘭盆節。

月食

有明終不滅，暫掩亦何虧。萬國喧呼地，三更鼓角悲〔一〕。輪生桂與發，光復兔還隨。顯晦每如此，人生秖自疑。

【箋】

〔一〕「三更鼓角悲」，杜甫閣夜：「五更鼓角聲悲壯。」又，絶句：「高樓鼓角悲。」

元日汴上雪霽〔一〕

旭日薰江檻，晴雲麗竹扉。簷花雪色静，庭篠碧滋歸。歲月高兒女，行藏老蕨薇。眼看人共醉，椒酒不堪揮。

【箋】

〔一〕正德二年二月，夢陽致仕返大梁。此詩疑作於正德三年（一五〇八）正月初一。

清明河上寓樓獨酌①〔一〕

一自違京邑，飄飄歎此遊。桃花是往歲，竹葉轉新愁。暮雨津城樹，春帆水國樓。汴河堤上柳〔二〕，烟色似皇州。

【校】

①「清明」，原作「清風」，據弘德集、黄本、曹本改。

【箋】

〔一〕河上寓樓，指夢陽所建河上草堂。按，夢陽河上草堂記（卷四十九）曰：「正德二年閏月，予自京師返河上，築草堂而居。其地古大梁之墟，今曰康王城是也。瀕河，河故常來。今其地填淤高，河不來，人稍稍治墳墓、葺廬舍矣。……予兄故墾田數十百區，樹柳以千數，環堂皆柳也。」又十四夜翛然臺（卷十八），小序曰：「正德初，李子潛河上，築翛然之臺。」據詩意，似當作於正德三年清明。

〔二〕汴河，即古汴水。見十二月十日（卷二十三）箋。

【評】

皇明詩選卷七：陳臥子曰：意甚悽愴。宋轅文曰：神骨絶秀。

庚午除日〔一〕

于今將四十，始悟昔年非。白髮誰能那？紅顏我漸違。行藏沙上鳥，日月故山薇。悵望勞歌起，風河柳色歸。

【箋】

〔一〕庚午，指正德五年。除日，即除夕，夢陽閒居大梁家中，正德三年（一五〇八）八月自京師歸，

「移居東角樓，始自有家室」（李空同先生年表）。

辛未元日〔一〕

萬事渾如昨，蹉跎四十臨。取塗傷老馬，聞道愧前禽。日變風雲氣，春生海嶽陰。趁時聊物賞，此外更何心。

【箋】

〔一〕辛未，指正德六年。此年正月初一，夢陽仍在大梁家中。

中秋南康〔一〕

同是中秋月，匡廬只自看。故臨石鏡上，偏傍落星灘〔二〕。北望關山隔，南飛烏鵲寒。鳳歌喧太液，光憶滿長安。

【箋】

〔一〕南康，即南康府，今江西星子縣。據詩意，當作於正德六年初至南昌任江西提學副使時。按，該詩乃略仿杜甫月夜而作。杜詩云：「今夜鄜州月，閨中只獨看。遥憐小兒女，未解憶長安。香霧雲鬟濕，清輝玉臂寒。何時倚虛幌，雙照淚痕乾。」

〔二〕落星灘，在江西星子縣南五里，以落星石而得名。水經注廬江水：「湖中有落星石，周迴百餘步，高五丈，上生竹木。傳曰：有星墜此，因以名焉。」

【評】

皇明詩選卷七：李舒章曰：此老宦情不薄。

廬山九日〔一〕

廬山隨晚坐，江漢淨秋襟。九日黄花雨，書堂紅葉深。細雲飄古帙，寒兕吼空林。不用風吹帽，尊前有静琴。

【箋】

〔一〕夢陽登廬山之明確記載有三：第一次爲正德六年八月至九月，九江謁濂溪先生祠告文（卷六十四）曰：「維正德六年，歲次辛未，秋八月，中順大夫江西按察司副使後學關西李某，以巡視事至九江府。」第二次爲正德八年六月，遊廬山記（卷四十八）末云：「正德八年夏六月，李夢陽記。」第三次爲正德八年冬，井銘（卷六十）曰：「正德八年冬至，予至南康府。」又，歲暮五首

（卷二十九）其五「歲當癸酉廬山曲，冬盡扁舟記獨棲」之句，亦可證。此詩疑爲第一次登廬山作，時間爲正德六年（一五一一）九月九日。

上元滕閣登宴〔一〕

滕閣上元宜，章江登宴時〔二〕。衣冠還大國，唐宋自殘碑。燈火闌堪凭，風塵淚欲垂。黄雲驅日暮，回首見征旗。

其二

陽浦通新霧，陰城帶古樓。君王罷歌舞，棟宇白雲留。草色歲年換，客心江水流。暮昏仍一望，燈火萬家州。

【箋】

〔一〕滕閣，指滕王閣。雍正江西通志卷三十八古蹟一載：「名勝志：在章江、廣潤二門之間。唐顯慶四年滕王元嬰都督洪州，營建此閣，迨落成，而滕王之封適至，因以名之。……後閣頽壓已盡，遺址亦淪於江。正統初，布政使吴潤於其地築館，作迎恩之堂。景泰中，都御史韓雍復於堂後建重屋，取韓記中語意，名曰『江西第一樓』，大學士陳循、少保劉儼、大理卿李奎並有記。成化乙酉，司空莆陽吴世資爲江西布政使，再加葺治，始復其名曰滕王閣。」據詩意，似作於正德七年正月十五日，時在南昌，任官江西提學副使。

〔二〕章江，即章水。又名古豫章水、南江。在今江西西南部。即今贛江西源。見土兵行（卷十九）箋。

九日薛樓會集〔一〕

不倦登樓目，遥憐秋色重。楓村疊暗浦，霜日抱孤峰。楚越窗中地，江山戰後容。倚闌渾不語，吾欲采芙蓉。

其二

恰送重陽目，能禁孤雁來。林稀山盡出，風順櫓齊開。況是薛樓會，難孤江上杯。菊芳看莫厭，秋色異鄉催。

【箋】

〔一〕薛樓，不詳，疑在南昌。同治新建縣志卷八十五收此詩。據詩意，似作於正德七年（一五一二）重陽節，夢陽任江西提學副使時。

清明曲江亭閣〔一〕

寒食花争①麗，豐江柳獨深〔二〕。此行元慷慨，落日更登臨。浩蕩五湖際，風煙千里陰。坐看舟楫急，徒切濟川心。

【校】

①争，弘德集作「同」。

【箋】

〔一〕曲江亭閣，當在今江西豐城。豐城，見贈王生詩（卷十）箋。夢陽曲江祠亭碑（卷四十二）曰：「正德七年夏五月，予巡視豐城，登岡望江曲之勢，見其上有祠也，而非其鬼，乃立使去其鬼，而作三先生主妥於其内。及予還也，則知縣吴嘉聰業又作二亭祠後，其最後亭有閣，又最高，登之，益足以盡此江奔北俯折之勢。」雍正江西通志卷一百零八祠廟南昌府載：「曲江祠，在豐城磯山之巔，舊稱三賢祠，祀朱子、李義山、姚勉。李夢陽有記。」該詩似作於正德七年（一五一二）五月詩人視學豐城時。

〔二〕豐江，即豐水。在今江西豐城南。太平寰宇記卷一百零六洪州豐城縣：「豐水『在州南，陸路一百八十里。自豐城縣東南杯山所出也』。讀史方輿紀要卷八十四：「豐水在『縣南百八十里。

出自杯山，西北流繞劍池而入贛江，一名劍水」。

端午贛州晚發〔一〕

戲倦龍舟返，吾驅彩鷁行。晚天開古驛，轉眼過孤城。嫋嫋雲生瀨，悠悠弟憶兄。泛蒲雖念我，寧解嶺邊情。

【箋】

〔一〕贛州，宋紹興二十二年（一一五二）改虔州爲贛州。元至元中升爲路，明初改爲府。治所在贛縣（今江西贛州）。轄境相當今贛州市、石城、興國以南地區。雍正江西通志卷三沿革贛州府：「洪武三年，改贛州路爲贛州府。成化十三年，設分巡嶺北道，治贛州。弘治七年，設巡撫於贛，稱虔院府，領縣十二。」該詩似作於正德八年（一五一三）五月，夢陽任江西提學副使督學贛州時。

南康除夕〔一〕

畏途值除夕，會我得投閒。海雪寒城古，江春碧草還。星河挂嶽樹，燈燭熨歸顔。竊計臨家日，薔薇滿舊山。

【箋】

〔一〕正德八年（一五一三）冬至，夢陽受江西巡按御史江萬實誣陷，赴南康（今江西星子）待罪。九年正月十六日後，由南康至廣信（今江西上饒）候勘結。夢陽井銘（卷六十）曰：「正德八年冬至，予至南康府。」又，廣信獄記（卷四十九）：「李子寓南康府，卧病待罪。」是該詩當作於正德八年臘月除夕。

南康元夕〔一〕

四海逢今夕，孤城有獨身。干戈猶野哭，梅柳自江春〔二〕。月向平湖滿，鐙於静夜親。罷喧風乍起，嗟爾楚南人！

其二

嘈嘈市鼓動，松月静吾門。燈火思今夜，風光滿故園。天明淹舞袖，塵暗失游軒。老鬢江山異，愁看旌旆繁。

【箋】

〔一〕該詩當作於正德九年正月十五夜，參前首箋。

〔二〕「梅柳」句，化用唐杜審言和晉陵陸丞早春遊望「雲霞出海曙，梅柳渡江春」句。

元夕風起南康〔一〕

嶽雲黄裊裊，夜半忽淒風。度市春燈亂〔二〕，穿梅野樹空。人依青岸酌，月漾碧湖中。擬盡江城賞，無欺蠟炬紅〔三〕。

【箋】

〔一〕該詩亦當作於正德九年（一五一四）正月十五夜，參前箋。

〔二〕「度市春燈亂」，杜甫船下夔州郭宿雨濕不得上岸别王十二判官：「風起春燈亂。」

〔三〕「擬盡江城賞，無欺蠟炬紅」，杜甫宿府：「獨宿江城蠟炬殘。」

乙亥立秋〔一〕

今日秋風起，連年濕病蘇。應時微雨歇，侵曉斷雲徂。已復寒蟬集，空嗟蕙草孤。步檐驚驟健，一葉下庭梧。

【箋】

〔一〕乙亥立秋，即正德十年立秋日。正德九年八月夢陽自江西經襄陽歸開封，時已在家閒居。

中秋〔一〕

漢江江上月，今夕去年看。尚憶峴山曲〔二〕，秋城波色寒。故鄉仍節序，衰鬢且儒冠。桂子真誰種，天空落未乾。

其二

輝輝衆星没，宛宛孤輪高。萬古今宵月，青天首自搔。度闉螢息照，懸樹鳥分毛。寂寞枚乘筆〔三〕，空懷八月濤。

【箋】

〔一〕正德九年五月，夢陽解去江西提學副使之職，六月末離開九江，乘舟經武昌、漢口，在襄陽作短暫居留，遊鹿門山、峴山，本欲隱於襄陽，因發水災而即歸大梁。夢陽封宜人亡妻左氏墓志銘（卷四十五）：「甲戌，李子以與江御史構，從理官於上饒，……是年，李子官復罷，道潯陽就左氏。泝江入漢，至於襄陽，將居焉。會秋積雨，大水，堤幾潰。……李子悟，於是挈左氏歸。」該詩似作於正德十年中秋，時已歸大梁，此爲追憶之作。

〔二〕峴山，在今湖北襄陽南。見襄陽篇奉寄同知李公（卷十二）箋。

〔三〕枚乘字叔，淮陰人，曾爲吴王濞郎中，有經世之才，不爲所用，後與司馬相如等從梁孝王遊。梁王死，歸淮陰。武帝即位，徵乘，卒於途。能文，漢書藝文志著録枚乘賦九篇，事見漢書卷五十一。此以枚乘自況。

戊寅元夕〔一〕

春色閏冬後，元宵驚蟄邊。軟塵欺月散，繁火奪星懸。車馬中原地，笙歌全盛年。無勞驗花燼，難測是皇天。

【箋】

〔一〕該詩作於正德十三年（一五一八）正月十五夜。時夢陽閒居開封家中。

中秋喜客攜酒見訪①〔一〕

節有吾家會，天能此夜陰。蟾蜍逐月没，桂子落雲深。同是悲秋客，況懷天柱心。引杯光欲閃，徙倚向東林。

其二

雲出真誰料，月行應自如。闇然花徑裏，忽枉故人車。落葉近坐滿，清光中夜舒。杯來不須却，此意合躊躇。

【校】

①詩題，弘德集作「戊寅中秋喜諸人攜酒見訪是夜先雲後月二首」。

【箋】

〔一〕按，弘德集詩題，戊寅，指正德十三年（一五一八），中秋日會客，時夢陽閒居開封。

十月月食不見①〔一〕

頻食天應苦，當宵地故陰。悲生十月雨，狂阻萬方心。武廨香燈聚，霜林鼓角沈。復光何處滿，願逐翠華臨。

【校】

①「十月」上，弘德集有「戊寅」二字。

【箋】

〔一〕據弘德集詩題，該詩作於正德十三年（一五一八）十月。時夢陽閒居大梁。

己卯元夕〔一〕

此夜門還閉，中天月自看。春催桂應發，雪映兔猶寒。兒女添鐙閙，鄰家品笛殘。少時思可笑，走馬向更闌。

【箋】

〔一〕己卯，爲正德十四年，該詩作於此年正月十五日。時夢陽閒居大梁。

庚辰清明東郭〔一〕

少日歡游處，逢春老大悲。强持杯酒勸，怕遣落花隨。草木梁園在，山河宋殿移。上墳人盡返，岐路獨含思。

【箋】

〔一〕庚辰，爲正德十五年（一五二〇）。該詩作於此年清明，時夢陽閒居開封家中。

九日上方寺〔一〕

賞時争上塔，乘月復登臺。地盡中原入，天空秋色來。望鄉番恨雁，有菊且銜杯。却憶龍山帽，徒增醉者哀。

其二

天地疏秋色，樓臺敞客歌。遠江寒自白，落木晚堪多。月爲銜杯出，鴻於鳴磬過。霜横不歸去，吾意在烟蘿。

【箋】

〔一〕上方寺，在開封城東北，見初秋上方寺别程生（卷十）箋。嘉靖集收録此詩，故當作於嘉靖元年至三年間，時詩人閒居開封。

至日夜雪〔一〕

至後①還深雪，幽心獨小堂。光雖奪片月，寒恐妒微陽。壓竹寧迷翠，沾梅秪辨香。一聲何處雁，翅濕且高翔。

【校】

①後，嘉靖集、百家詩作「夜」。

【箋】

〔一〕嘉靖集收録此詩，故詩作於嘉靖元年至三年間。據詩意，當作於嘉靖元年（一五二二）冬至。時夢陽閒居大梁。

癸未中秋不月〔一〕

碧桂行青鳳，嬋娟集玉樓。世人寧解睹，天意漫陰秋。雲逼初光布，星隨滿夜收。開晴即是月，但遣一尊留。

【箋】

〔一〕據詩題，當作於嘉靖二年中秋日。時夢陽閒居大梁。按，此詩原有二首，另一首見本書「補遺」。嘉靖集二首全録。

乙酉上元上方寺〔一〕

地愛僧林僻，人邀燈節游。緣塍朝借馬，改路晚登舟。春水鳧鷖滿，夕陽鐘磬幽。相留待明月，簫鼓在中流。

【箋】

〔一〕上方寺，在開封城東北，見初秋上方寺别程生（卷十）箋。乙酉，指嘉靖四年（一五二五）。時夢陽閒居開封。

丁亥立秋〔一〕

火多常病熱，殘暑特相欺。今日涼風至，颯然林竹披。聞鷄每起早，省稼獨歸遲。天地蕭條意，何須一葉知。

【箋】

〔一〕丁亥，指嘉靖六年（一五二七），時夢陽閒居開封。

中秋亭會〔一〕

老去真耽月，更深且醉遊。影沾如畏露，光冷是分秋。蛩故吟清酒，蟾應笑白頭。恒星藏不見，坐待彩波流。

【箋】

〔一〕據前首推測，該詩似作於嘉靖六年中秋。

戊子元夕 示曹甥①。〔一〕

皎月臨元夜，和風入始春。過冬猶望雪，思世轉愁人。歌館喧鳴鼓，遊車匝暗塵。黑頭宜努力，吾鬢已如銀。

【校】

①詩題，曹本作「戊子元夕示甥嘉」。

【箋】

〔一〕曹甥，指曹嘉，字仲禮，扶溝（今屬河南周口）人，夢陽大姐夫曹經之子。夢陽所作族譜外傳云：「曰香，吏隱公女，適曹經。」曹嘉中正德十二年（一五一七）進士。曾以御史言事出補大名府推官，復職後，以言事謫昌邑知縣，降茂州判官。嘉靖中官至山西提學副使、江西右布政使。著有漫山集。傳見中州人物考、本朝分省人物考、列朝詩集及明詩綜。戊子，即嘉靖七年（一五二八），時夢陽閒居開封。

己丑五日〔一〕

往歲沾宮扇，含香拜玉墀。只今飄白髮，刈麥向東菑。樹樹鳴蜩日，家家望雨時。萬方多難意，誰達聖明知？

【箋】

〔一〕己丑五日，指嘉靖八年（一五二九）端午節。時夢陽閒居大梁。據李空同先生年表：此年十二月三十一日，夢陽去世，云：「至十二月晦日將易簀，作自贊曰：『生無敢私，死無敢欺。質雖凡近，高遐是期。或謂弗然，請試察之。剛而寡謀，自信靡疑。衆雖見惡，君子是之。即不見是，天豈不知。老而覺悟，途窮數奇。齎志長畢，命也何爲？空同八篇，潦草綴詞。』書畢而逝。」若果如此，則作此詩時離去世僅七月有餘。

五日莊上集〔一〕

園桂日佳色，黄鸝時巧音〔二〕。美人翩紫馬，攜酒入花陰。艾席鋪能坐，蒲觴乾自斟。蜩鳴雖頗聒，流轉是天心。

【箋】

〔一〕據詩意及前詩推測，此詩似當作於嘉靖八年端午節。

〔二〕「黄鸝時巧音」，杜甫蜀相：「隔葉黄鸝空好音。」

明遠樓春望〔一〕

貢院初開閣，春陰獨倚欄。柳邊千艦聚，花裏萬家殘。風雨江聲卅，兵戈地色寒。斷腸沙雁北①，群起向長安。

【校】

①沙雁北，詩綜作「沙塞雁」。

【箋】

〔一〕明遠樓，明清科舉考試，各省鄉試皆在省城舉行，其試院稱貢院，貢院至公堂前置高樓，名明遠樓。考試時，巡察官登樓眺望，居高臨下，監視考場，提防作弊。據詩意，似作於正德七年春，時夢陽任江西提學副使在南昌。

【評】

沈德潛明詩別裁集卷四：蔣仲舒云：含愁無限。

宜春臺春望〔一〕

古州圖記見，今望臨高臺①。人倚楚天盡，風驅湘色來。密雲生曉暝，遠水上春雷。尚有干戈淚，馮軒眼倦開。

【校】

①「古州」一聯，正德袁州府志卷十二作「勞勞世路裏，今望始臨臺」。

【箋】

〔一〕宜春臺，在今江西宜春城東南隅山上，爲全城最高點。太平寰宇記卷一百零九袁州宜春縣：宜春臺「在縣東南隅。城冢記：漢宜春侯劉成於城中立五臺，其最勝者爲宜春。高五十餘丈，植桃李以萬計」。讀史方輿紀要卷八十七袁州府宜春縣：「（宜春臺）在府城内東南隅。高五十丈，周覽川原，實爲壯觀。又仙女臺，亦在城東南隅，與宜春臺相望。城西南隅曰鳳凰臺。……城南十五里湖岡山有湖岡臺，西北化城巖曰化城臺，與城内三臺爲五也。」該詩似作於正德七年春，時夢陽任江西提學副使視學袁州。

謝巖秋日始集〔一〕

百戰江山在，吾來草木秋。孤城洞口落，襄水席邊流。去國雙王粲，題巖只謝侯。醉歸憶山簡，飛興習池頭〔二〕。

【箋】

〔一〕謝巖，亦稱謝公巖，在襄陽之峴山北麓，因南朝謝莊而著名。按，夢陽於正德九年（一五一四）七月自江西至襄陽，愛峴山、習池之勝，欲歸隱於此。詩似作於正德九年秋暫居襄陽時。

〔二〕習池，一名習家池，或高陽池。在湖北襄陽峴山南。見襄陽篇奉寄同知李公（卷十二）箋。

秋望〔一〕

蝶戲猶餘蘂，蟬吟已怯枝。乾坤入漢日，霜露望鄉時。屈子偏生楚，王通不負隋。晚楓江更苦，莫上峴山祠〔二〕。

【箋】

〔一〕據詩意，當作於正德九年秋，作者攜妻自江西北歸，途中暫居襄陽時。下一首古城春望作時同。

〔二〕峴山，在今湖北襄陽南。見襄陽篇奉寄同知李公（卷十二）箋。

古城春望

陰陰日欲暮，迢迢春望稀。野色吹寒立，林鴉逆雨歸。孤城還麥秀，白首且花飛。臨路長楊嫋，前朝今是非。

東陂秋泛三首〔一〕

久説東陂好，今陪上客遊。綺筵開畫舫，哀笛奮中流。舞每低輕燕，歌先起白鷗。稍前休更進，吾愛荻花洲。

其二

水寺通人少，松亭隔芰荷。問僧舟暫艤，登岸酒同過。草木秋風入，湖山晚色和。返橈須痛飲，前路滿漁歌。

其三

進艇晨烟碧，回橈晚日黄。宿禽喧亂葦，饑獺竄空梁。放浪形骸得，牽纏世路忙。要君待明月，此水是滄浪。

【箋】

〔一〕東陂，開封城東的湖。按，賈道成墓志銘（卷四十六）云：「正德戊寅九日，李子、賈生共汎城隅之陂。」作於正德十三年重陽節。又，辛巳九日田子要東陂之遊雨弗克赴詩（卷三十二），作於正德十六年重陽節。此三首亦似作於此時期。

春晴野寺和李大〔一〕

野闊愛春幽，新晴覓寺遊。立僧當徑望，融雪向門流。浄色悲諸界，浮生哂一丘。憐君厭囂俗，行處即滄洲。

【箋】

〔一〕李大，即夢陽長兄李孟和。按，夢陽族譜家傳（卷三十八）載：「孟和，吏隱公子，字子育，爲散官。初名茂。天順五年十二月十日亥時生。娶孟氏。」壽兄序（卷五十七）中曰：「正德庚辰之歲，李有長公者，年六十矣。十二月十日，其生辰也。」庚辰爲正德十五年（一五二〇），故該詩疑當作於正德末年。

城南夏望和王相國〔一〕

散步郊南望，雛鴉款款飛。園林惟草色，時序已絺衣。試粉蓮初膩，殘香楝乍稀。亦思河朔飲，無奈賞心違。

【箋】

〔一〕夢陽有春日柬王相國（卷十六），即其人，或爲王鏊。該詩或作於正德四年春，時作者因劉瑾案已罷職閒居開封；或作於正德九年詩人自江西罷官後至嘉靖元年之前。

春日臺寺〔一〕

寺僻春還麗，人閑午任遊。行隨碧草遠，話爲老僧留。池竹晴常潤，龕花晚更幽。塔端兩巢鶴，怪爾亦優游。

【箋】

〔一〕臺寺，即繁臺，在開封城東南。據詩意，當作於正德末年詩人閒居大梁時。

春日漫成〔一〕

豪真欺酒緑，老每厭花紅。人事年年異，春風物物同。雲霄猶旅雁，時序又新菘。潦倒元吾分，金尊莫放空。

【箋】

〔一〕嘉靖集收録此詩，故詩當作於嘉靖元年至三年間。時夢陽閒居大梁。

春宴〔一〕

物與吾何異？春隨地不同。游歌盡墨客，亭榭半花風。身世一杯外，山河雙眼中。無言時未夏，已報石榴紅。

其二

老爲春憐酒，閒將客問花。檻楊晴故雪，階藥晚能霞。地與歌鶯轉，人争舞燕斜。但來須共醉，莫使負韶華。

【箋】

〔一〕嘉靖集收録此詩，故該詩當作於嘉靖元年至三年間詩人閒居開封時。

疊前韻二首〔一〕

昨與君游處，今來訝不同。早荷浮嫩水，夏樹起初風。人醉孤亭上，禽鳴萬竹中。興深天亦助，斜日片雲紅。

其二

舊徑添雙樹，新叢試一花。春風逗笑語，落日變雲霞。圃色隨人遠，樓陰趁酒斜。誰知在塵境，遽爾隔紛華。

【箋】

〔一〕據詩題，當與前首同時作於嘉靖初年詩人閒居開封時。

丙戌中秋召客賞之以雨多不至者〔一〕

隔年期月易，一夕借光難。秉燭筵非改，登樓客不歡。竹風秋聽力，松雨夜留寒。天柱峰頭色〔二〕，應還似畫看。

【箋】

〔一〕丙戌，指嘉靖五年（一五二六）。時夢陽閒居大梁。按，夢陽於正德九年秋暫居襄陽，旋即返大梁，直至去世。

〔二〕天柱峰，稱天柱峰之山名甚多，此似指襄陽之天柱峰。在今湖北丹江口市西南。爲武當山最高峰。海拔一六一二米。明一統志卷六十襄陽府：太嶽太和山「在均州南一百二十里，山有二十七峰。……其中一峰最高者，舊爲天柱峰，亦曰紫霄峰」。

丙戌十六夜月〔一〕

是夕微雲，中天遂朗，因憶往時京華賦詩，有「清虧桂闕一分影，寒落江門幾尺潮」之句，人多傳誦，彼吾少俊，今遽老醜，並前詩忘之矣，亦以集未收載。

月豈無晴夜，天終有散雲。微微透今夕，朗朗至宵分。鏡展池波暈，珠明草露文。呼兒暖餘酒，酌罷一鴻聞。

【箋】

〔一〕丙戌，指嘉靖五年（一五二六）。十六夜，指八月十六日夜。時夢陽閒居大梁。

【評】

明李詡戒庵老人漫筆卷五空同詠望後月聯云：「清虧桂闕一分影，寒落江門幾尺潮。」李空同詠十六夜月警句，當時京師士夫稱賞。

李夢陽集校箋卷二十四　五言律二

感述

古意[一]

内廄飛龍馬，君王賜玉鞭。長鳴彩仗下，立在紫騮先。放逐緣何事，飄零竟不旋。如蒙敝帷顧，萬里爲君前。

【箋】

〔一〕據詩意，似作於劾劉瑾後的正德二年（一五〇七），時衆多大臣如韓文等均遭放逐，夢陽亦被「放歸田里」。

賞遊

王者化無外〔一〕，玉門開至今。笳鬧青海外，馬放白登深。漢將收金鼓，胡姬弄玉琴。宫中花月夜，那稱賞遊心。

【箋】

〔一〕「王者化無外」，杜甫夔州歌十絶句之三：「王者無外見今朝。」按，弘德集卷二十四載此詩，似作於弘治末或正德初年任官户部時。

客散

尊傾客自散，而我卧空林。五月涼風至，孤村細雨陰。竹蘿垂野徑，花草澹幽襟。夢醒聞遥唱，依稀楚鳳吟。

【箋】

〔一〕按，弘德集卷二十四録此詩，據詩意，似作於正德年間。

游兵〔一〕

聞道新開口〔二〕，游兵未解圍。只須殊死戰，莫放隻輪歸。漢月已自滿，林烏常夜飛。早將書插羽，天子日宵衣。

【箋】

〔一〕據史載，韃靼軍常擾寧武關、萬全新開口、花馬池等地。該詩疑作於弘治末年任職户部時。

〔二〕新開口，即新開口堡，明宣德十年（一四三五）置，屬萬全右衛，在今河北萬全縣西北。

省中春暮〔一〕

禁漏煙花北，分曹御苑西。高林落日盡，幽院集鴉齊。豈貴浮生趣，常便静者棲。坐憐春事晚，庭草日萋萋。

【箋】

〔一〕據詩意，似作於正德初年任官户部時。省中，即中書省内。中書省，唐代稱西臺，明析中書省政歸六部。下觀雪省中作時同。

觀雪省中

省葉辭寒盡，庭花向暮飄。黄雲變玄朔，萬里入層霄。灑地紛紛密，凌虚脈脈遥。北風聊可詠，攜手不堪謡。

聞砧〔一〕

逸響緣雲起，清砧入暮繁。秋風吹落月，萬户更千門。寧知寄遠意，不盡搗衣魂。早晚逢西使，流沙隔塞垣。

【箋】

〔一〕據詩意，疑作於作者任職户部餉軍寧夏時，時間爲弘治十六年（一五〇三）秋。

旅夜〔一〕

百卉已蕭索，哀蛩胡未休。寒天清渭樹，落月故鄉樓。古人猶涕淚，吾意豈公侯。雝雝南去雁，漂泊向何州？

【箋】

〔一〕據詩意，疑作於作者任職户部餉軍寧夏時，時間爲弘治十六年秋。

除架〔一〕

種豆高於屋，垂瓜忽滿庭。根深歷夏茂，蔓弱望秋零。猥雜沉霜露，縱横礙月星。斧斤呼稚子，欲伐幾回停。

其二

炎時忻密葉，寒至怨多陰。自是衰榮理，非關愛恶心。伐條近陽月，開牖散秋禽。但能存碩果，無用歎蕭森。

【箋】

〔一〕據詩意，似作於正德九年（一五一四）後閒居開封時。其中「斧斤呼稚子」句，可證爲正德末或嘉靖初年作。按，據李空同先生年表：正德十一年夢陽左氏夫人卒，次年繼娶宋氏，十三年次子楚生，十五年，三子梁、四子柱雙生。夢陽與左氏所生長子李枝生於弘治四年，此「稚子」，不當指李枝。

詠史①

霸王雄圖並，淒涼世徑分。鯨鯢赴巨壑，鷹隼失高雲。難折朱雲②檻，休嗟袁紹軍。當時干帝紀，一一動星文。

其二③ 口次詠史。

漢末忠良顯，英名李杜齊。伏機翻自中，倒柄爲誰攜。碧海鯨鯢鬭，蒼林虎兕啼。南州徐孺子〔一〕，何事獨棲棲？

【校】

①詩題，曹本作「詠史二首」；弘德集有小注：「王去聲。」②雲，弘德集、黄本作「游」。③其二，原作「望極其二」，今據曹本改。

【箋】

〔一〕徐孺子，名穉，東漢豫章南昌人，隱居不仕。事見後漢書徐穉傳。該詩疑作於正德七年前後任官江西時。

望極①

望極雲天黑，關門落葉深。古城饑雀啅，長路斷蓬沉。嫠婦登樓思，孤臣去國心。此時看故壘，何處不沾襟。

【校】

①該詩次序，原在「詠史」（其一）下，據曹本乙正。

【箋】

〔一〕按，弘德集卷二十四收此詩，據詩意，似作於正德三年秋遭劉瑾迫害入詔獄，釋出返開封途中。

定居

故業秦山北〔一〕，新居梁苑西〔二〕。平生一丘壑，何處竟安棲。玄豹終隨霧，神龍或困泥。向來登眺夢，常繞杜陵溪。

【箋】

〔一〕秦山，泛指秦地的山。夢陽出生地慶陽（今甘肅慶城），明屬陝西布政司，故稱。末句「杜陵溪」亦長安故址。據詩意，當作於正德四年（一五〇九）至六年夏詩人遭解職閒居開封時。

〔二〕梁苑，故址在今河南商丘。史記梁孝王世家：「孝王築東苑，方三百餘里。」又，元和郡縣圖志卷七宋城縣：「兔園，縣東南十里。漢梁孝王園。」亦云在今開封東南吹臺附近。此詩「梁苑」當指後者。

歸沐

歸沐謝人事，翛然悲俗情。陰陽争歲色，江海蓄春聲。自委青雲懶，那教白髮生。君看少年者，騮馬盡飛纓。

【箋】

〔一〕按，此詩，弘德集卷二十四收入，似當作於正德二年至六年間閒居開封時。

春日大梁東郭〔一〕

桃柳清沙晚，悵然悲遠春。葉明深坐鳥，花劇轉愁人。少小追歡地，乾坤放逐臣〔二〕。已看共如此，何惜醉遊頻。

【箋】

〔一〕據詩意，疑作於正德二年（一五〇七）或五年前後，時因劾劉瑾案賦閒在家。

〔二〕「乾坤放逐臣」，杜甫寄李十二白二十韻：「三危放逐臣。」

雜興

衆木依繁塔〔一〕，吾亭俯蔡河①〔二〕。側思雲驥渡，不忍黍離歌。窗裏遊天地，春前種薜蘿。養生誠計拙，冥寂保天和。

【校】

①「衆木」一聯下，弘德集有小注：「繁音婆。」

【箋】

〔一〕繁塔，當指繁臺上的佛塔。繁臺，在開封東南，見早春繁臺（卷二十四）箋。據詩意，疑作於正德四年至六年，時因劾劉瑾案賦閒在家。

〔二〕蔡河，雍正河南通志卷八山川下載：「即惠民河，自開封府城東南流，至州城西北五十里。」又卷五十一古蹟上：「元世祖至元二十七年，黄河決祥符之義唐灣，而西蔡河上源由是湮塞。洪武以來，河屢南徙，淤爲平地，惟府城南薰門内，東西有河積水，不通舟楫矣，河上有東、西二橋尚存。」

登臨

屏迹良吾性，逢辰每壯心。花含向日霧，柳變隔年陰。行坐自芳草，依棲還舊林。高樓出迥絶，無日不登臨。

其二

春燕不巢屋，國祥徵至今。孤城四戰地，斜日兩河陰。岸坼陳橋斷〔一〕，花開宋苑深。河船不入渭，那慰望鄉心。

【箋】

〔一〕陳橋，即陳橋驛，一名陳橋鎮，在今河南封丘縣東南二十六里陳橋鄉。按，此詩收入弘德集卷二十四，似當作於正德五年前後閒居開封時。

雨後朝望

半夜雷驅雨，清晨草映空。起看南仆樹，知是北來風。宿霧籠初日，晴天滅斷虹。劇心時序晚，遮莫傅巖功。

早春繁臺〔一〕

泯泯春猶早，行行賞不違。柳黄沙際見，草色雪中歸。積水生雲氣，孤城下夕暉。誰禁臺寺望，北雁又將飛。

【箋】

〔一〕繁臺，即吹臺，也即梁孝王臺，雍正河南通志卷五十一古蹟上開封府載：「在府城東南三里許。按九域志，即繁臺也。本師曠吹臺，漢梁孝王增築之，又名平臺。上有三賢祠，祀李白、杜甫、高適。天寶中，三人聚於梁宋，共飲吹臺之上。後人慕其高風，因祀之，今又建禹王廟。」是該詩約寫於正德五年前後詩人居開封時。

【評】王夫之明詩評選卷五：取景玄真，含情虛遠，北地白草黄榆之氣盡矣。

早春南郊〔一〕

正月郊南路，獨行吟早春。冰霜猶在眼，柳色暗隨人。直道元通蔡，層山故蔽秦。浪遊今短髮，凝望欲沾巾。

【箋】

〔一〕據詩意，該詩似寫於正德五年前後詩人閒居開封時。

郊行〔一〕

午雪融村溢，春沙引騎紆。田禽忽自起，水鶴會相呼。歇馬時傍柳，逢花自倒壺。醉眸横落日，寂寞宋京都。

【箋】

〔一〕據詩意，該詩似作於正德五年前後歸居開封時。

時事〔一〕

幸睹三春媚，番增兩鬢華。賊來當白晝，風起但黄沙。碧颭依墻竹，紅殘拂檻花。寄言寇盜者，四海尚爲家。

【箋】

〔一〕詩中時事，似指正德四年前後發生之陝西、河北、山東、江西等地農民暴動。明史武宗本紀：「正德三年八月，『是月，山東盜起』。又，正德四年：『是年，兩廣、江西、湖廣、陝西、四川並盜起。』」時作者或閒居開封。

被縶國境眺望〔一〕

亦知塌翼鳥，豈意罻羅求。萬里勞明主，孤臣淚暗流。臨京花更苦，近苑柳偏愁。愧爾雲間燕，銜泥向玉樓。

【箋】

〔一〕國境，指京都界。正德三年（一五〇八）五月，劉瑾知彈劾之疏文出自夢陽之手，乃羅織他事械繫北行，矯詔下錦衣衛獄。該詩當作於此時。

下吏〔一〕

弘治辛酉年坐榆河驛倉糧，乙丑年坐劾壽寧侯，正德戊辰年坐劾劉瑾等封事。

十年三下吏，此度更沾衣。梁獄書難上，秦庭哭未歸〔二〕。圜墻花自發，鎖館燕還飛。況屬炎蒸積，憂來不可揮。

【箋】

〔一〕小序之「弘治辛酉年坐榆河驛倉糧」，指弘治十四年（一五〇一）奉命監稅三關，由於整治官吏及宦官、外戚侵吞國家糧食而反被誣陷下獄事。徐縉明江西按察司副使空同李公墓表稱：「公初監稅三關也，立法嚴整，請謁不行。勳璫誣之，逮獄，尋釋。」崔銑明江西按察司提學副使空同李公墓誌銘亦載：「嘗監三關招商，用法嚴格，勢人之求，被構下獄，尋得釋。」「乙丑年坐劾壽寧侯」，是指弘治十八年上疏孝宗彈劾壽寧侯張鶴齡下錦衣衛獄事。夢陽有述憤十七首，小序曰：「弘治乙丑年四月，坐劾壽寧侯，逮詔獄。」「正德戊辰年坐劾劉瑾等封事」，指正德三年因與彈劾劉瑾被矯詔下獄事。夢陽離憤小序曰：「正德戊辰年五月，閹瑾知劾章出我手，矯旨詔獄。」據小序及「十年三下吏，此度更沾衣」句，該詩當作於正德三年坐錦衣衛獄時。

〔二〕「梁獄書難上，秦庭哭未歸」，杜甫贈裴南部聞袁判官自來欲有按問：「梁獄書應上，秦臺鏡欲臨。」

獄夜雷電暴雨〔一〕

一雨暮何急，孤眠宵未央。疾雷翻暗壁，落電轉空梁。勢急①千山動，光還萬里長。天威終不測，魑魅可潛藏。

【校】

①急，弘德集作「極」。

【箋】

〔一〕據詩意，當作於正德三年夏，時因劾劉瑾案坐錦衣衛獄。

獄夜〔一〕

檐景棲棲落，臺居黯黯幽。鼠緣争果墜，螢過隔衣流。幸竊餘光照，那蠲多穴愁。亦知廣川子〔二〕，跼蹐爲春秋。

【箋】

〔一〕據詩意，當作於正德三年（一五〇八）坐錦衣衛獄時。

〔二〕廣川子，即董仲舒。董仲舒爲西漢廣川郡（今河北景縣）人，故夢陽稱其爲「廣川子」。董仲舒因説災異之事，爲漢武帝下獄，瀕死，武帝憐其才，赦免。仲舒從此專心講授公羊春秋。

南征〔一〕

暑行心目煩，孤馬背中原。地勢吞淮泗〔二〕，山形包鄧樊〔三〕。沿途官柳接，吟葉麥秋繁。赤日蒸雲夢，科頭思故園。

【箋】

〔一〕正德五年，劉瑾伏誅，朝廷詔復夢陽職，任江西提學副使。據詩意，當作於正德六年（一五一一)夏五月赴江西任官途中。

〔二〕淮泗，即淮河與泗水。

〔三〕鄧樊，即樊城與鄧州。樊，即樊城，在今湖北襄陽。見宣歸賦(卷一)箋。鄧，即鄧州，今河南鄧州。本春秋時鄧侯國，秦爲穰邑，漢爲穰縣，屬南陽郡。唐武德二年(六一九)改爲鄧州，天寶元年(七四二)改爲南陽郡，宋復爲鄧州。明以穰縣省入，稱鄧州，屬南陽府，治在府城西南一百二十里。

野戰〔一〕

盜賊乾坤滿，縱横野戰悲。隨城嚴戍鼓，平地有旌旗。樹燕閒相逐，垣花寂自垂。諸君①大河北，捷報幾時知。

【校】

①君，弘德集作「軍」。

【箋】

〔一〕此詩似作於正德六年(一五一一)夏赴江西任官途中。按，正德六年至七年，農民起義軍首領趙鐩(屬河北劉六、劉七起義軍分支)率兵攻襄陽、樊城、棗陽、隨州、新野等地。詩中「隨城嚴戍鼓，平地有旌旗」似指此事。隨城，即湖北隨州。

野泊〔一〕

遠電明江夜，官舟野泊稀。山鐘①天外落，林火雨中微。水立黄龍鬭，沙霑白鷺饑。平生萬里志，可奈夢西歸。

【校】

①鐘，原作「鍾」，據黄本、四庫本改。

【箋】

〔一〕此詩似作於正德六年夏，時詩人正趕赴南昌就任江西提學副使之職。

舟中病感〔一〕

寒望舟中遠，鄉心病後多。萬山通越水，孤棹雜吴歌。霜已丹楓甚，吾如白髮何。倦遊常藥物，歸思繞關河。

【箋】

〔一〕據詩意，當作於正德六年（一五一一）秋在江西任官，病於視學途中時。按，夢陽作有乞休致本（卷四十一），曰：「自到江西，水土不服，吐痰頭暈。」當與此合。

安仁聞夜哭〔一〕

縹緲因風訴，哀哀何處音。聲隨落月斷，聽入過①雲深。轉戰增新鬼，誅求損衆心。懸軍今更急，寨滿碧山岑。

【校】

①過，四庫本作「遏」。

【箋】

〔一〕安仁，今江西餘江。南朝陳天嘉中置，屬鄱陽郡，治所在今江西餘江縣東北錦江鎮，明屬饒州府。因與湖南省安仁縣重名，一九一四年改名餘江縣。明一統志卷五十饒州府：「安仁縣，在府城南二百一十里，本漢餘汗縣地，……宋開寶末置安仁場，端拱初升爲縣，屬饒州，元仍舊，本朝因之。」按，正德六年至七年，江西各地接連發生民變，朝廷派兵鎮壓，戰事連綿不斷。夢陽時任江西提學副使，親歷其事，該詩正爲此而作。

得家書〔一〕

隔歲纔通此，一書真萬金〔二〕。時危作宦久，家遠戰場深。慘慘屯黄霧，紛紛走緑林。怒來思擊楫，時有渡江心。

【箋】

〔一〕正德五年（一五一〇）至七年間，江西南昌、撫州、瑞州等地接連發生王浩八等民變，朝廷派兵鎮壓，戰事不斷。夢陽時任江西提學副使，親歷其事。此時得家書，思鄉更切。詩作於正德七年。

〔二〕「一書真萬金」，杜甫春望：「家書抵萬金。」

報生孫〔一〕

强仕今爲祖，家書昨舉孫。行藏三代具，生養九朝恩。長但修蘋藻，愚從喚犬豚。見時應解笑，先夢繞夷門。

【箋】

〔一〕夢陽封宜人亡妻左氏墓志銘（卷四十五）曰：「庚午，瑾誅。明年，李子起江西按察司副使提學，是年，左氏有孫。」即李枝得子，夢陽抱孫。首句「强仕」，即「彊仕」，四十歲的代稱，語本禮記曲禮上：「四十曰强，而仕。」後漢書胡廣傳：「甘、奇顯用，年乖彊仕；終、賈揚聲，亦在弱冠。」據此，該詩作於正德七年（一五一二）冬，夢陽已在南昌任官。

徐汊風阻雨雪〔一〕

風急江船絶，年殘野色凝。密雲寒夜柝，流霰灑舟燈。四望湖天黑，孤吟羇思增。傍村有夫婦，對火綴魚罾。

其二

南雪竟爲雨，北風增野寒。漏船喧夜語，攤濕攪晨餐。轉苦人煙絶，生憎鷗鷺乾。吾行尚濡滯，估舶爾應難。

其三

阻舟江柳下，信宿五湖中。立水偏呑雨，飛沙半逆風。夜檣扶岸集，漁火亂波空。信有悲歡異，應知易地同。

其四

常年遇泛客，煞厭説風波。雨雪空江夜，伊予悲慨多。沙人荷傘至，灘鳥掠舷過。幸及投簪會，山中有薜蘿。

【箋】

〔一〕徐汊，不詳，當在九江長江與鄱陽湖交界處。正德七年（一五一二）冬，夢陽妻子左氏至江西，夢陽至九江迎接，詩當作於此時。按，夢陽封宜人亡妻左氏墓志銘（卷四十五）：「壬申，李子迎左氏於江西。左氏舟河行，值樁舟破，僅免入江，過馬當，帆脚打僮人落江没，及湖口，風逆，困崖下洄渦中，舟突崖石，時時響。於是左氏怖欲死，計繫之，登石免。」

徐汊阻舟七日〔一〕

七日北風阻，野灘舟不行。僕奴增餓色，妻子話征情。疏霰欺簾入，流澌逐浪生。獨吟江更苦，詩罷欲三更。

【箋】

〔一〕正德七年冬，夢陽妻子左氏至江西，在九江之湖口遇險。詩當作於此時。

湖夜泛〔一〕

煙湖迴不極，搖搖中夜征。棹發魚龍動，人銜鴻雁鳴。雪月物意慘，雨天寒色生。共有舟航事，誰深途路情？

【箋】

〔一〕正德七年冬，夢陽迎妻子左氏至江西，冬夜泛舟鄱陽湖。詩當作於此時。

廬山冬至聞雷〔一〕

小至匡南雨，空江此夜雷。仄憂群蟄動①，急恐萬山摧。盜賊時事苦，陰陽歸思催。征鴻莫遽起，擬爾北同迴。

【校】

①動，弘德集、黄本、曹本作「震」。

【箋】

〔一〕詩中有「小至匡南雨，空江此夜雷」句，據此，疑作於正德八年（一五一三）冬夢陽在南康（今江西星子）卧病時。按，夢陽井銘（卷六十）曰：「正德八年冬至，予至南康府。」又，歲暮五首（卷二十九）其五曰：「歲當癸酉廬山曲，冬盡扁舟記獨棲。」亦可證。

雪夜廬山玩月〔一〕

廬山萬古月，幾度雪邊明。影傍素林滅，層隨寒浪生。蔽巖疑有缺，侵鵲暗須驚。轉恐群星妒，冰壺獨自行。

【箋】

〔一〕據詩中「廬山萬古月」一聯，可推當作於正德八年（一五一三）冬夢陽在南康待罪卧病時。其歲暮五首（卷二十九）其五曰：「歲當癸酉廬山曲，冬盡扁舟記獨棲。」可證。

南康聞還山之報〔一〕

傅玄非侮世，陶令合辭官。客路青陽逼，歸心白髮寬。江城消雪送，春雁倚舟看。自此茫茫去，都門昨挂冠。

【箋】

〔一〕因受巡按御史江萬實等人誣陷，正德八年冬至，夢陽赴南康卧病待罪。九年正月，受命至廣信（今江西上饒）候勘官勘結。經查無罪，令「冠帶閒住」。該詩當作於此時。

江州雨〔一〕

潯陽困李白，吾寓亦江州。地轉濤聲逆，城空山氣流。二儀風雨積，雙鬢古今愁。去鳥銜煙白，偏迎故國眸。

【箋】

〔一〕江州，指今江西九江。按，正德九年六月，夢陽被解職，北歸。自南昌至九江，與妻子左氏會合，然後溯長江至武昌。七月，又沿漢水至襄陽，作短暫停留後北返。該詩當作於出發前。

霽〔一〕

日霽催江色，心攀怍楚氓。褰帷二載過，歸劍五湖情。霜换湓溪葛，林遷栗里鶯〔二〕。忍看復新月，廬嶽夜猿鳴。

【箋】

〔一〕正德九年六月，夢陽遭解職，自南昌至九江，與妻左氏會合，即溯長江至武昌，七月，由漢水至襄陽。該詩當作於出發前。

〔二〕栗里，在今江西九江西南。晉陶潛曾居於此。南朝梁蕭統陶靖節傳：「淵明嘗往廬山，弘命淵明故人龐通之齎酒具于半道栗里之間。」唐白居易訪陶公舊宅詩：「柴桑古村落，栗里舊山川。」

七夕宜城野泊逢立秋〔一〕

漢江天上水，牛女世間宵。自動黿鼉影，誰傳烏鵲橋。孤城古塞月，一葉楚門潮。君看西流火，分明奪斗杓。

【箋】

〔一〕宜城，明屬襄陽府，即今湖北宜城。正德九年六月，夢陽攜家人離開江西，自九江泝長江至漢口，七月，乘漢水至襄陽。該詩當作於此年七夕，時詩人與妻暫居襄陽。

【評】

皇明詩選卷七：陳卧子曰：雅。

撥悶覃園〔一〕

秦客楚山北，秋園古堞西。野風吹①萬木，禾徑卧孤麑。江漢歸舟迴，關河落日低。可留吾便醉，爲愛白銅鞮。

【校】

①吹，弘德集、黄本、曹本作「吟」。

【箋】

〔一〕覃園，不詳。當在襄陽。正德九年，夢陽攜家人離開江西，自九江泝江入漢，此年秋，經襄陽返大梁。該詩當作於暫居襄陽時。

野風〔一〕

山鳴野風至，漢水白蕭蕭。月滉魚龍醒，雲蒸豺虎驕。有家驚節物，不寐想前朝。萬古英雄跡，江城夜寂寥。

【箋】

〔一〕正德九年六月夢陽攜家人離開江西，自九江泝江入漢，經武昌、襄陽，九月返大梁，作此詩時應尚在襄陽。

【評】

明詩選卷三謝榛評曰：黯然！淒然！

早起〔一〕

炳燭摇襄水，開門認楚山。風雲慘淡曙，天地有無間。露益他鄉白，秋隨老鬢還。飛來何處鶻，逸翮繞江關。

【箋】

〔一〕正德九年（一五一四）七月，夢陽攜家人至襄陽，欲歸隱於此。遇大水，遂北返大梁。該詩當作於此時。

繁臺歸集〔一〕

萬里竟何事，三年違此都。短墻殘菊在，别業古臺孤。冬日低檐塔，霜風静野蕪。但看頭盡白，莫吝酒重沽。

【箋】

〔一〕繁臺，即吹臺，也即梁孝臺、梁王臺，在開封東南三里。見早春繁臺（卷二十四）箋。正德九年九月，夢陽攜家人經襄陽返回大梁。該詩當作於此時。「三年違此都」，正德六年五月離開大梁至江西赴任，正德九年九月自江西歸，正好三年零四個月。

繁臺歸興〔一〕

臺榭歸來地，江山戰後心。城空猶募馬，樹在只棲禽。看岳晴偏近，俯河寒更深。風沙日日起，梁父爲誰吟。

【箋】

〔一〕繁臺，見早春繁臺（卷二十四）箋。正德九年六月，夢陽攜妻離開江西，七月至襄陽，九月返回大梁。該詩當作於初返開封時。

正月十日赴吴莊之宴①〔一〕

林卧百無事，出城緣底希。人初正月會，春已柳條歸。就日蛛垂户，開尊蜂坐衣。不知農話久，天地一斜暉〔二〕。

其二

爲赴吴莊飲，因成禹廟遊〔三〕。住車驚草緑，坐石有雲流。落日銜春嶠，飢鴻集暮洲。已拚頻載酒，展轉問花丘。

【校】

①十日，曹本作「十六日」。又，目録原亦作「十六日」，據正文改。

【箋】

〔一〕吴莊，當在開封。該詩似作於正德十年正月十日。時作者閒居開封。

〔二〕「天地一斜暉」，杜甫旅夜書懷：「天地一沙鷗。」

〔三〕禹廟，也稱禹王廟，在開封東南三里，明代於古吹臺遺址建禹王廟。夢陽於嘉靖元年作有禹廟碑（卷四十一）一文，可參看。

早春赴鮑相之飲①〔一〕

憐女一尊酒，要予千古臺。年從碧草换，暖向玉杯來。海日連波動，江鴻帶雪迴。衆賓無遽起，吾醉欲徘徊。

【校】

①詩題，弘德集作「早春繁臺赴鮑相之飲」。

【箋】

〔一〕該詩似於正德十年（一五一五）初春作於大梁。鮑相，不詳。夢陽與寓居開封之歙商多有交遊，有鮑輔、鮑弼、鮑光庭、鮑燦、鮑雄等，或即其族人。見宗園夏集贈鮑氏（卷十六）箋。

【評】

皇明詩選卷七：李舒章曰：老態頹宕。

初春飲大道觀因題〔一〕

日月浮生改，山河此殿餘。酒因儒彦至，春入洞雲虚。何藥曾祛老，求丹尚問書。白頭風物裏，爛醉是真如〔二〕。

【箋】

〔一〕大道觀，雍正河南通志卷五十寺觀：「在尉氏縣城西南，明洪武初置，道會司於其内。」尉氏，今河南開封市尉氏縣。該詩似作於正德末年。按，夢陽有大道觀會飲（卷二十四）詩，作於嘉靖元年（一五二二），疑與該詩同時期作。

〔二〕「爛醉是真如」，杜甫杜位宅守歲：「爛醉是生涯。」

宿江氏莊

黄昏水鸛叫，沙頭人跡稀。天清看月近，野闊帶星微〔一〕。客語喧莊犬，風燈静夜扉。持醪忽自哂，出郭每忘歸。

【箋】

〔一〕「野闊帶星微」，杜甫旅夜書懷「星垂平野闊」。江氏莊，不詳。按，據詩意，此詩似作於正德末年夢陽閒居開封在附近遊玩時。

題壁

客到惟雞黍，農情愛汝真。隔城因下榻，曠野合留賓。騎苑沙明月，鞭橋柳弄春。忍能辭一醉，天地漸風塵。

【箋】

〔一〕按，據詩意，此詩似作於正德末年閒居開封時。

春日佘莊感舊〔一〕

圃勝元因主，花繁更屬晴。醉重今日酒，啼變隔年鶯。遇樹每共坐，尋香時自行。晚看風色異，天地一含情。

其二

名園多感激，繼至轉芳菲。節恨清明逼，人憐故舊稀。暖煙低野浄，雲日度花微。莫漫愁春賞，吾今已拂衣。

【箋】

〔一〕佘莊，即佘育家莊園。佘育字養浩，號鄰菊居士、潛虬山人，歙（今屬安徽）人，寓居開封。正德至嘉靖間與夢陽有交遊。見佘園夏集贈鮑氏（卷十六）箋。該詩似作於正德十一年春或稍後詩人閒居開封時。

雨過　賈誼有旱雲賦。〔一〕

倚杖河城暮，林園雨過清。斷絲猶舞燕，入葉已沾鶯。無惜聲連夜，何妨坐到明。旱雲吾欲賦，愴惻爲蒼生。

【箋】

〔一〕該詩疑作於正德十一年（一五一六）或稍後作者閒居開封時。

雷電 丁丑年十月十三日，是日立冬。〔一〕

雷電交冬夜，滂沱徹曉聞。老夫偏不寐，起立迴看雲。濕重菊垂檻，鳴哀鴻趁群。明朝傳太史，應有紀祥文。

【箋】

〔一〕丁丑，指正德十二年（一五一七）。時夢陽閒居開封。

喜雨客會〔一〕

萬物今逢雨，吾堂晚集賓。寒聲催電至，猛力攪風頻。坐看水平席〔二〕，歸防泥没輪。沾濡無自苦，憫憫是農人。

【箋】

〔一〕據前首，該詩當作於正德十二年十月詩人閒居大梁時。

〔二〕「坐看水平席」，杜甫鳳凰臺：「坐看彩翮長。」

晴[一]

雨好晴亦好，灑然詩興新。雲分天欲斷，日晃地如伸。濕入紅蕖重，乾回菉篠勻。趁時樓可上，萬里不風塵。

【箋】

〔一〕據前首，該詩當作於正德十二年（一五一七）秋冬詩人閒居大梁時。次首曉亦當作於此時期。

曉

北斗脚下地，東星明漸高。霜初被山岳，霞已閃波濤。寒雁能群過，鄰雞只亂號。不眠聊自待，紅日上林皋。

早起莊上

爲農起常早，每與雞鳴期。露重花偏得，林深鳥自遲。飛星當面過，落月向人隨[一]。玉珮金門外，遥憐待漏時。

【箋】

〔一〕「飛星當面過，落月向人隨」，杜甫中宵：「飛星過水白，落月動沙虚。」據詩意，此詩似作於正德十三年前後夢陽閒居開封時。

莊上晚歸〔一〕

萬動各有息，吾亦念吾棲。鴉翅昏猶接，花蹊曲欲迷。茅堂煙火外，稚子竹林西。自笑忙何事，還家每宿雞。

【箋】

〔一〕據詩中「稚子竹林西」句，此詩當作於正德十四年前後。按，據李空同先生年表：夢陽繼室宋氏自正德十三年至十五年連生三子，嘉靖元年至三年又連生二女。

新秋夜興〔一〕

微風入枕簟，林卧仰看星。露氣秋元白，天光霽益青。草蟲攢暗壁，螢火閃疏欞。那解蕭森節，都從一葉零。

其二

猶記初朝歲，寧知遽數秋。庭梧碧自落，畹蕙弱誰留。門閉人同夜，心西火共流。閒①眠亦反側，霜露隔松楸。

【校】

①閒，原作「聞」，據文意改。

【箋】

〔一〕按，弘德集卷二十四收録此詩，似當作於正德後期詩人閒居開封時。下一首深秋獨夜亦當作於此時期。

深秋獨夜

獨夕偏聞雁，悠悠寢復興。林堂下微月，風色暗疏燈。遲暮心難已，悲涼氣轉增。憂來理琴瑟，腸斷舊朱繩。

郊園省水〔一〕

莫辨田園路，聊遵水國遊。物情真困雨，吾道本滄洲。避濘紆尋徑，逢深屢借舟。草玄亭好在，坐數自來鷗。

其二

斬木聊供釣，當流且著闌。雞豚各惆悵，鵝鴨爾能寬。松菊陶元亮，江湖陸務觀。兼之吾過矣，魚鳥鏡中看。

【箋】

〔一〕省水，即考察水況。按，弘德集卷二十四收此詩，似當作於正德後期。

佘園春日〔一〕

市居常少出，花日復多風。萬古繁華地，三杯感慨中。步畦憐小摘，攀樹惜初紅。靄靄征①雲外，哀哀何處鴻。

【校】

①征，弘德集、黄本、曹本作「徵」。

【箋】

〔一〕佘園，即佘育家莊園，佘育字養浩，號鄰菊居士、潛虬山人，歙（今安徽歙縣）人。正德中與夢陽有交遊。見佘園夏集贈鮑氏（卷十六）箋。該詩似作於正德十二年或稍後。以上數首均作於此時。

河上秋興①〔一〕

古有蒹葭客，吾今水一方。茅齋寒淰淰〔二〕，洲渚鬱蒼蒼。獵騎捎河雁，歸人競野航。霜高木葉下，莫擬是瀟湘。

其二

坐送登臨目，晴空鳥路長。秋雲不近苑，宫樹自成行。河洛來天地，人煙接渺茫。采蘭空澤裏，彼美在何鄉？

其三

日上秋林静，江清旅思微。黄葉雨後積，白酒客來稀。今古三川地，乾坤一布衣。獨行吟望苦，沙鳥背人飛。

其四

名城急鼓吹，野處散秋煙。衆草莽零落，孤松羞自妍。山川亂明水，雲日媚高天。何事楊朱子，臨岐獨泫然。

其五

後代看今代，今人即古人。空傳歌舞地，不見綺羅春。宋嶽饒寒草〔三〕，梁臺起暮塵〔四〕。蒼茫白鷺渚，瀟洒類閒身。

其六

白馬瓠子口〔五〕，秋風汾上歌〔六〕。帝鄉不可見，千載白雲多。樹動江帆至，雲前塞雁過。滄洲無盡極，慷慨有漁蓑。

其七

十載宋梁間，雞鳴望四關。月來天似水，雲起樹爲山。朝市今何處，流波去不還。高秋未歸客，腸斷濁涇灣〔七〕。

其八

一爲梁地客，怨②及授衣天。野静寒煙白，沙鳴暮雨懸。飛龍過絶浦，立馬看長川。望望蘋花盡，鷗行若個邊。

其九

積雨催摇落，江村菊自秋。驚風振大壑，失雁下寒流。暗水斜穿竹，孤雲晚抱樓。虞卿足簡帙，白首傲公侯。

其十

不寐傷寒節，孤吟繞菊行。月沉李家浦〔八〕，雨入宋王城〔九〕。颯沓楊柳落，斷續寒蛩鳴。泛泛中河艇，誰知此夜情？

【校】

①詩題，列朝作「秋興」。　②怨，弘德集作「忽」。

【箋】

〔一〕河上，指黄河之濱。夢陽河上草堂記（卷四十九）曰：「正德二年閏月，予自京師返河上，築草堂而居。其地古大梁之墟，今曰康王城是也。」又，詩其七有「十載宋梁間」一句，可知夢陽自江西致仕歸家至今已十載。此詩則作於嘉靖三年詩人閒居大梁時。

〔二〕「茅齋寒淰淰」，杜甫放船：「山雲淰淰寒。」

〔三〕宋嶽，即艮嶽，在今開封城内東北隅。宋徽宗政和七年（一一一七）於汴梁東北築萬歲山。宣和四年，徽宗自爲艮嶽記，以山在國都之艮位，故名艮嶽。宣和六年，改名壽峰。詳見宋史地理志一及宋張淏艮嶽記。宋劉子翬汴京紀事詩之十曰：「鳳輦北游今未返，蓬蓬艮嶽内中高。」

〔四〕梁臺，即梁王臺，亦即繁臺、吹臺。在河南開封東南。見獵雪曲（卷十六）箋。

〔五〕瓠子口，瓠子，在今河南濮陽西南。史記河渠書：漢元光中，「河決於瓠子」。即此。

〔六〕汾上，即汾，一名汾丘、汾陘。春秋戰國楚邑。在今河南襄城東北三十里潁水南岸汾陳村。左傳：襄公十八年（前五五五）「子庚帥師治兵於汾」。杜注：「襄城縣東北有汾丘城。」

〔七〕濁涇灣，不詳，當喻指京城，杜詩「腸斷秦川流濁涇」，此句蓋出杜詩之意。

〔八〕李家浦，不詳。當在開封附近。

〔九〕宋王城，即康王城，在開封城北，黄河南岸。在今河南尉氏西北。見弔康王城賦（卷二二）箋。

【評】

明詩選卷三謝榛評其三、其六曰：氣格高古，絶無雕飾語。

其二：皇明詩選卷七：李舒章曰：結有美人芳草之思。

其六：陳卧子曰：第五句稍巧。

閑居寡營忽憶關塞之遊遂成七首〔一〕

牢落居庸道，蒼茫六載還。開軒延漢使，對酒話燕山。鳥道增新戍，天梯護上關。白城煙火切，鎖鑰未應閑。

其二

西崦千家落，防秋五百兵。山長元入塞，澗曲故穿營。静夜聞熊鬭，黄昏報虎行。昔時忺歷覽，三駐白洋城〔二〕。

其三　沙嶺爲黄華東路。

沙嶺長園入〔三〕，羊腸宛宛斜。石危偏駭馬，草動數驚蛇。古樹兼今樹，巖花雜澗花。向來行塞日，親見五陵霞。

其四　是爲西路。

往年趨北路，今繞泰陵西〔四〕。晝黑垂蘿密，山青禁木齊。獨僧攀杪出，怪鳥趁陰啼。寂寞黄華堞〔五〕，遥臨古塞溪。

其五　黄華牙將張。

孤蓬絶塞口，匹馬戍城前。跨迥煙墩直，緣危石棧連。飛雲下獨石，逝水入潮川。舊對張軍帥，題詩醉菊天。

其六

銀山湯嶺北〔六〕，鐵壁斗門邊。虎守千年寺，人看一綫天。赤厓崩古塔，陰洞坼新泉。尚記漁樵侣，長歌過馬前。

其七　弘治辛酉二月之望，宿銀山寺，觀鄧隱峰詩刻。

春遊臨絶嶠，月出卧空岑。暫逐山中客，常關物外心。三峰藏浄宇，百里羡雲林。崖際劖高隱，何時一重尋？

【箋】

〔一〕寡營，即欲望少，恬淡。關塞之遊，即弘治年間至北部邊關公幹之行。其七小注曰：「弘治辛酉二月之望，宿銀山寺，觀鄧隱峰詩刻。」即弘治十四年（一五〇一）二月，時夢陽任户部主事，奉命赴三關監督招商。此詩爲追憶之作，似作於正德末年閒居大梁時。銀山寺，見銀山寺（卷二十七）箋。

〔二〕白洋城，古城名。在今河北安新西南。

〔三〕沙嶺，又名沙嶺子，即今河北宣化西北二十六里沙嶺子鎮。遼史道宗紀四云大安六年（一〇九〇）「獵沙嶺」，即此。

〔四〕泰陵，爲明孝宗陵。在北京昌平筆架山東南。見望泰陵（卷二十三）箋。

〔五〕黄華，即黄花，也即黄花鎮，在昌平區東北，見九日黄花鎮（卷二十三）箋。按小注，牙將，古代軍銜，率五千兵爲牙將。

〔六〕銀山，在今北京昌平東六十里。讀史方輿紀要卷十一：銀山「峰巒高峻，冰雪層積，色白如銀，因名。麓有石崖，皆成黑色，謂之銀山鐵壁。頂爲中峰，石梯而上約五六里，迴出雲霄」。湯嶺，即湯山，在今北京昌平東南三十五里。

【評】

其一：皇明詩選卷七：李舒章曰：「對酒」句壯老。

夏夜〔一〕

閣幔雲初霽，雲姿淡夕扃。涼蟾輝遠樹，昏塹下流螢。久静通幽理，沉思損性靈。昔人渾未達，白首著玄經。

【箋】

〔一〕弘德集卷二十四收録此詩，似當作於正德年間詩人閒居開封時。

寄書〔一〕

驛使殘年發，家書向夜封。當衢慚騕褭，涉水憶芙蓉。紙短情難盡，鄉遥恨易重。孤燈遲明發，寒月下疏鐘。

【箋】

〔一〕據詩意，似作於正德七年前後任官江西時。

春宴〔一〕

白首聞歌異，豪心遇酒多。酒當花瀲灩，歌與燕婆娑。瞑色侵臺殿，春風換綺羅。未須愁薄暮，吾借魯陽戈。

【箋】

〔一〕據詩意，疑作於嘉靖初年詩人閒居大梁時。

熊子河西使回三首 是時甘軍殺都御史許銘。①〔一〕

偶遇西河使〔二〕，真傳塞上情。一春常凍雪，千里半荒城。永②斷匈奴臂，猶勤哈密征。重聞帳下變，無語對沾纓。

其二

絶塞田誰廢，甘州稻舊畦。荒屯惟見兔，破屋不聞雞。磧石烽煙北，祁連戰鼓西。平生邊務意，一一願封題。

其三

舊説窮源使，人今出武威〔三〕。葡萄應啖足，沙棗故攜歸。燧火真憔面，胡塵尚黯衣。問君春塞雁，曾過玉門飛？

【校】

①詩題，嘉靖集作「熊進士河西使回爲賦三首是時甘軍殺都御史許銘」。②永，嘉靖集、百家詩作「未」。

【箋】

〔一〕熊子，即熊爵，見雨後往視田園同田熊二子（卷十）箋。或以爲熊卓，誤。按，熊卓卒於正德四年，夢陽任官江西時作有熊御史卓墓感述（卷十二）、熊士選祭文（卷六十四），亦可證。嘉靖集收録此詩，故該詩當作於嘉靖元年（一五二二）至三年間。又明史世宗本紀載：「嘉靖元年春正月，……己巳，甘州兵亂，殺巡撫都御史許銘。」甘州，即今甘肅張掖。據此，詩當作於嘉靖元年。

〔二〕西河，指黄河的西邊一段。尚書禹貢：「黑水、西河惟雍州。」史記衛將軍列傳：「度西河，至高闕。」指今寧夏、蒙古間自南而北一段黄河。此代指西部邊塞。

〔三〕武威，今甘肅武威。明代設涼州衛，屬邊防要衝。

汴城東樓夏登〔一〕

身世吾垂老，中原北上樓。陰陽真去鳥，天地本虚舟。王屋千峰伏，黄河一綫流。晴沙暮浩浩，羨爾自行鷗。

其二

危樓六月上，樽酒四天開。俯看嵩雲動，涼疑海雪來。巒光杯裏見，島影檻邊迴。不見芒碭氣〔二〕，空深弔古哀。

【箋】

〔一〕嘉靖集收録此詩，故該詩當作於嘉靖元年至三年間，時詩人閒居開封。

〔二〕芒碭，見送蔡帥備真州（卷十一）箋。

田園雨燕客過三首①〔一〕

車馬人來地，田園雨後心。頽垣疏柳卧，漏屋野花侵。稼穡悲生事，琴樽伴苦吟。自無農圃學，不敢怨商霖。

其二

地下經年雨，田乾滿目蒿。繞籬荒苦竹，小架剩葡萄。閴寂人還至，壺觴興並高。草途煙欲暝，猶遺貰村醪。

其三

廢塢歡能勝，群遊百任爲。持竿探乳雀，擲石打黄鸝。落果呼兒拾，逢花折自隨。黄昏休擬駕，郊月已曾期。

【校】

①詩題，嘉靖集作「田園雨燕客與過之三首」。

【箋】

〔一〕嘉靖集收録此詩，故該詩作於嘉靖元年至三年間。

大道觀會飲①〔一〕

敞閣元無暑，清林更著煙。人觴金像側，馬繫石門前。壁草侵衣冷，壇花落酒鮮。丹青半磨滅，何處問諸天。

其二

殿閣生秋早，壺觴散客遲。蟬吟松露下，鶴入島雲隨。塵世人堪醉，蓬萊路竟疑。羨門如可作，願與跨青鸞。

其三

與客搴瑤草，開筵傍洞花。盤堆白石髓，觴瀉赤城霞。静悟陰陽轉，衰從髮鬢華。看君有仙骨，倘許授丹砂。

【校】

①詩題，嘉靖集作「張使君大道觀會飲」。

【箋】

〔一〕大道觀，在開封尉氏，見初春飲大道觀因題（卷二十四）箋。嘉靖集收録此詩，故該詩似作於嘉靖元年（一五二二）。

人折牡丹見贈賦之①〔一〕

俗眼開争折，花心抱自知。色新兼露至，香在有蜂隨。老病傷春日，乾坤傍②杖時。落紅紛點點，忍把出群枝。

【校】

①詩題，嘉靖集作「人有折牡丹贈者賦之」。　②傍，嘉靖集、曹本、李本、四庫本作「倚」。

【箋】

〔一〕嘉靖集録此詩，故當作於嘉靖元年至三年間，時詩人閒居開封。

客至〔一〕

宛宛酒船至，依依小隊過。亭於草玄近，溪比浣花多。繫馬穿芳樹，持杯向碧蘿。更謀泉上飲，無遽促鳴珂。

其二

訪隱春行早，衝風野興豪。鹿銜初出草，鶯坐半開桃。一叟煙霞僻，群公位望高。浚郊元此地，今日又干旄。

【箋】

〔一〕據詩意，疑作於嘉靖初年詩人閒居開封時。

東園偶題〔一〕

孤亭萬木裏，獨坐一花飛。老更知春色，閒能到夕暉。微風偏嫋蔓，返照故熏衣。隔院香逾好，呼兒莫掩扉。

【箋】

〔一〕東園即東莊，夢陽有新買東莊賓友攜酒往看十絶句（卷三十六），詩作於嘉靖元年，其五云：「今春自買城東園，暇即郊行不憚煩。不應對客誇林竹，日日柴門有駐軒。」故該詩當作於嘉靖元年以後閒居開封時。

南莊塘水淥漫補治小舟乘興泛繞數迴〔一〕

久懷浮海意，偶觸濟川心。一艇方塘繞，杳然春水深。桃花能泛泛，雲日故陰陰〔二〕。還艤緑楊下，番憎黄鳥音。

【箋】

〔一〕南莊，不詳，當在開封。據詩意，疑作於嘉靖初年。

〔二〕「桃花能泛泛，雲日故陰陰」，杜甫九日之三：「采花香泛泛，坐客醉紛紛。」

月槐之下與程生談亦念其夏游自去歲〔一〕

月出槐初定，風微影尚摇。念離仍是夏，拚坐忽分宵。星斗來天近，塵沙去路遥。别情兼望雨，白首夜頻翹。

其二

旱時偏苦熱，沙國每愁風。今夕客談處，孤槐清月中。露凝天故白，榴近夜能紅。明發衡南暑，逾江莫更東。

【箋】

〔一〕程生，當指程誥。字自邑，歙人，隨夢陽學詩，有霞城集。生平見孤鵠篇壽程生大母（卷七）箋。按，夢陽異道篇（卷六十六）曰：「嘉靖丙戌夏，倍熱，戊子更熱。」疑該詩作於嘉靖五年（一五二六）或七年。下一首秋雨作時同。

秋雨

檐雨響不絶，披衣中夜興。寒聲壓高閣，濕氣逼疏燈。一雁叫何處，數蛩吟可憎。誰能奮長劍，割破黑雲層。

聞雁〔一〕

慘澹胡風起，連鳴上碧霄。纔聞秋浦外，已復夕山遥。哀故欺霜角，清應斷夜簫。南樓有思婦，夢恰到西遼。

【箋】

〔一〕據詩意，以上二首疑作於嘉靖五年前後閒居開封時。

喜雪〔一〕

老健裘能着，寒吟雪故行。袖承花數出，履蹴霰求聲。飄即諸山壓，填應四海平。久知三

白貴，吾已十年耕。數上聲

【箋】

〔一〕夢陽於正德九年由江西罷官返大梁，據「久知三白貴，吾已十年耕」句，可知該詩似作於嘉靖三年（一五二四）。三白，即三度下雪。

嘲雪〔一〕

怪爾梁園樹，先春忽自花。態多低復起，形弱直還斜。秖解光迷鶴，無能色變鴉。玉樓銀闕裏，汝敢鬭瑶華！

【箋】

〔一〕據前首，該詩疑作於嘉靖三年或稍後閒居開封時。次首雪晴作時同。按，駱文盛有嘲雪次空同翁韻：「陰雲昏漸合，凍雨忽成花。着樹垂垂重，迎風宛宛斜。寒欺將殞葉，餒困後棲鴉。想見朝來散，城南有日華。」（見駱兩溪集卷六）即次韻之作。駱文盛字質甫，武康（今浙江德清）人。嘉靖十四年進士，改庶吉士，授編修。受嚴嵩排擠，致仕。傳見列朝詩集小傳丁集。

雪晴

餘雪且休騁，高空微欲曛。盈盈看玉樹，澹澹入黄雲。奮激鵰連起，啁啾雀自群。嚴風暮益發，天隙認星文。

暑夜〔一〕

微月通簾閣，疏星下檻塘。樹陰交進濕，水氣暗生涼。歲月一陰長，乾坤雙鬢蒼。北窗聊復爾，敢謂上羲皇。

【箋】

〔一〕據詩意，似作於嘉靖年間（嘉靖九年之前）閒居開封時。

李夢陽集校箋卷二十五　五言律三

贈答一

酬京師友人見寄作①〔一〕

浮雲悲故國，積水起鳴雷。不見長安日，愁登古吹臺。故人三月别，天上一書來。欲問經行處，山中杜若開。

【校】

①作，弘德集無。

【箋】

〔一〕按，弘德集卷二十二收録此詩，據詩意，疑作於正德四年左右作者閒居大梁時。

【評】

皇明詩選卷七：宋轅文曰：似高常侍。李舒章曰：結意深淡。

繁臺餞客二首①〔一〕

異地同爲客，看花更屬秋。雲連去國目，雁引望鄉愁。隴樹迷關道，吴山蔽驛樓。忍將宋玉恨，還共李膺舟。

其二

萬里遊燕客，十年歸此臺。只今秋色裏，忍爲菊花來。霜露凝秦望，衣冠餞楚材。不堪分袂苦，落日一鴻哀。

【校】

①詩題，曹本作「繁臺餞秦子二首」。

【箋】

〔一〕繁臺，見早春繁臺（卷二十四）箋。該詩當作於正德九年後嘉靖元年前詩人閒居開封時。按，據曹本詩題，爲送秦金而作。金正德十五年任户部右侍郎，自湖廣巡撫任赴京，途經開封，夢陽餞贈。

【評】

其二：明詩選卷七：陳卧子曰：氣渾詞雅。

送秦子〔一〕

梁國秋砧滿，范陽風葉稀。如何故人去，不與雁同飛。北路薊門古，寒天易水微〔二〕。君行莫怨霧，霜日指南輝。

【箋】

〔一〕秦子，指秦金，字國聲，生平見七夕遇秦子詠贈（卷十五）箋。明武宗實録卷一百九十三載：正德十五年十一月，壬申，「巡撫湖廣右副都御史秦金爲户部右侍郎」。正德十五年冬，秦金自湖廣遷官北上，經開封，夢陽作此詩以相贈。從「梁國秋砧滿，范陽風葉稀」、「北路薊門古，寒天易水微」等句亦可證。

〔二〕易水，源出河北易縣西。見十五夜（卷十五）箋。

聞李公寓郊園寄贈〔一〕

幾日棲東嶼，昔林今若何？主人能醉客〔二〕，世事且狂歌。黄鳥晴吟竹，紅蕖晚出波。自憐門士末，眠病阻鳴珂。

【箋】

〔一〕李公，不詳。徐朔方、孫秋克明代文學史第六章第三節以爲「李公」即李東陽（第二〇五頁）。按，李東陽於正德七年致仕，正德十一年七月卒。疑此詩作於弘治末正德初詩人任官户部時。

〔二〕「主人能醉客」，李白客中作：「但使主人能醉客。」

答伊陽殷明府見寄①〔一〕

古縣垂新柳，獨吟酬好春。琴清山在眼，花碧酒隨人。奈此河陽少，曾於漢署親。郵筒定不惜，有句念沉淪。

【校】

①詩題，曹本作「答殷伊陽見寄」。

【箋】

〔一〕伊陽殷明府，即殷鏊，乾隆江南通志卷一百四十三人物志載：「殷鏊，字文濟，丹陽人，弘治丙辰進士。有詩名，與李夢陽相唱和。正德中，任僉事，疏請建儲，語侵逆瑾，論戍。」正德中殷鏊曾任伊陽知縣。伊陽，今河南汝陽，明屬汝州府。詩疑作於正德五年前後，時夢陽閒居開封。

寄殷明府二首①〔一〕

自枉去年札，約爲嵩少行。夢常飛洛水，詩屢到伊城。蘿殿王喬舄，花臺子晉笙。君行奮雙翮，吾此學長生。

其二②

可怪伊陽尹，冬來不寄詩。徒懷白雪調，況逼暮雲時。日落山城黑，風鳴邑樹悲。身危屬撫字，爲爾一淒其。

【校】

①詩題，曹本作「寄殷伊陽二首」。 ②其二，弘德集作「再寄殷明府」。

【箋】

〔一〕殷明府，即殷鏊，字文濟，丹陽人，弘治九年（一四九六）進士。見前詩箋。有詩名，乾隆江南通志卷一百九十四藝文志著録其文濟詩稿。疑該詩作於正德五年前後，時作者閒居開封。

送鮑生下第南歸〔一〕

只期横直上，豈料戢鱗歸。抱玉終難掩，投珠安所稀。秋風吹獨馬，落日照征衣。南到江亭上，還瞻北雁飛。

【箋】

〔一〕鮑生，疑爲寓居開封之歙人鮑氏子弟。見佘園夏集贈鮑氏（卷十六）箋。又，徒步東行贈鮑澂（卷二十一）有「鮑生六月徒步東」，或爲此鮑澂。詩疑作於正德年間。

杭刑部淮談其師鼐①〔一〕

國難逢驕虜，時危惜俊才。鹽車在泥淖，騏驥亦悲哀。片月清秋照，商風一夜來。思君不相見，惆悵對西臺〔二〕。

【校】

①詩題，「杭刑部淮」，曹本、李本作「杭刑部東卿」；弘德集「師鼐」下有「因懷焉」三字。

【箋】

〔一〕杭刑部淮，指杭淮，生平見酬秦子以曩與杭子併舟別詩見示余覽詞悲離愴然嬰心匪惟人事乖迕信手二十二韻無論工拙並寄杭子（卷十五）箋。據明武宗實録卷三十五，杭淮任刑部員外郎在正德三年二月以前，詩約作於此時，夢陽正德二年二月前在户部任職。肅，不詳。

〔二〕西臺，古代刑部的别稱。

南陽宅訪徐禎卿①〔一〕

東閣能留第，南人暫亦居。琴書遷卧内，騎馬到堂除〔二〕。殘樹喧巢鵲，微風走壁魚。追思秉鈞日，冠蓋爛盈閭。

【校】

①「徐」下，弘德集有「進士」二字。

【箋】

〔一〕徐禎卿，生平見贈徐禎卿（卷十一）箋。南陽宅，疑即李希顔宅。見白河篇送李南陽（卷二十一）箋。據詩意，當作於弘治十八年（一五〇五）秋，時二人均在京城。按，徐禎卿與夢陽相處只有該年，禎卿於弘治十八年中進士，正德元年二月「乞徙南就養」，正德三年方歸京師，而彼時夢陽已入錦衣獄。

〔三〕「騎馬到堂除」，杜甫對雨書懷走邀許主簿：「騎馬到階除。」

張子抱痾避喧山寺闊别旬月作此懷寄①〔一〕

楚楚張公子，悲吟度歲華。棄官臨野寺，服習向山家。石髓遇不識，黄精春始花。洞中日月秘，强食勝丹砂。

【校】

①詩題，弘德集作「吾友張子久抱羸痾避喧山寺闊别旬月作此懷寄」。「痾」，黄本作「疴」。

【箋】

〔一〕張子，即張光世，名鳳翔，字光世，號伎陵子，洵陽人。鄉試與李夢陽同榜，夢陽第一，光世第二。千頃堂書目卷二十一著録其張伎陵集七卷，注曰：「字光世，洵陽人，户部主事。……集爲李夢陽選定。」石倉歷代詩選卷四百七十一明詩次集卷一百零五收其詩二十四首。夢陽有張光世傳，曰：「及舉進士，李與同部見其面黄，憂焉。居無幾，睛亦黄，察其身，又黄。問曰：『光世不病疸乎？』光世乃於是告休沐，卧西山巖崦中。李忖其非計，遺之詩，有曰：『石髓遇不識，黄精春始花。洞中日月秘，强食勝丹砂。』光世於是乃移入城。居無何，卒，年三十歲耳。」

據李空同先生年表，張鳳翔去世時間爲弘治十七年。是該詩至遲寫於弘治十七年（一五〇四）。

寄錢水部榮①〔一〕

雪時揮袂別，見雪即懷君。河館冬難暮，沙洲晚更雲。清爲蒼水使〔二〕，静對白鷗群。昨夜尋君夢，微茫路不分。

【校】

①詩題，曹本作「寄錢水部世恩」。

【箋】

〔一〕錢水部，指錢榮，即錢世恩，生平見紀夢（卷十六）箋。水部，隋唐工部四司之一，明爲都水司。據謝肇淛北河紀卷五，錢榮於正德元年任工部都水司郎中。故該詩當作於此時，夢陽時任職户部。

〔二〕「清爲蒼水使」，杜甫季夏送鄉弟韶陪黄門從叔朝謁：「令弟尚爲蒼水使。」

風夕柬徐子〔一〕

嚴冬萬卉寂，朔吹迥添愁。嶺日微含照，川雲半逆流。頻齋忘肉味，乍冷覓羔裘。差勝山陰夜，能孤訪戴遊。

【箋】

〔一〕徐子，指徐禎卿，見贈徐禎卿（卷十一）箋。該詩作於弘治十八年至正德元年間。按，據明史徐禎卿傳：弘治十八年禎卿中進士，進而與夢陽相識。正德元年二月，禎卿往南方就養，夢陽時任户部員外郎。

送舍姪木還汴〔一〕

天涯逼除夕，念爾獨歸人。夜宿蘆溝雪，朝逢易水春〔二〕。爲駒先汗血，藏劍莫愁身。到及張燈候，遥知戲彩頻。

【箋】

〔一〕木，即夢陽兄李孟和之子李木。按，夢陽爲其母所撰明故李母高氏之壙誌云：「子三：長孟和，義官，次夢陽，次孟章。……孫男四：曰根、曰木、曰枝，親見其長；曰葉，但見其生。」據詩意，似作於弘治末年詩人在京任户部員外郎時。

〔二〕易水，源出河北易縣西。見十五夜（卷十五）箋。

得何子過湖南消息①〔一〕

及遇荆門信，洞庭秋已淒。湘江饒苦竹，幾聽鷓鴣啼。馬援留銅柱，王褒祀②碧雞。向南衡瘴癘，藥物去曾攜。

【校】

①何子，弘德集作「何舍人」。　②祀，弘德集作「愧」。

【箋】

〔一〕何子，指何景明，字仲默，生平見送何舍人齎詔南紀諸鎮（卷二十）箋。弘治十八年（一五〇五）五月，明孝宗卒，時任中書舍人的何景明奉哀詔出使雲貴，時夢陽在京任户部員外郎，聞其已至湖南，作詩懷之。

【評】

皇明詩選卷七：宋轅文曰：起作急調，意景不拘。

憶何子 其兄時爲巴陵知縣。〔一〕

憶爾辭京日，余歌萬里行。經秋無過雁，索處若爲情。去已窮滇海〔二〕，歸應滯岳城。鳳凰池上草，春到爲誰生？

【箋】

〔一〕何子，指何景明。見送何舍人齎詔南紀諸鎮（卷二十）箋。據詩意，當作於何景明奉使雲貴期間，時間爲弘治十八年秋。時夢陽任户部員外郎。據大復集卷三十七亡兄東昌公行狀：景明長兄景韶，時爲湖南巴陵知縣，故有此注。

〔二〕滇海，即滇池。又稱昆明湖、昆明池、滇南澤。在雲南昆明西南。

何子至自滇〔一〕

醉折荷花別，寧期花復開。川原一回首，雲日共徘徊。知向百蠻去，云從三峽來。進舟雖一賦，胡棄楚陽臺。

【箋】

〔一〕何子，指何景明。見送何舍人齎詔南紀諸鎮（卷二十）箋。正德元年（一五〇六）夏，何景明從雲貴返京城，作自滇蜀歸李户部馬舍人見訪詩，李夢陽酬以該詩。時夢陽任户部郎中。

春歸柬謝員外〔一〕

寂寂鳴禽變，陰陰弱絮飛。煙花從客久，風雨會春歸。且盡追隨飲，休傷節序違。無端臨暮景，番憶謝玄暉。

【箋】

〔一〕謝員外，不詳。或即謝迪。見東莊謝臬司諸公攜酒見過（卷三十一）箋。謝迪於正德初任兵部員外郎，與夢陽同在六部共事。員外，此即員外郎，爲六部曹司之次官，産生於隋唐，歷代相沿。據詩意，似作於弘治末至正德初詩人任職户部時。

晚過序上人〔一〕

塔日微微墮，禪居隱隱涼。軒開惟有竹，坐定始聞香。萬古風塵地，三生水月鄉。頻來尋白社，不爲禮空王。

【箋】

〔一〕序上人，不詳，京城某寺僧，即序公，又見下篇。見觀序上人所藏陶成畫菊石歌（卷二十二）箋。該詩當作於弘治年間詩人任職户部時。

再過序公月夜〔一〕

歲已殘冬逼，月餘今夜圓。光侵僧磬發，清傍佛樓懸。鳴鳥疑深樹，高雲静暮天。夙心如解此，更欲問何禪。

晚過定上人〔一〕

中秋鏡閣臨〔二〕，向晚過西林。月自湖間動，鵲翻祇樹深。静宜鐘磬發，寒更塔廊陰。萬物輝今夕，悠悠塵外心。

【箋】

〔一〕定上人，不詳。當爲京城海印寺僧人。該詩當作於弘治年間詩人任職户部時。

〔二〕鏡閣，即鏡光閣，在京城海印寺，雍正畿輔通志卷五十三古蹟：「鏡光閣，在宛平縣北，有海印寺，明宣德間改慈恩寺，寺有鏡光閣，今廢。」

秋雨訪李鍊師〔一〕

便静尋丹侣，飛梁度赤城。洞花含雨落，階鶴下松迎。雲霧生仙袂，秋寒咽鳳笙。余情會浩蕩，先品步虚聲。

【箋】

〔一〕李鍊師，不詳。京師某觀道士。鍊師，古代對某些懂得修鍊丹法之道士的尊稱。當作於弘治年間作者任職户部時。

送鮑光雄南歸〔一〕

世事風波遠，悠悠素髮新。乾坤萬里色①，江海獨歸人。岸柳牽行舫，汀花照暮春。山中采芳杜，好薦北堂親。

【校】

①色，弘德集作「客」。

【箋】

〔一〕鮑光雄，寓居開封之歙商。夢陽有潛庵記（卷四十八），爲歙人鮑光庭作，或即此人兄弟。據詩意，當作於正德後期詩人寓居開封時。

田生聞余浩然訪於東郭花下酒集〔一〕

花林吾自酌，見覓爾情親。轉覺花饒笑，番驚蝶趁人。百年秦地客，萬里宋宮春。酒罷烟城暮，無言對愴神。

其二

令兄真國士，吾子更超然。同住孤城裏，相邀東郭前。攀桃映落日，折柳向春天。更有梁臺約〔二〕，風塵入暮烟。

【箋】

〔一〕田生，即田汝秾，生平見雨後往視田園同田熊二子（卷十）箋。據詩意，詩約作於正德四年或五年作者閒居開封時。詩中「令兄真國士」指田汝耔，弘治十八年進士，授刑科給事中，官至湖廣副使。

〔三〕梁臺，即梁王臺，亦即繁臺、吹臺。在河南開封東南。

佘氏園莊〔一〕

無端二月至，不分百花開。林坐斜陽入，郊暄沙色來。穠葩偏近牖，弱柳故臨杯。共是天涯客，無辭酩酊迴。

其二

百年吾不醉，一歲幾何春。況接桃花暮，難禁柳色新。君爲避世客，余是放歌人。爛熳題詩遍，林鶯莫漫嗔。

【箋】

〔一〕佘氏園莊，即佘育家園莊。佘育字養浩，號鄰菊居士、潛虬山人，寓居開封之歙縣人。見佘園夏集贈鮑氏（卷十六）箋。據後詩，該詩似作於正德五年（一五一〇）春，時夢陽閒居開封。

庚午十月佘氏東莊〔一〕

南客招延屢，東遊野興高。乾坤侵肅殺，雲木半蕭騷。暖澤喧饑雀，冬林秀晚桃。時清還浪跡，痛飲笑吾曹。

【箋】

〔一〕佘氏東莊，即佘育家園莊。庚午，指正德五年（一五一〇）。該詩當作於此年十月。

送人還關中〔一〕

見君驅去馬，忽起望鄉思。華嶽寒逾峻，涇河繞自遲。躬耕爲谷口〔二〕，把釣憶皇陂〔三〕。何日一尊酒，南山對不移。

【箋】

〔一〕詩似爲何景明送行而作。據孟洋中順大夫陝西按察司提學副使大復何君墓誌銘：正德十三年（一五一八）春，何景明升任陝西提學副使，由京師赴任。中途因故歸信陽，在開封過訪夢陽。不久，又經開封返長安，夢陽爲其送行。疑該詩當作於此時。

〔二〕谷口，在今陝西淳化西北。秦時置雲陽縣。戰國策秦策三：「范雎曰：『大王之國，北有甘泉、谷口。』」鮑彪注：「在雲陽。」西漢末年，高士鄭樸（字子真）曾隱居於此。揚雄法言問神：「谷口鄭子真，不屈其志，而耕乎巖石之下，名震於京師。」李白贈韋秘書子春詩：「谷口鄭子真，躬耕在巖石。」清王琦注引雍録：「谷口在雲陽縣西四十里，鄭子真隱於此。」後借指隱者所居之處。

〔三〕皇陂，在今陝西西安南。杜甫題鄭十八著作丈故居詩：「第五橋東流恨水，皇陂岸北結愁亭。」亦稱皇子陂。水經注渭水下：「南有沉水注之。水上承皇子陂於樊川。」白居易代書一百韻寄微之：「高上慈恩塔，幽尋皇子陂。」宋張禮遊城南記：「己酉，謁龍堂，循清明渠而西，至皇子陂。」

【評】

明詩選卷三謝榛評曰：極樸，極老。

皇明詩選卷七：陳臥子曰：章法極佳。

寄贈内弟玉園居〔一〕

城市憐余獨，鄉居見爾稀。年華仍雪樹，疾病有柴扉。烟起浦欲暝，沙寒鴻自飢。一身固不保，萬事莫嗔違。

【箋】

〔一〕内弟玉，即左國玉，字舜欽。見内弟左國玉挽歌（卷十二）箋。據夢陽左舜欽墓志銘（卷四十五），左國玉卒於正德五年，此詩約作於正德四年（一五〇九），時夢陽閒居開封。

毒熱在獄呈陳運使斅暨潘給事中希曾〔一〕

此地饒炎熱，南中恐未然。有風番助暑，揮汗欲成泉。鳥避棲深葉，蠅喧集滿筵。百憂吾共汝，流涕北風篇。

【箋】

〔一〕正德三年五月，劉瑾得知劾疏爲夢陽所撰，必欲殺之以攄其憤，乃羅織他事械繫北行，矯詔下錦衣衛獄。因好友康海解救，八月，放歸大梁。該詩即作於此年夏的獄中。陳運使斅，不詳。當時水陸運使、轉運使、鹽運使皆稱運使。潘給事中希曾，即潘希曾，字仲魯，金華人，弘治十五年進士，授兵科給事中。曾任都御史、工部侍郎、兵部左侍郎等職。正德初年，劉瑾得勢，向各級官員索賄，希曾不從，下詔獄，後除籍爲民。瑾誅，起工科給事中。嘉靖中，巡撫南贛。有竹澗文集八卷、竹澗奏議四卷。夢陽與潘希曾同時下獄，潘有詔獄聽李獻吉言夢、詔獄次韻李獻吉睹雲生寫懷、詔獄和李獻吉題扇三詩（載竹澗集卷一）。

延慶觀訪陳州王君〔一〕

珠閣晴逾麗，仙林午自和。我來驅獨馬，笑爾溺雙鵝。臘雪融樓薄，溪風傍竹多。雖非宛丘習，吾醉亦婆娑。

【箋】

〔一〕延慶觀，明一統志卷二十六河南布政司開封府上：「在府城内浚儀橋西。」李濂汴京遺蹟志卷十載：「延慶觀，在城内汴河之北，浚儀橋之西，舊爲朝元萬壽宮齋堂。……内有宋時諸名公石刻甚多，今悉散失，無復存者矣。」在今開封城内西南部，爲金王喆傳道處。陳州王君，不詳。疑即王良臣，陳州人，萬曆開封府志卷十二、皇明貢舉考卷五載其中進士時間爲弘治六年，則其與夢陽爲同榜。此詩疑作於正德四年前後詩人在開封賦閒時。

徙泰公方丈秋夜〔一〕

秋林風色暮，游子念征衣。鴻雁俱高起，江山獨未歸。月臨蓮室静，螢傍竹林微。喜對離群友，吾生本息機。

【箋】

〔一〕泰公，不詳。何景明魯山院竹有「泰公堂下竹」句，另有謝泰公饋杏、送泰公茶二詩，均作於京城任官時，據此推測，此詩當作於弘治年間夢陽在户部任職時。

康狀元話武功山水①〔一〕

夢寐關中好，連年未得歸。側聞武功勝，佳興益翻飛。水繞褒斜出，山從盩厔圍。因君覓水竹，爲買釣魚磯。

【校】

①「康」上，弘德集有「與」字。

【箋】

〔一〕康狀元即康海，生平見寄康修撰海（卷十一）箋。康海中狀元時間爲弘治十五年（一五〇二）。明孝宗實録卷一百八十五：「弘治十五年三月，庚寅，『上御奉天殿，賜康海等進士及第，出身有差，文武群臣行慶賀禮。……癸巳，賜狀元康海朝服冠帶及諸進士鈔。……甲午，狀元康海率諸進士上表謝恩。……乙未，狀元康海率諸進士詣先師孔子廟行釋菜禮』。故該詩似作於此時，夢陽時任户部主事。武功，今陝西武功，康海家鄉。

發京吕狀元送出城〔一〕

旭日清霜麗，關河獨雁飛。征蓬各自遠，會面後應稀。渭水縈秦塞，南山繞漢畿。料君鄉思切，只恐未能歸。

【箋】

〔一〕吕狀元，指吕柟，字大棟、仲木，號涇野。高陵（今屬陝西）人。正德三年（一五〇八）中進士，賜狀元，授修撰。因觸犯宦官劉瑾，引疾去。瑾誅復官，至國子監祭酒、南京禮部右侍郎。信守程朱理學，著有涇野子内篇、吕涇野先生語録、涇野先生别集。明史卷二百八十二有傳。正德三年八月，夢陽自獄中獲釋，秋，由京師返開封。該詩當作於此時，吕柟爲其送别。按，吕柟於「戊辰歲」（小序語），即正德三年作有送李空同歸汴詩，曰：「行露九秋白，常山萬木黄。離人辭魏闕，歸路抵夷梁。彤管羈金馬，青山憶渭陽。深慚無健翼，接影共翺翔。」（涇野先生别集卷十一）即作於此時。

答何子問訊三首〔一〕

伊汝投簪日，憐余罥網羅。江湖鴻雁絶，道路虎狼多。萬死還鄉井，潛身葺薜蘿。天涯歲仍晚，無路覓羊何。

其二

仲夏辭梁地，中秋出夏臺。醉行燕市月，留滯菊花杯。日暮千行淚，天寒一雁來。亦知張季子，不爲食鱸迴。

其三

弱冠真憐汝，投閑更可哀。山高桐柏觀，水曲范滂臺。假寐憑巖①桂，潛行倚岸梅。此時誰借問，日短暮寒催。

【校】

①巖，弘德集作「崖」。

【箋】

〔一〕何子，指何景明。見送何舍人齎詔南紀諸鎮（卷二十）箋。夢陽因正德元年與劾劉瑾事解職，正德三年五月被械繫至京師，下詔獄。正德二年初，何景明亦因劉瑾案而歸隱信陽，聞夢陽遭遇厄運，寫有懷李獻吉二首，其一曰：「聞君在羅網，古道正難行。無使傳消息，憑誰問死生。東方元太歲，李白是長庚。才大翻流落，安知造物情。」其二曰：「冠蓋京華地，斯人獨可哀。神龍在泥淖，朱鳳日摧頹。世路無知己，乾坤孰愛才。梁園別業在，何日見歸來。」（大復集卷十六）正德三年八月，夢陽得釋。詩當作於出獄之後。

阻雨明港寄何子二首〔一〕

白日雲猶動，青山雨忽來。計程今夜會，策馬出村回。月對荊門上，天從夢澤開。旅燈依港宿，吟苦獨徘徊。

其二

微微山日舒，彼美碧山隅。信宿猶難遣，經年秖重吁。花含明日艷，月助此宵孤。久擬申城醉〔二〕，香醪語爾沽。

【箋】

〔一〕何子，指何景明。見送何舍人齎詔南紀諸鎮（卷二十）箋。明港，即明港驛，在今河南信陽北九十里。據詩意，似作於正德六年（一五一一）夏夢陽赴江西任官途中。

〔二〕申城，即申州，今河南信陽。見申州贈何子（卷十一）箋。

賢隱寺集贈〔一〕

水落移舟穩，山行酒暫隨。寺高垂路細，林①密見僧遲。樓閣登臨日，江淮獨去時。不應聊駐此，愈重白雲思。

【校】

①林，弘德集作「竹」。

【箋】

〔一〕賢隱寺，在今河南信陽西郊。清一統志卷一百六十八汝寧府：「賢隱寺，在信陽州城西南七里賢隱山，山舊名賢首，故又名賢首寺，僧在松建。」據詩意，似作於正德六年夏詩人赴江西途中。

贈鍾子漢上〔一〕

君爲薇省使，幾度紫薇開。髪以憂時白，舟巡累月回。漢川驚會面，江雨助停杯。已約同船下，安能曉霽來。

【箋】

〔一〕鍾子，夢陽有漢上遇鍾參政（卷二十八），即此人，見豫章遇鍾子送贈（卷二十）箋。漢上，漢即漢水，也稱漢江，爲長江最長支流。發源於今陝西寧强，流經湖北，於武漢入長江。書禹貢：「嶓冢導漾，東流爲漢。」據詩意，似作於正德六年夏作者赴江西途中。按，詩中云「均爲薇省使」，鍾子時任職中書科。故稱。

獨對亭贈人過訪〔一〕

孤亭瞰巨壑，五老對銜巵。日出峰烟起，風涼谷樹悲。石泉秋聽急，山路晚歸遲。異日東南賞，應深廬嶽思。

【箋】

〔一〕獨對亭，雍正江西通志卷四十一古蹟南康府：「獨對亭，邵寶記：南康白鹿書院，勝在五老，負而弗鄉，若闕典者，周覽之餘，欲爲亭以對之，從者曰：『此文公先生舊游也。』亭成，名曰獨對，重公蹟也。」夢陽有獨對亭銘（卷六十），曰：「獨對亭者，白鹿洞書院亭也。亭在書院東枕流橋北崖上，朱子舊遊處也。」又曰：「獨對者，前副使提學無錫邵公所名也，詳見其所自記。後十年而予來陟其亭。」無錫邵公，即邵寶。邵寶任江西提學副使時間爲弘治十四年左右，此詩當作於正德六年秋夢陽任江西提學副使視學九江時。

發貴溪高子輩舟送①〔一〕

旌旗飛近邑，鼓吹送前舟。禮餞諸生侍，英寮並節遊。長風驅暝色，密霰響寒洲。見月帆猶進，山陰恨子猷。

【校】

①輩，弘德集作「挈二三子」。

【箋】

〔一〕貴溪，唐永泰元年（七六五）分餘干、弋陽二縣地置，屬信州。治所在今江西貴溪縣西一里。明一統志卷五十一廣信府：「貴溪縣，在府城西一百九十里，本漢餘汗縣地，隋爲弋陽縣地，唐永泰初置貴溪縣，以縣在須溪口，故名，隸信州，宋元仍舊，本朝因之。」高子，不詳，當是夢陽友人。夢陽於正德六年（一五一一）冬視學廣信，增建象山書院，該詩亦當作於此時。見冬日象山書院詩（卷三十一）箋。

寄贈林都御史二首①〔一〕

錦水啼鶯起，巴山春望微。干戈滿眼急，江漢一舟歸。花送琴書色，霜留斧鉞威。所傷豺虎亂，公也息鷗機。

其二

諸葛能安蜀，穰苴本善兵。向來優起詔，番作急流行。老益丹心壯，憂惟白髮驚。秖憐川父老，涕泣挽歸旌。

【校】

①林都御史，弘德集作「右都御史林公」。

【箋】

〔一〕林都御史，指林俊，生平見暮春逢林子邂逅殊邦念舊寫懷輒盡本韻（卷十五）箋。林俊曾於正德四年後巡撫四川，該詩當作於正德末年。時夢陽在開封賦閒。都御史，明清都察院長官左、右都御史的簡稱。明代以都察院當前代之御史臺，以其長官都御史當前代之御史大夫，副都御史當前代之御史中丞。其下又設僉都御史。都御史、副都御史、僉都御史外任總督、巡撫時，仍帶原銜。林俊於正德四年由江西巡撫改任湖廣、四川巡撫，實任都御史之職，掌管一省之監察、行政事務。故稱。

贈何君辭官歸里〔一〕

三年牧夷郡，萬里竟歸舟。瘴離程番雨，雪乘江漢流。琴書頓縣邑，五馬向山樓。棠樹苗民種，清陰應①舊州。

【校】

①應，四庫本作「蔭」。

【箋】

〔一〕何君，疑爲何孟春，生平見訪何職方孟春新居二首（卷三十）箋。「三年牧夷郡」，指何孟春曾於正德十五年（一五二〇）任右副都御史巡撫雲南。嘉靖初，何孟春以上疏屢争大禮左遷南京工部左侍郎，不久削籍。該詩當作於正德末年夢陽閒居開封時。

新喻遇薛子送贈二首〔一〕

故舊日益遠，寸心奚所安。雨留杯酒暫，明發楚途漫。炎暑百蠻盡，風霜五月寒。知君近南斗，時倚鏌鋣看。

其二

解劍別此水，憐君向桂林。徒持一杯酒，其奈故人心。瘴癘秋行霽，沅湘馬度深。衡陽雖更遠，莫遣雁書沉。

【箋】

〔一〕新喻，即今江西新餘。唐天寶時以新渝縣改名，屬宜春郡。治所在今江西新餘南三里。明屬臨江府。明一統志卷五十五臨江府：「新喻縣，在府西一百二十里，本漢豫章郡宜春縣地，吴析置新喻縣，屬安成郡，本因渝水爲名，後聲變爲新喻。……唐初析置州，尋廢，元復升爲州，本朝仍爲縣。」薛子，不詳。按，雍正江西通志卷一百零八祠廟臨江府：「褒忠祠，在府城朝天門外，宋敕建，祀知臨江軍陳元桂，賜額『褒忠』。明正德間，提學李夢陽重修，以宋清江令趙孟濟配享。」又，隆慶臨江府志卷十四載歐陽鐸褒忠祠記曰：「正德壬申，李君夢陽視學至郡，因諸生請，……」該詩當作於正德七年。

立春寄楊君京口〔一〕

一水相望隔，飄飄楚越身。北風猶送雨，南國暗增春。雲入金山接，波添彭澤新。妙高峰上酒，對酌是何辰？

【箋】

〔一〕楊君，疑爲楊一清之後輩家人。京口，今江蘇鎮江。楊一清本雲南人，後定居京口。據詩意，疑作於正德六年（一五一一）至八年夢陽任江西提學副使時。

顧子謫全州贈二首①〔一〕

楚城悲遠望，君去更悠悠。十月逢南雁，章江況北流〔二〕。寒沙帶宿莽，霜日下孤舟。明發湘東路，應添弔屈愁。

其二

蒼梧遺舜跡，白雲秋氣愁。君得人文地，相傳是此州。山連夜郎窓，瘴入桂林收。獨有思親淚，非緣逐客流。

【校】

①詩題，弘德集作「顧子謫全州舟過豫章遇贈二首」。

【箋】

〔一〕顧子，指顧璘，生平見聊城歌送顧明府（卷二十七）箋。按，本題，弘德集作「顧子謫全州舟過豫章遇贈二首」。據明史顧璘傳：正德四年，顧出爲開封知縣，「數與鎮守太監廖堂、王宏忤，逮下錦衣獄，謫全州知州」。全州，今廣西全州。又據雍正廣西通志卷四十四古蹟：顧璘任全州知州在正德八年至九年間，時夢陽正任江西提學副使。又，顧璘浮湘稿卷一有章江留别李憲副獻吉屠少參文魁詩，曰：「惻惻傷遠别，眷此清江流。悲風激長薄，浮雲隱重洲。去家邈千里，惘然增百憂。弭棹適洪都，果諧心所求。良友始邂逅，道言互賡酬。感歎風波事，委曲舟車謀。傾觴遠餞送，畢景情未休。嘉晤殊慰悦，旅泊何淹留。」屠少參文奎，即屠奎，正德間任江西布政使左參議。詳見螺杯賦（卷三）箋。是該詩作於江西任上。再，顧璘武略將軍劉公墓誌銘（載顧璘息園存稿文卷五）云：「正德辛未，璘守開封，……越二年，謫全州。」辛未，正德六年，則此詩當作於正德八年（一五一三）。

〔二〕章江，即章水。又名古豫章水、南江。在今江西西南部。即今江西贛江西源。見士兵行（卷十九）箋。

與樾堂子晚步四首①〔一〕

有伴沙行穩，無雲楚望深。江湖席下出，樓觀鳥邊陰。共繫南來跡，孤帆北逝心。徘徊忽復晚，朗月散松林。

其二

晚俯林烟静，居然盡一城。江圍三面白，雨過四時清。沙廣偏升月，花疏轉唤鶯。可言南岫矮，青概斗牛平。

其三

北郭浮沙暝，西山擁坐真〔二〕。日猶銜殿閣，江已下星辰。禹服苗風雜，豐郊劍氣伸。獨嗟征艦日，歌吹滿城闉。

其四

美樹沙能秀，高花夏不疏。江山百戰後，登眺兩人初。楚月垂鮫淚，燕山澀雁書。異時羊續璧，喜接豫章魚。

【校】

①詩題，弘德集作「龍沙與樾堂子晚步四首」。

【箋】

〔一〕樾堂子，不詳。弘德集詩題中「龍沙」，位於南昌城北。見太平寰宇記卷一百零六江南西道四洪州南昌縣。據詩意，當作於正德六年至八年詩人任江西提學副使時。

〔二〕西山，在江西新建縣西，一名南昌山，即古散原山。唐王勃滕王閣序：「畫棟朝飛南浦雲，珠簾暮捲西山雨。」

九日楚山太華君同登〔一〕

不入襄陽府，秋山每自來。那知楚峰上，還共菊花杯。帽落層雲迥，風生萬壑開。却思羊叔子，峴首獨悲哀。

【箋】

〔一〕按，本集卷三十有別太華君，卷三十二有楚山九日太華君同登，當爲同一人。據詩意，三詩均作於正德九年詩人罷官離開江西暫居襄陽時。太華君，即襄陽人何宗賢，見太華山人歌（卷二十一）箋。該詩當作於正德九年（一五一四）重陽節。

【評】

皇明詩選卷七：李舒章曰：體態閒縱。

送鄭生南歸二首〔一〕

梁園杯酒罷，江上泛舟歸。白日孤帆隱，青天一鳥飛。路分和靖宅，潮接子陵磯。羡爾隨玄豹，還山戲彩衣。

其二

挂席南風便，烟霞北望深。逢人著皂帽，采藥鍊黄金。五月三江路，扁舟四海心。方山有叢桂，誰與結雲林？

【箋】

〔一〕鄭生，疑指鄭作，生平見和方山子歌（卷八）箋。按，弘德集卷二十二收録該詩。據詩意，似爲正德末年閒居開封時作。

繁臺書院同邊子三首①〔一〕

壺觴聊首夏，文史更孤臺。地主更來幾，登臨每復陪。徑蘭迎節秀，巖鴿撲驄迴。落日凭軒外，蒼蒼四嶽開。

其二

駐賞林紅減，登吟野緑圍。故人率爾遇，時序暗中違。氣突芒碭斷〔二〕，雲低孟澤飛〔三〕。昔賢誰復此，無羨酒酣歸。

其三

興劇攀巍坐，儵然俯日斜。亭扶盤石樹，崖綴殿春花。薜服賓游憾，青衿閃釣槎。綢繆不欲別，風野暮鳴笳。

【校】

①詩題，弘德集作「首夏繁臺書院同邊子三首」。

【箋】

〔一〕繁臺，見早春繁臺（卷二十四）箋。繁臺書院，原名大梁書院，在開封東南繁塔之側，建於明成化間，明末毁於水災。見汴京遺蹟志卷十一。邊子，指邊貢，生平見發京別錢邊二子（卷二十）箋。該詩似寫於正德十年至十三年間詩人閒居開封時。按，邊貢華泉集卷十四有俟軒解，曰：「正德甲戌仲冬之月，華泉子將如梁，道過黄池之津。」邊貢於正德十年始任河南按察司提學副使，正德十三年因母卒回鄉守制，正德十六年改任南京太常寺少卿。自正德十年至十三年間邊貢在開封任官，再得與夢陽相往來。邊貢有過汴呈獻吉詩：「兩年京郭居，空望故人書。五月梁園道，來乘長史車。川流赴海急，隰日漾沙虛。欲訪漁樵徑，蓬蒿不可除。」（華泉集卷三）或作於同一時期。

〔二〕芒碭，見送蔡帥備真州（卷十一）箋。

〔三〕孟澤，雍正河南通志卷十七水利上載有前孟澤陂溝（小注曰「長三里，歸中孟澤」）、中孟澤溝

（小注曰「長二里，歸後孟澤陂」）、後孟澤溝（小注曰「長三里，歸大潭嘴」）。疑即古孟諸澤，宋毛晃禹貢指南卷二引杜預曰：「孟諸澤，在梁國睢陽縣東北。」

臺館訪李秀才濂①〔一〕

李生梁國彦，少小事沉冥。春日古臺上，獨行楓樹青。花②侵映雪壁，鳥下草玄亭。野闊看無際，浮雲似洞庭。

【校】

①詩題，李濂汴京遺蹟志卷二十二藝文九作「吹臺訪川父讀書處」。②花，汴京遺蹟志作「苔」。

【箋】

〔一〕李秀才濂，即李濂，字川父，見田居左生偕二李見過二首（卷十七）箋。按，正德八年李濂鄉試第一，正德九年舉進士，從詩題看，當寫於李濂未中舉之前。又，李濂於正德四年作有河上贈空同子詩（載李濂嵩渚文集卷十），中有「後有倏然臺，前有需于堂。朝弄綠綺琴，夕卧白雲崗」之句，該詩當亦作於正德四年。

寄許監察二首〔一〕

爲問乘驄使，經春北未迴。句刪淇竹寫，尊泛鄴花開。昏曉行山外，風雲每自來。不知銅雀上，臨望幾徘徊。

其二

初擬周三晉，何時已百泉。吏人跳水外，驄馬白楊邊。坐憶孫登嘯，行吟衛女篇。倒看峰不極，炎日有霜烟。

【箋】

〔一〕許監察，即許完，據雍正河南通志卷三十一職官二載：許完，丹徒人，進士，正德十年至十二年任河南清軍監察御史。又據乾隆江南通志卷一百二十二選舉志進士四載：許完爲弘治十八年進士，嘉靖年間任浙江提刑按察司副使。又夢陽少保兵部尚書于公祠重修碑（卷四十一）曰：「正德十年，監察御史巡按張君、清軍許君並謁公祠下，見其門屋三間，僅存堂。」許君，即許完。此詩當作於正德十一年左右。時詩人閒居開封，得與任職當地之官員相唱酬。

東黄子二首〔一〕

約隱情非飾，今歸悔即遲。田園荒欲盡，親友半相疑。杯酒惟黄子，儒門是白眉。可能東郭柳，日往聽黄鸝。

其二

徑菊陶能得，田瓜邵獨勤。爲農消日月，倚杖看風雲。插柳俄成樹，籠鵝忽一群。不須憂萬事，客至且醺醺。

【箋】

〔一〕黄子，疑即黄紱之子黄彬。詳見蒸熱三子過我東莊（卷十）箋。黄彬於正德中期至嘉靖八年間與夢陽交遊甚多，此詩當作於正德後期。

許君話遊感舊四首①〔一〕

幾日離泉上，泉香滿繡衣。坐談觀水事，想見采菱歸。石柱新留姓，山藜亦借威。知君薄朱紱②，興在白雲飛。

其二

泉館舊曾到，跳珠今若何。數年魚不小，題壁客應多。照日輸金浪，回風散錦渦。君令樹菡萏，勿逼古龍窩。

其三

亭榭逢君復，原③泉改色流。噴珠連地涌，仰鏡合天浮。掇蛤曾兼石，移家欲狎鷗。獵心萌自鄙，日往水邊頭。

其四

昔訪仙潭鯉，春陰阻獨行。至今看絶頂，長日有雲生。爾昨褰帷過，同深把釣情。何時掣金鬛，攜手萬峰晴？

【校】

①詩題，弘德集作「許君至自百泉話游感舊四首」。　②知君薄朱紱，原作「朱君薄未紱」，疑有竄亂，據諸本改。　③原，弘德集、黄本、曹本作「源」。

【箋】

〔一〕弘德集詩題中「百泉」，即百門泉，在今河南輝縣。見覽遊百泉乃遂登麓眺望二首（卷十三）箋。

許君，即許完，時任河南清軍監察御史。詩作於正德十一年（一五一六）左右。見寄許監察二首（卷二十五）箋。

酬唐禮部見寄二首〔一〕

僕，疏鹵蕪鄙人也，舉世棄焉，於唐無一面之雅，乃今辱拔群之顧，偉文法筆，吐露悃愊，僕奚以有此哉？

萬事中年懶，諸人近日疏。不忘惟墨客，願見有音書。倚伏休詢鵩，生涯且釣魚。問奇終缺酒，不是草玄居。

其二

蹈虎看賢達，攀龍幾奮飛。長歌百年内，慘淡萬情歸。種竹從過檻，栽①桑不慮衣。神交古有在，莫遣北鴻稀。

【校】

①栽，原作「裁」，據弘德集、黄本、四庫本改。

【箋】

〔一〕唐禮部，疑即唐禎，字元善，先祖爲汴（今河南開封）人，後徙華亭（今上海）人。成化二十三年

（一四八七）進士，弘治十四年（一五〇一）任禮部主事，後升任禮部郎中，正德二年（一五〇七）卒。顧清作有禮部郎中西園唐君墓表（載東江家藏集卷四十一歸來稿）。據此，則該詩似作於正德初年夢陽任職户部時。

贈張工部汴上

天意焚宫殿，臣心急棟梁。未花辭魏闕，酷暑向咸陽。遇我真傾蓋，憂時每罷觴。塵沙一萬里，分手向垂楊。

【箋】

〔一〕張工部，不詳。按，明史五行二：正德「十二年正月甲辰，清寧宫小房火」。據詩意，疑作於正德十二年詩人閒居開封時。

答許監察百泉和章兼泄所懷三首①〔一〕

疏迂甘病足，天地合藏身。未即辭城市，何緣謝世人。恨無山在眼，願與鹿爲鄰。暑日情真倍，蕭蕭水石濱。

其二

吾門客不到，永晝雀堪羅。竹色間巾拂，池涼颭芰荷。片雲蹙日卷，雙燕掠虫過。忽憶臺端使，詩成只自哦。

其三

睡起看雲坐，敲門報吏來。受書驚鯉躍，投李得瓊迴。思爲源泉賦②，辭遵比興裁。不須共林石，三復野情開。

【校】

①詩題，弘德集、李本作「蒙許監察以百泉和章見投率爾有答兼泄所懷三首」。②賦，弘德集、黄本、曹本作「劇」。

【箋】

〔一〕百泉，即百門泉，見覽遊百泉乃遂登麓眺望二首（卷十三）箋。許監察，即許完，時任河南清軍監察御史。見寄許監察二首（卷二十五）箋。詩作於正德十一年（一五一六）前後。

和許監察聞報之作①〔一〕

忽爾西邊信，飛傳過洛陽。幾酋齊豕突，何將最鷹揚。殺氣黄河接，烽烟紫塞長。籌兵有諫疏，早晚達明光。

【校】

①詩題，弘德集作「和許監察聞邊報之作」。

【箋】

〔一〕許監察，即許完，時任河南清軍監察御史。弘德集詩題之「邊報」，似指正德十年秋八月丙寅，小王子犯固原事。詩作於正德十年或稍後。見寄許監察二首（卷二十五）箋。時夢陽閒居開封。

送張監察還朝〔一〕

北極星辰入，山河斧鉞歸。烏争車鷺疾，雨逆蓋雲飛。御柳元摇珮，臺花且襲衣。聖心虚采納，忍使諫書稀。

【箋】

〔一〕夢陽少保兵部尚書于公祠重修碑（卷四十一）：「正德十年，監察御史巡按張君、清軍許君並謁公祠下，……張君名淮，南皮縣人。」張監察，即此人。詩當作於正德十二年前後。見寄許監察二首（卷二十五）箋。

伏日許君館亭晚酌〔一〕

暑閣含①風暮，林亭透日疏。俯池閒白羽，把酒躍金魚。興觸山花發，心同水葉舒。孰言臺務劇，鎮日有琴書。

其二

樹色寒文簟，池光隱玉壺。敞筵真不暑，愛客忽忘晡。烏返争棲柏，魚歡自戲蒲。回思闤闠子，天地一洪罏。

【校】

①含，原作「寒」，據弘德集、黄本、曹本改。

【箋】

〔一〕伏日，即夏至後第三個庚日，是三伏天的開始。許君，即許完，時任河南清軍監察御史。詩作於正德十一年左右。見寄許監察二首（卷二十五）箋。

送陳左使赴貴州〔一〕

萬里洞庭西，秋風入五溪。瘴天開斧鉞，山驛斷虹蜺。水出牂牁繞，城臨井宿低。堂間花樹紫，簫鼓閲雕題。

其二

郡縣收殊俗，封疆託此臣。去披炎嶺霧，坐使瘴花春。獠部知徭賦，夷官學縉紳。誰期召伯樹，蔽芾五溪濱。

【箋】

〔一〕陳左使，疑爲陳雍。據本朝分省人物考卷四十九陳雍傳：陳雍，字希冉，餘姚人，成化二十年進士，正德九年任河南右布政使。按，明武宗實録卷一百二十五載：正德十年五月，「升河南布政司右布政使陳雍爲貴州左布政使」，見送陳公赴貴州序（卷五十四）及箋。則此詩當作於正德十年秋，時夢陽閒居開封。

【評】

其一：皇明詩選卷七：陳卧子曰：差近右丞。

早秋監察許君見過〔一〕

五柳聰偏繫，三山雨乍過。夏蟬猶咽竹，夕露欲傾荷。眷此青雲客，懷余白石歌。相看恨易晚，燈火發烟蘿。

【箋】

〔一〕許君，即許完，時任河南清軍監察御史。詩作於正德十一年左右。見寄許監察二首（卷二十五）箋。

寄王贛榆〔一〕

自汝謫東縣，朝朝看海頭。書纔一紙到，别已十年周。日就晚潮落，城浮淮水流。知君負楚調，激烈向清秋。

【箋】

〔一〕王贛榆，即王廷相，字子衡，别號平崖，又號浚川，儀封（今河南蘭考）人。弘治十五年（一五〇二）進士，正德十一年任寧國知縣，十二年升松江府同知，繼升四川按察司提學僉事。嘉靖間官至左都御史、兵部尚書。著有王氏家藏集、内臺集等。明史卷一百九十四有傳。據王廷相近海集序：「正德甲戌春，王廷相謫贛榆丞。」王有酬李獻吉用來韻詩（載王廷相集王氏家藏集卷十四），曰：「放逐豈無象，悠悠荒海頭。空然望北闕，那復夢西周！吾道浮烟爾，君心静者流。相將好顔色，投老汴山秋。」該詩似作於正德九年（一五一四）或十年秋，時夢陽已從江西歸大梁。贛榆，今屬江蘇連雲港。

寄李濂兼呈何子

仲言，何遜字。①〔一〕

識汝塵埃際，飛騰步步高。許身元稷契，努力更風騷。暫亦遊香署，終能奪錦袍。仲言應過數，萬里兩鴻毛。

【校】

①詩題，弘德集作「寄李進士濂兼呈何子」。

【箋】

〔一〕李濂，生平見三士篇贈醫李鄭張（卷十）箋。何子，指何景明。生平見送何舍人齎詔南紀諸鎮（卷二十）箋。據弘德集詩題，作該詩時李濂已舉進士。正德八年（一五一三）李濂爲河南鄉試第一，次年舉進士，此後，與何景明、薛蕙組織都亭社，相互酬唱。該詩疑寫於正德九年後詩人自江西歸家閒居大梁時。

寄王生〔一〕

重九書新寄，他時意獨傷。故山吾別久，籬菊晚誰芳。日月徒鴻雁，乾坤尚虎狼。松楸圍幾大，人發淚千行。

【箋】

〔一〕王生，據「故山吾別久，籬菊晚誰芳」可知，疑即在家鄉慶陽（今甘肅慶城）丁憂期間所收學生王天祐。按，夢陽贈王生序（卷五十六）曰：「余之寓華池也，在弘治丙辰、丁巳年，其時王生始遇余而從之學。」弘治九年、十年，夢陽曾遊華池，與王生相識，授學。據乾隆甘肅通志卷三十五人物，此王生即王天祐，傳曰：「王天祐，字受之，慶陽人，舉弘治十四年鄉試。祐世農家，兒時樵牧，即能畫地成字。稍長，覓書潛讀山間，李夢陽見而奇之，因授之學，輒穎悟有得。弱冠中鄉舉，酷好魯公法帖，遒勁逼真。正德間纂修孝宗實録，預選中書，授介休令，有分巡凌逼州縣，祐曰：『是猶可以仕耶？』即解組歸。」又雍正山西通志卷九十二名宦十載：「王天祐，陝西慶陽衛人。正德間以舉人任介休縣知縣。……及莅縣事，簡要務存人體，而吏民咸畏服如神，有分巡過縣，怙勢接不以禮，天祐怫然解組歸。」該詩疑作於正德年間詩人閒居開封時。

酬寄徐子秋日登鏡光閣見憶〔一〕

歲晚湖間閣，秋臨共爾曹。路疑銀漢上，身近紫宸高。霜色諸天鏡，窗風四海濤。别離誰復此，檻望獨揮毫。

【箋】

〔一〕徐子，指徐禎卿，生平見贈徐禎卿（卷十一）箋。鏡光閣，在京城海印寺，雍正畿輔通志卷五十三古蹟：「鏡光閣，在宛平縣北，有海印寺，明宣德間改慈恩寺，寺有鏡光閣，今廢。」正德三年八月，夢陽自錦衣衛獄出，十一月歸開封。該詩疑當作於詩人返鄉之後。徐禎卿時任國子博士。

贈孟明府自桂林量移汶上〔一〕

少年東邑宰，萬里北還人。桂已他時苦，花須滿眼春。偶逢思宿昔，臨别見交親。莫小牛刀試，元爲驄馬臣。

【箋】

〔一〕孟明府，指孟洋，字望之、有涯，信陽（今屬河南）人。弘治十八年（一五〇五）進士。曾官行人司行人、陝西右參政、右僉都御史兼寧夏巡撫、總督南京糧儲侍郎都御史、南京大理寺卿。著有孟有涯集十七卷。本朝分省人物考卷九十三、雍正河南通志卷六十有傳。嚴嵩南京大理寺卿孟公墓誌銘（鈐山堂集卷二十九）云：「爲行人時，公之内弟何子仲默方有俊名，與其群李獻吉、王子衡、崔子鍾、田勤甫及公，日切劘爲文章，揚榷風雅以相振。」據國榷卷四十九：正德八年三月丁丑，「試監察御史孟洋下獄。洋論大學士梁儲屢被劾，當去。禮部尚書靳貴陰求入閣，上責其排陷，謫桂林教授」。此後，孟洋由桂林府教授升遷爲汶上（今山東汶山）縣令，故該詩所作時間疑爲正德十年，時詩人閒居大梁。

寄王子蘇州三首〔一〕

獨立望南天，秋空月會圓。此時一樽酒〔二〕，憶爾隔嬋娟。並馬遊燕日，孤舟去越年。斷腸今萬里，心折暮江前。

其二

三十烏臺使，投冠竟黑頭〔三〕。田園是故里，江海有新舟。把酒看鴻舉，開窗面虎丘。不須慨今古，吾伴鹿麋遊。

其三

舊交多鬼録，吾子獨仙鄉。幸自饒强健，何心説廟廊。稻輸吴郡白，橘足洞庭黄。飽飯教兒女，攤書日滿牀〔四〕。

【箋】

〔一〕王子，疑即王廷相，見寄王贛榆（卷二十五）箋。按，據高拱前榮禄大夫太子太保兵部尚書兼都察院左都御史掌院事浚川王公行狀（王廷相集附録三）：正德十二年，王廷相升任淞江府同知，詩似寫於此時。見送王子如淞江（卷二十六）。時夢陽閒居開封。

〔二〕「此時一樽酒」，杜甫春日憶李白：「何時一樽酒。」

〔三〕「投冠竟黑頭」，杜甫晚行口號：「還家尚黑頭。」

〔四〕「攤書日滿牀」，杜甫又示宗武：「攤書解滿牀。」

寄孟縣張明府①〔一〕

同年多出宰，獨爾得河陽。背郭圍王屋〔二〕，開門對北邙〔三〕。詞章前令掩，桃李舊花香。何日乘雲起，雙鳧入帝鄉。

【校】

①詩題，曹本、李本作「寄張孟縣」。

【箋】

〔一〕孟縣，即今河南孟州。張明府，不詳。

〔二〕王屋，山名。在山西陽城、垣曲兩縣之間。山有三重，其狀如屋，故名。書禹貢：「底柱、析城，至於王屋。」

〔三〕北邙，即邙山。因在洛陽之北，故名。東漢、魏、晉之王侯公卿多葬於此。漢梁鴻五噫歌：「陟彼北芒兮，噫！顧瞻帝京兮，噫！」

酬徐子春日登樓見寄〔一〕

三月垂楊合，風花滿帝州。伊予直北望，爾上幾層樓。紫塞連天起，黄河抱地流。春烟動萬里，何處覓前遊？

【箋】

〔一〕徐子，疑指徐禎卿，生平見贈徐禎卿（卷十一）箋。該詩疑作於弘治十八年（一五〇五）至正德元年（一五〇六）末。按，據明史及本朝分省人物考卷二十二徐禎卿傳：弘治十八年禎卿中進士，進而與夢陽相識。又據迪功集卷三：正德元年春，禎卿受命往湖湘編纂外史。夢陽時任户部郎中。

【評】

皇明詩選卷七：李舒章曰：起句風情振蕩。

送許監察還朝二首〔一〕

杯酒豈無友，知音誰復多。君今萬里去，吾奈好春何。路草隨軺碧，山鶯近驛歌。尚思文話地，驄馬月中過。

其二

吾園花爛漫，子特駐驄看。偶念明朝別，先違兩地歡。勝之元執斧，陶氏合投冠。去住情俱得，離杯莫放乾。

【箋】

〔一〕許監察，即許完，將自河南赴京師領受監察御史之職。該詩疑作於正德十二年（一五一七），許完赴京都受命前夕，夢陽爲其餞行。見寄許監察二首（卷二十五）箋。

再贈許君〔一〕

緣岸百花開，樓船三月迴。人依鐵甕望，鳥避柏烏來。禮樂還朝疏，山川畫笏才。太微遥已入，新彩近三台。畫笏，虞允文也。

【箋】

〔一〕許君，即許完。該詩似作於正德十二年許完赴京前。見寄許監察二首（卷二十五）箋。